PROTEGGERE MAGGIE

ARMI & AMORI: ALLEANZA
LIBRO 4

SUSAN STOKER

In cerca di Caryn
In cerca di Finley
In cerca di Heather
In cerca di Khloe

Silverstone
Fidarsi di Skylar
Fidarsi di Taylor
Fidarsi di Molly
Fidarsi di Cassidy

Forze Speciali alle Hawaii
Trovare Elodie
Trovare Lexie
Trovare Kenna
Trovare Monica
Trovare Carly
Trovare Ashlyn
Trovare Jodelle

Delta Duo
La forza di Gillian
La forza di Kinley
La forza di Aspen
La forza di Jayme
La forza di Riley
La forza di Devyn
La forza di Ember
La forza di Sierra

Armi & Amori: verso il futuro

Soccorrere Caite
Soccorrere Brenae
Soccorrere Sidney
Soccorrere Piper
Soccorrere Zoey
Soccorrere Avery
Soccorrere Kalee
Soccorrere Jane

Mercenari di Montagna

Difendere Allye
Difendere Chloe
Difendere Morgan
Difendere Harlow
Difendere Everly
Difendere Zara
Difendere Raven

Delta Force Heroes

Salvare Rayne
Salvare Emily
Salvare Harley
Il Matrimonio di Emily
Salvare Kassie
Salvare Bryn
Salvare Casey
Salvare Sadie
Salvare Wendy
Salvare Mary
Salvare Macie
Salvare Annie

__Armi e Amori__

Proteggere Caroline

Proteggere Alabama

Proteggere Fiona

Il Matrimonio di Caroline

Proteggere Summer

Proteggere Cheyenne

Proteggere Jessyka

Proteggere Julie

Proteggere Melody

Proteggere il Futuro

Proteggere Kiera

Proteggere i figli di Alabama

Proteggere Dakota

__Ace Security__

Il riscatto di Grace

Il riscatto di Alexis

Il riscatto di Bailey

Il riscatto di Felicity

Il riscatto di Sarah

__Una raccolta di storie brevi__

Un momento nel tempo

CAPITOLO UNO

Maggie Lionetti rimase per alcuni istanti davanti all'armadietto praticamente vuoto. C'erano solo tre cose: della farina, dello zucchero e una scatola di fagioli. E lei odiava i fagioli. Quei prodotti appartenevano ad Adina, la sua coinquilina, che era via da tre mesi per un dislocamento.

Chiuse l'armadietto sospirando e prese un bicchiere. Lo riempì d'acqua e andò a sedersi sul divano. Era molto grata all'amica per averla ospitata nel suo appartamento mentre lei era via, ma non si era resa conto di quanto sarebbe stata *davvero* dura la vita di una pregiudicata.

Pregiudicata.

Quella parola le risuonò nella testa, facendola rabbrividire. Nemmeno in un milione di anni avrebbe pensato di trovarsi in quella situazione. Nella sua "vita precedente", come la considerava ora, era stata una farmacista. Aveva lavorato duro per laurearsi e diventare una delle migliori della zona. Aveva clienti fedeli che non sarebbero andati da nessun'altra parte per farsi dare i medicinali. Aveva dei soldi in banca, un bell'appartamento e molti amici. O almeno, aveva *pensato* di avere molti amici.

A quanto pareva, erano tutti scomparsi quando era stata arrestata; in realtà, non poteva davvero biasimarli.

Ricordava ancora la sensazione delle manette intorno ai polsi, e come si era sentita quando era stata messa nel retro di quell'auto della polizia: umiliata, confusa, terrorizzata.

Quei sentimenti si erano amplificati quando, dopo che le avevano preso le impronte digitali e fatto la foto segnaletica, era stata registrata nel carcere locale. Una volta rilasciata su cauzione era stata licenziata dal lavoro e, senza un introito, ma con un sacco di bollette da pagare, mentre cercava anche di trovare un avvocato che accettasse il suo caso, nel giro di pochi mesi si era ritrovata completamente al verde e disperata.

Alla fine, senza alcun sostegno da parte degli amici e senza una famiglia a cui appoggiarsi, si era dovuta accontentare di un difensore d'ufficio. Non riteneva responsabile l'avvocato della condanna a tre anni di reclusione, lui aveva fatto quello che poteva, ma le prove erano state manomesse in modo che fossero contro di lei fin dall'inizio.

E quando il suo ex ragazzo era salito sul banco come testimone dell'accusa, il suo destino era stato segnato.

Era uscita prima a causa del sovraffollamento e della sua buona condotta, ma non le era permesso lasciare la California fino alla fine della libertà vigilata, e doveva incontrare regolarmente la sua responsabile, oltre a stare lontana dai guai. Ora Maggie stava cercando di ricostruire la sua vita ed era estremamente grata ad Adina per averle dato un posto dove stare, ma le era impossibile arrivare a fine mese.

Non poteva riavere il suo vecchio lavoro, dato che nessuno avrebbe assunto una farmacista che era stata condannata per traffico di droga, e trovarne uno *qualsiasi* che pagasse un salario decente era praticamente impossibile per una pregiudicata.

Così aveva fatto una cosa che la sua responsabile e probabilmente chiunque non si fosse mai trovato nelle sue condizioni, cioè affamata, disperata e depressa, avrebbero disapprovato.

Si era spacciata per Adina. Usando le sue credenziali di autista Uber per guadagnare un po' di soldi per tirare avanti. A malapena.

Non le piaceva mentire alle persone che la prenotavano e fingere di essere la sua coinquilina, ma la Uber non le avrebbe mai *permesso* di aprire un account. Non con quel reato sulla fedina penale. Quindi doveva mentire... oppure morire di fame.

Sentendo lo stomaco brontolare, Maggie trangugiò l'acqua sperando che le riempisse almeno un po' la pancia, inducendola a credere di aver ricevuto qualcosa di sostanzioso. Poi si alzò in piedi, mise il bicchiere nel lavello e si diresse verso la porta, prendendo le chiavi della macchina.

Il giorno precedente era riuscita a guadagnare abbastanza da poter fare il pieno alla vecchia Honda Accord di Adina, e sperava che le mance di quel giorno sarebbero state più generose, così avrebbe potuto andare al supermercato e prendere qualcosa di meglio del ramen. Il pensiero di un'abbondante insalata le fece venire l'acquolina in bocca, ma la verdura fresca era costosa; la giornata doveva andarle davvero bene per potersi concedere una spesa del genere.

Maggie fece un sospiro, si assicurò che la porta dell'appartamento fosse chiusa bene – l'ultima cosa che voleva era che qualcuno entrasse a casa di Adina mentre lei non c'era – e scese le scale. Quel giorno sarebbe stato un'altra lunga giornata al volante, ma che altra scelta aveva?

Maggie era stanca. La giornata era stata uno schifo. Quasi tutti quelli che aveva prelevato erano stati avari con le mance, e per di più erano stati degli stronzi. Accompagnare in giro la gente poteva sembrare un lavoro semplice, ma doveva sopportare la maleducazione di quelli che le dicevano come guidare o che stava andando nella direzione sbagliata o che si irritavano con lei perché c'era traffico... come se avesse potuto farci qualcosa.

Era esausta, ma decise che avrebbe preso un altro cliente, poi sarebbe tornata nell'appartamento vuoto, magari avrebbe provato a mangiare i fagioli che odiava tanto. Erano proteine, giusto? Le facevano bene.

Dalle informazioni sull'app dell'ultimo passeggero della giornata, vide che l'indirizzo era di un supermercato davanti a cui era passata prima. Quello in cui aveva programmato di andare dopo il lavoro per comprare la cena, se le mance fossero state buone. Sembrava che il karma stesse ridendo di lei.

Il nome della cliente era Remi Stephenson, e fu sollevata che fosse una donna. Ciò non le avrebbe assicurato di non venire trattata di merda, dato che le donne potevano essere terribili quanto gli uomini, ma almeno le probabilità di essere adescata o molestata sessualmente erano minori.

Si fermò nel parcheggio e notò una donna che stava guardando il telefono poco lontano dall'ingresso del negozio. Ai suoi piedi aveva diverse borse, di quelle riutilizzabili. Era un chiaro indizio che quella fosse la sua cliente. Si avvicinò a lei e abbassò il finestrino. «Remi?» la chiamò, volendo accertarsi che fosse davvero la persona che aveva richiesto l'Uber prima di aprire le portiere.

«Sì, sono io. Adina?» le domandò lei.

Sentire il nome della sua coinquilina era sempre un po' sconcertante. Si limitò a sorridere e a far scattare le serrature automatiche. Remi raccolse le borse, aprì la portiera dietro e salì. Poi scattò una foto al documento identificativo sul retro del poggiatesta del passeggero.

«Il mio fidanzato odia quando prendo un Uber, ma non volevo disturbare lui o i suoi amici» le disse con un piccolo sorriso di scuse.

Non le piaceva che la gente fotografasse il documento identificativo. Per fortuna non c'era la foto di Adina, ma c'erano i suoi dati, tipo il nome, il numero di licenza Uber, roba del genere. Informazioni che avrebbero potuto metterla in grossi guai, se si fosse scoperto che stava impersonando la sua amica. Ma approvava comunque che le donne prendessero provvedimenti per proteggersi. Negli ultimi tempi la prudenza non era mai troppa. Le faceva un po' ridere pensare che, in passato, alle persone veniva inculcato di non accettare passaggi dagli sconosciuti, mentre ora *pagavano* gli sconosciuti per farsi portare in giro. Era ironico.

«Non c'è problema. Lo farei anch'io se fossi nei tuoi panni» disse Maggie nel modo più allegro possibile. Poi snocciolò l'indirizzo che era stato inserito nell'app per verificare che Remi volesse essere accompagnata lì.

«È il mio» confermò lei con un sorriso, mentre si girava per afferrare la cintura di sicurezza. Per fortuna il posto non era troppo lontano.

Maggie si impegnò per cercare di chiacchierare. A volte le persone che accompagnava volevano farlo, altre si limitavano a fissare fuori dal finestrino e a ignorarla. Ma Remi sembrava abbastanza amichevole.

«Hai trascorso una bella giornata?» le chiese Maggie, mentre usciva dal parcheggio.

«Sì. Ho passato la mattinata con una delle mie più care amiche e ho lavorato molto. Mi ha riportata a casa, ma poi ho iniziato a pensare che volevo sorprendere il mio fidanzato con una torta al cioccolato.»

«Oh, che bello» replicò. Ed era sincera. Non le era mai capitato che qualcuno le facesse una sorpresa. Be'... una bella sorpresa. Si rifiutava di pensare a *quel* giorno, a quanto fosse stata sorpresa quando i poliziotti che l'avevano fermata sulla statale avevano tirato fuori quella borsa da sotto il sedile del passeggero.

«Non sono un granché come cuoca, ma il mio fidanzato lavora molto duramente. Come tutti i suoi amici. È un SEAL. E, sì, sono autorizzata a dirtelo.» Ridacchiò.

Maggie si ritrovò a sorridere. Era difficile non farlo con una persona come la donna che si trovava sul sedile posteriore. Trasudava simpatia e felicità. Era un bel cambiamento rispetto a ciò con cui aveva a che fare di solito.

«Comunque, ultimamente sta lavorando troppo e volevo fare qualcosa di carino per lui. Se avessi chiamato qualcuno dei suoi amici per farmi portare al supermercato, probabilmente gli avrebbero mandato un messaggio e l'avrebbero avvisato, rovinando così la sorpresa.»

Maggie arricciò un po' il naso. Sembrava un comportamento un po'... da stalker che un amico andasse subito a dire al fidanzato cosa stava facendo e dove stava andando la sua ragazza. Non doveva aver nascosto molto bene la sua reazione perché Remi ridacchiò.

«Lo so, sembra strano. Ma credimi, con le cose che abbiamo passato io e le mie amiche, per non parlare di ciò che lui vede nel suo lavoro, è perfettamente normale. È protettivo.»

«Dev'essere bello» si lasciò sfuggire, per poi pentirsene subito. La sua voce era suonata un po' troppo... malinconica per la sua tranquillità. Non rimpiangeva di non avere un uomo nella vita. Ne aveva abbastanza di loro. Era perfettamente in grado di prendersi cura di sé stessa, grazie tante.

Il suo stomaco scelse quel momento per brontolare, come se la stesse pubblicamente richiamando per quella piccola bugia. Ultimamente non stava davvero facendo un buon lavoro nel prendersi cura di sé. Ma ce l'avrebbe fatta. Non appena le fosse stato permesso avrebbe lasciato quello Stato, si sarebbe trasferita in un posto dove il costo della vita era più basso e avrebbe trovato il modo di rimettersi in piedi.

«Sì, lo è» replicò Remi con nonchalance, ignorando educatamente il forte brontolio del suo stomaco. «In ogni caso, protesterà e mi chiederà perché diavolo mi è saltato in mente di prendere un Uber per andare e tornare dal supermercato, ma poi gli presenterò la torta che ho fatto e tutto si sistemerà.»

Maggie sorrise. «Funzionerà davvero?»

Remi ridacchiò. «Ok, probabilmente no. Ma quando indosserò una delle sue camicie, e nient'altro, sarò sicuramente perdonata.»

Non riuscì a trattenere una risata.

«Ma sul serio» disse Remi, suonando sempre allegra e felice. «Ho rifiutato due passaggi prima del tuo perché erano uomini. So che sembra sessista, ma preferisco un'autista donna. So che anche loro possono essere orribili, ma faccio il possibile per stare al sicuro, fotografando le licenze e usando le nuove funzioni di sicurezza dell'app.»

«Intelligente» ribatté Maggie con sincerità.

«Una mia amica è stata rapita da due donne che conosceva e che hanno cercato di venderla come schiava sessuale, quindi so quanto possono essere orribili, ma mi sento comunque più sicura in auto con qualcuno del mio stesso sesso.»

Maggie ansimò. Remi aveva lanciato quella bomba con disinvoltura. «Sta bene la tua amica?» non poté fare a meno di chiedere.

«Oh, sì. Josie sta benissimo. È straordinaria. Un metro e quarantacinque di energia pura. È adorabile e non puoi fare a meno di volerla infilare in tasca e portartela a casa, ma è una tipa tostissima. Le voglio tanto bene. È da lei che sono stata stamattina. Sa anche digitare sulla tastiera veloce come il vento. Sul serio, non ho mai visto nessuno farlo come lei; ne ha fatto la sua carriera. Mi piace andare a casa sua e sedermi al suo tavolo per disegnare, mentre lei scrive al computer. Non so, in qualche modo le vibrazioni che trasmette mi fanno sentire più creativa.»

Quella donna saltava così velocemente da un argomento all'altro che Maggie faticava a seguirla. «Disegni?» le chiese.

«Sì. Ho una striscia di fumetti. Va piuttosto bene. È un po' stupida, ma sembra che alla gente piaccia.»

«Fumetti?»

«Mm-mm. Pecky il taco viaggiatore.»

Maggie rimase a bocca aperta. «Oh, mio Dio, sul serio? Lo

disegni tu? Adoro Pecky!» Guardando nello specchietto retrovisore, vide Remi arrossire. Fu una cosa inaspettata. Quella donna aveva un grande talento, e si trovava nella *sua* macchina! Era surreale.

«Grazie.»

«Wow. Non ho mai portato in giro una persona famosa prima d'ora» disse Maggie scherzando.

«Oh, ma per favore. Non sono famosa.»

Avrebbe voluto dissentire e dirle che le donne con cui era stata in carcere amavano il suo fumetto. Praticamente l'unico momento in cui tutte erano andate d'accordo era stato quando avevano riso alle buffonate di Pecky. Quel taco era stato un raggio di sole in quei due anni altrimenti tristi.

«Tu fai la differenza» affermò con decisione. «Dico sul serio. Potresti pensare che ciò che fai sia solo un hobby o un divertimento, ma è importante per molte persone.»

Remi non sottovalutò le sue parole. Anzi, si inclinò in avanti sul sedile e disse: «Grazie. Significa molto per me.»

Maggie si fermò davanti a una villetta. Era adorabile e non assomigliava affatto al posto in cui aveva immaginato vivesse la creatrice di Pecky il taco viaggiatore. Si voltò verso Remi. «Buona fortuna con la torta. Spero che il tuo fidanzato non si arrabbi troppo con te perché hai preso un Uber.»

«Oh, sono sicura che Vincent mi perdonerà. Come ho detto, si preoccupa. A essere sincera è una bella sensazione. Anche se so badare a me stessa, e *l'ho fatto* per un bel po', è bello sapere che ora ho qualcuno che mi guarda le spalle.» Raccolse le borse e aprì la portiera posteriore. «Grazie per il passaggio e per avermi lasciato fare discorsi sconclusionati.»

«Figurati.»

«Spero che farai una pausa per mangiare qualcosa. Non imbarazzarti, ma ho sentito la tua pancia brontolare.»

Maggie non poté fare a meno di arrossire, mortificata. «Adesso vado a casa. Sei stata la mia ultima corsa della giornata.»

«Bene.»

«Ehm... Remi?» sbottò prima che lei potesse chiudere la portiera.

«Sì?»

«Quando avrai bisogno di un passaggio... sarò felice di aiutarti. Il mio numero è sulla licenza che hai fotografato. Sai, se può far sentire più sicuri te e il tuo fidanzato.»

«Oh, sei molto gentile! Grazie. Non uso molto gli Uber, ma se in futuro avrò bisogno di un passaggio, ti chiamerò sicuramente.»

Maggie annuì. Era un po' triste al pensiero che quella probabilmente sarebbe stata l'unica volta che la vedeva. Non si aspettava davvero che in futuro avrebbe chiamato, ma era passato molto tempo dall'ultima volta che aveva sentito un qualche tipo di legame con un'altra persona. Remi era semplice, divertente e aperta. Anche esserle stata vicino solo il tempo necessario ad accompagnarla a casa, l'aveva fatta sentire più simile a quella di un tempo. Meno dura e cinica.

Poi Remi allungò una banconota piegata. «Mancia» le disse con un sorriso. «Mi piace darla in contanti perché non so se facendolo dall'app la Uber se ne prende una parte.»

«Grazie. Buona serata» replicò, sorridendo a sua volta.

«Anche a te. Ciao!» Scese dall'auto e si avviò sul vialetto verso la porta di casa.

Maggie chiuse il viaggio sull'applicazione, poi si allontanò.

Una volta arrivata allo stop in fondo alla strada, dispiegò i soldi che le aveva dato.

Li fissò, certa di avere le allucinazioni.

Ma non era così. In mano non aveva una banconota da un dollaro o da cinque.

Remi le aveva dato una mancia di centocinquanta dollari. Su una tariffa da dieci.

Le vennero le lacrime agli occhi. Erano più soldi di quelli che di solito guadagnava in tre giorni. Ciò significava che avrebbe potuto andare al supermercato e comprare qualcosa di più del semplice ramen. Poteva prendere quell'insalata che desiderava tanto.

Remi non aveva avuto motivo di darle una mancia così cospicua, probabilmente si era sentita dispiaciuta per lei, ma Maggie non riusciva a provare imbarazzo. Aveva bisogno di quei soldi più di quanto quella donna avrebbe mai potuto immaginare. Ma forse lo *aveva* capito.

Mentre svoltava a sinistra per andare al supermercato, invece che a destra verso l'appartamento, lasciò cadere le lacrime che aveva trattenuto. Grazie alla generosità e alla gentilezza di una sconosciuta, quella sera avrebbe potuto mangiare un *vero* pasto, e un po' del peso della disperazione e della depressione si sollevò dalle sue spalle. All'improvviso, il mondo non sembrava più essere contro di lei. Forse quello era stato un segno che le cose stavano cambiando.

Voleva crederci, ma la vita aveva un modo tutto suo di tirarla su per poi sbatterla di nuovo a terra quando meno se lo aspettava. Centocinquanta dollari non sarebbero durati a lungo, ma almeno per quella sera avrebbe messo da parte le preoccupazioni.

CAPITOLO DUE

«HO UN PROBLEMA.»

Shawn "Preacher" Franklin si mise a sedere più dritto, riscuotendosi dal suo malumore. Era crollato sul divano appena tornato a casa dalla base navale, troppo nervoso per prepararsi qualcosa per cena, e da allora era rimasto lì. Amava essere un SEAL. Amava il suo Paese. Amava i suoi compagni di squadra. Ma ultimamente si sentiva... inquieto.

Vedere Kevlar, Safe e Blink con le loro fidanzate, donne che ammorbidivano i loro caratteri, gli faceva desiderare quello che avevano loro. Non quelle specifiche donne, ovviamente, ma qualcuno con cui poter condividere i propri pensieri e sentimenti alla fine di ogni giornata. Ma il fatto era, che per quanto riguardava le relazioni lui era diverso dalla maggior parte dei SEAL.

Credeva nelle anime gemelle.

Era cresciuto con la certezza che là fuori ci fosse una persona solo per lui, che l'avrebbe riconosciuta a prima vista...

e che stare con qualcuno intimamente prima di aver incontrato la sua anima gemella fosse irrispettoso.

Essere vergine a trent'anni era qualcosa di praticamente mai sentito. *Soprattutto* per un Navy SEAL.

Erano stati alcuni ragazzi del campo di addestramento a chiamarlo Preacher. Quando avevano saputo che stava aspettando la sua anima gemella e che durante il tempo libero non era interessato ad andare nel bar locale a rimorchiare ragazze a caso che volevano solo farsi un SEAL, avevano riso, affibbiandogli quel soprannome.

Non che non fosse mai stato tentato, ma ogni volta che decideva che i valori all'antica in cui credeva erano ridicoli e che avrebbe dovuto metterli da parte e scopare con qualcuno... non ci riusciva.

Non si vergognava nemmeno delle sue convinzioni, ma *stavano* cominciando a scoraggiarlo. Temeva di averla già persa, che forse non aveva riconosciuto la sua anima gemella quando l'aveva incontrata in passato.

O, peggio, che non l'avrebbe mai trovata.

Quello era il temuto pensiero che gli stava passando per la testa quando era suonato il telefono, ma sentendo il tono serio del suo leader, la sua mente si liberò.

«Cosa c'è che non va?»

«Scusa, non volevo suonare così drammatico» rispose Kevlar con un tono imbarazzato. «Ma stasera ho appreso una cosa inquietante e volevo parlarne con qualcuno.»

«Ti ascolto» disse Preacher, sentendo il battito del cuore rallentare pian piano. Ultimamente c'erano stati così tanti "problemi" con Wren, Josie e Remi, che non poteva fare a meno di entrare subito in modalità combattiva.

«Oggi Remi ha usato una di quelle app in cui richiedi un

passaggio per farsi portare al supermercato e anche per tornare...»

«Aspetta, perché non ha chiamato qualcuno? Sta bene? È successo qualcosa?» chiese, interrompendo l'amico.

Kevlar ridacchiò. «Tutte domande che le ho fatto anch'io. Sta bene. Non è successo nulla. E ha detto che non voleva disturbare nessuno. Che voleva sorprendermi con una torta al cioccolato. Credimi, mi sono assicurato che capisse che non era un disturbo chiamare uno dei nostri amici per aiutarla. Chiunque sarebbe stato felice di darle un passaggio da qualche parte.»

Preacher si accigliò. «Bene, quindi... se non è successo nulla, qual è il problema?»

«Remi è andata subito d'accordo con l'autista, ovvio... è Remi. Ma ha fatto quello che le ho insegnato: ha fotografato la licenza, per sicurezza. La donna l'ha anche incoraggiata a chiamarla se in futuro avesse avuto bisogno di un passaggio. Il fatto è» disse Kevlar, arrivando al punto, «da quello che c'era scritto sulla licenza che ha fotografato, il nome dell'autista è Adina Cornett.»

«Adina non è la donna che lavora all'approvvigionamento?»

«Sì, ed è stata dislocata, per questo non l'abbiamo più vista.»

«Merda» disse Preacher.

«Appunto. C'è qualcuno che se ne va in giro con quella che credo sia l'auto di Adina, usando il suo nome e probabilmente derubandola di nascosto mentre è via.»

«Allora cosa facciamo? Chiamiamo l'NCIS?»

«Ho pensato di vedere prima cosa possiamo scoprire da soli» rispose Kevlar.

Preacher sorrise, un'ondata di eccitazione gli scorse nelle vene.

«La falsa Adina ha detto a Remi di chiamarla ogni volta che le servirà un passaggio. Penso che domani potremmo averne bisogno per tornare a casa dal lavoro.»

«Remi sarà d'accordo?» domandò, con un certo scetticismo.

«Non è contenta dell'inganno. Mi ha detto che la finta Adina è stata davvero gentile, che le è piaciuta molto. Mi ha avvertito di andarci piano, che probabilmente ha un'ottima ragione per usare il nome e l'auto dell'altra.»

Preacher sbuffò.

«È stata anche la mia risposta» concordò Kevlar. «Le ha anche dato una mancia di centocinquanta dollari.»

«Sul serio?»

«Sì. Mi ha rassicurato che non ha subito pressioni, ha solo sentito un legame con la donna e le è sembrata giù di morale. E, ciliegina sulla torta, la sua pancia ha brontolato praticamente di continuo.»

Avrebbe voluto alzare gli occhi al cielo, però non era possibile che qualcuno fingesse una cosa del genere. Sì, poteva non aver mangiato nella speranza che il suo corpo facesse sentire i propri bisogni, ma era improbabile. E Remi non era il tipo da lasciare che qualcuno si approfittasse di lei. Era una delle donne più dolci che conosceva, ma era cresciuta in una famiglia ricca ed era abbastanza brava a riconoscere chi si comportava in modo gentile solo per cercare di spillarle del denaro.

«Ci sto» disse all'amico.

«Vedo se vuole venire anche Smiley.»

Preacher fece una smorfia. Smiley era un po' rude, probabilmente avrebbe spaventato a morte la finta Adina... che forse era l'intenzione di Kevlar. Una volta finito il viaggio, la donna ci avrebbe sicuramente pensato due volte prima di continuare con qualsiasi piano illegale avesse architettato. «Non sarebbe meglio Safe o MacGyver?»

«No. Voglio che sia intimidita, che si penta di quello che ha fatto. Non può andare in giro a rubare, usando il nome e l'auto di qualcun altro. E chissà cos'altro c'è sotto.»

«Che sia da cercare di contattare Adina?» chiese Preacher.

«Lo farò dopo che avremo fatto questa cosa» rispose.

«Va bene. Ci vediamo domattina.»

«Grazie per avermi ascoltato e per non avermi detto che sono pazzo o troppo iperprotettivo nei confronti di Remi.»

«Sei entrambe le cose» replicò ridendo. «Ma se a Remi non importa, perché non dovrebbe andare bene a me?»

Kevlar ridacchiò. «Giusto. A presto.»

Preacher chiuse la chiamata e strinse le labbra. La sua mente vorticava con le informazioni che Kevlar aveva appena condiviso. Nessuno di loro conosceva bene Adina, solo a livello professionale, ma sapere che era stata dislocata e che qualcuno si stava approfittando di lei non gli piaceva, proprio come a Kevlar. L'indomani avrebbero scoperto cosa diavolo stava succedendo e preso tutte le contromisure necessarie per fermare la frode.

———

Maggie era rimasta sorpresa di sentire Remi così presto, soprattutto dopo che aveva ammesso di non usare spesso l'Uber, ma era contenta che avesse scelto di nuovo lei. La giornata non era stata molto produttiva, e tutti quelli a cui aveva dato un passaggio erano stati avari di mance. Era deprimente ricevere solo un dollaro su una corsa che ne costava quindici, ma non poteva farci nulla.

Aveva già speso la maggior parte dei soldi della mancia che Remi le aveva dato il giorno prima, ma era riuscita a comprare un bel po' di cose: tonno, cereali, del pane in offerta, dei barattoli di verdure ammaccati, e si era concessa di prendere dei costosi hamburger, e per cena aveva preparato un'enorme teglia di cremoso pasticcio di carne con verdure e formaggio, e una delle migliori insalate che avesse mai mangiato, che le sarebbe bastata per diversi pasti.

L'auto di Adina aveva un disperato bisogno di una messa a punto, e quella sarebbe stata la cosa successiva da fare. Senza macchina, per lei sarebbe stata la fine. Era l'unica cosa che le impediva di morire di fame.

Remi aveva chiesto di essere prelevata vicino ai cancelli dell'enorme base navale, e quando accostò davanti al banco dei pegni dove le aveva detto che l'avrebbe aspettata, non la vide.

Invece, non appena si fermò, notò tre uomini camminare lungo il marciapiede con passo deciso. Tutti e tre indossavano le uniformi mimetiche blu della Marina.

Quando si rese conto che stavano andando verso di *lei*, era ormai troppo tardi per innestare la marcia e premere sull'acceleratore.

Uno degli uomini salì davanti e gli altri due dietro. Il cuore le batteva così forte da farle quasi male. Negli ultimi tre mesi aveva corso dei rischi, ma non si era mai sentita minacciata come in quel momento. Quei tizi avrebbero potuto sopraffarla facilmente. Se avessero voluto farle del male, non avrebbe potuto fare nulla.

«Non ho contanti con me» disse rapidamente, «ma potete prendere la macchina.»

«Non abbiamo intenzione di farti del male o di derubarti. Vogliamo solo parlare» disse l'uomo seduto accanto a lei sul sedile del passeggero. Aveva gli occhi verdi, i capelli neri e ondulati, e la barba e i baffi ben curati. Quelli dietro erano accigliati e la stavano fissando con degli sguardi così intensi e spaventosi, che Maggie dovette sforzarsi di respirare.

Aveva già la mano pronta sulla maniglia della portiera e stava per scappare e correre il più velocemente possibile, ma lasciare l'auto di Adina sarebbe stato un disastro... quindi esitò.

«Parlare?» riuscì a chiedere con voce stridula.

«Sì. Come ti chiami?» le chiese l'uomo seduto proprio dietro di lei.

Guardò nello specchietto retrovisore e vide che la stava fissando. Si era chinato in avanti, mentre l'altro tizio stava fotografando la licenza di autista Uber attaccata sul poggiatesta. C'erano i dati di Adina, tranne il numero di telefono, su cui aveva applicato sopra il proprio. Non le piaceva come stava esaminando la licenza, e all'improvviso ebbe la sensazione che quegli uomini avessero capito che lei non era chi diceva di essere.

«Adina» balbettò. «Adina Cornett.»

«Stronzate» sbraitò l'uomo dietro di lei. «Conosciamo Adina. Lavoriamo con lei alla base. È più giovane di te di quasi dieci anni, è bionda, ha gli occhi azzurri ed è anche più alta di diversi centimetri. E si dà il caso che proprio in questo momento sia in giro per il Medio Oriente a bordo di una nave. Quindi inizia a parlare e fallo in fretta. Perché fingi di essere lei, guidi la sua auto e fai chissà cos'altro a *suo* nome?»

Maggie deglutì a fatica. Sapeva che sarebbe arrivato quel giorno. Riverton era una città abbastanza grande, ma non era Los Angeles. Era ovvio che prima o poi si sarebbe imbattuta in qualcuno che conosceva Adina. La sua amica aveva un nome piuttosto particolare e quell'uomo aveva ragione, non le assomigliava affatto.

Cercò di trovare una risposta, di capire cos'avrebbe potuto dire per far sì che la lasciassero in pace e uscissero dalla macchina, ma non le venne in mente nulla di plausibile.

«Allora?» chiese dal sedile posteriore l'altro tizio dall'aria un po' cattiva. Non era più interessato alla licenza e ora stava fissando lei.

Maggie aprì la bocca per dire qualcosa, non aveva idea di cosa, ma la Accord, normalmente affidabile, colse quel momento per scoppiettare e spegnersi... e il silenzio che riempì l'auto fu quasi opprimente.

Fu la goccia che fece traboccare il vaso. Non sapeva che problemi avesse la macchina, solo che senza era completamente fottuta.

Afferrò il volante e fissò davanti a sé, sforzandosi di non scoppiare a piangere, tanto non pensava che farlo avrebbe aiutato la sua causa con quegli uomini. «Maggie. Mi chiamo Maggie Lionetti.»

«Io sono Preacher. Loro sono Kevlar e Smiley» disse il tizio accanto a lei con un tono quasi gentile. Ma non si lasciò ingannare. Probabilmente stava cercando di farle abbassare la guardia prima di chiamare la polizia. Se lo avesse fatto, sarebbe tornata in prigione. La sua responsabile della libertà vigilata le aveva detto più volte cosa sarebbe successo se avesse combinato qualcosa.

«Come hai avuto le chiavi dell'auto di Adina?» chiese Kevlar.

Maggie sentì freddo. Le passarono per la mente alcune delle cose orribili che aveva dovuto sopportare dietro le sbarre: le quasi aggressioni, le risse, gli abusi verbali. Non poteva tornare lì. Non *poteva*.

«Maggie?» incalzò Preacher.

Non si sarebbero arresi. Non sarebbero semplicemente usciti dall'auto lasciandola in pace. Sopraffatta dal dolore e dalla pressione degli ultimi tre mesi, cedette.

«Adina è una mia amica. È la mia *unica* amica. L'ho conosciuta... di recente. Qualche mese fa mi serviva un posto dove vivere e lei mi ha offerto di stare da lei. Ho accettato. Mi ha detto che nel periodo in cui era dislocata avrei potuto usare la sua macchina, e sa che sto utilizzando il suo account Uber. Ne abbiamo parlato. Era d'accordo.» Parlò in modo veloce e conciso, e si rifiutò di guardare gli uomini all'interno del piccolo veicolo. Sentì il fruscio dei loro vestiti mentre si spostavano sui sedili, ma non distolse lo sguardo dalla strada davanti a lei.

«Perché ti serve un posto dove stare? Non hai un altro lavoro?» chiese Smiley.

Maggie non aveva mai sentito un nome così incongruente con l'aspetto di una persona. Quell'uomo non aveva sorriso nemmeno una volta. Aveva un'aria davvero spaventosa.

E sembrava proprio che non l'avrebbero lasciata in pace finché non avesse raccontato tutto.

Bene. Volevano saperlo? Non aveva nulla da nascondere. Non proprio.

Buttò fuori un lungo respiro e girò la testa per guardare l'uomo accanto a lei. Preacher. Non assomigliava affatto a un uomo di chiesa, non che sapesse che aspetto avrebbe dovuto avere, ma dei tre lui sembrava il meno... ostile.

«Sono stata in prigione. Ho scontato quasi due dei tre anni che mi avevano dato. Sono uscita per buona condotta e perché non c'erano più letti disponibili per le criminali più violente. Ho conosciuto Adina prima di venire rinchiusa. Poi mi ha scritto ogni settimana ed è venuta a prendermi quando sono stata rilasciata.

Quando sono uscita non ho potuto riavere il mio vecchio lavoro, non avevo né soldi né un posto dove stare. È quasi crudele come funziona il sistema... sì, vieni rilasciato, ma le probabilità di tornare subito dietro le sbarre sono enormi perché è impossibile ricostruirsi una vita onesta nel mondo reale. Per mia fortuna avevo Adina. La sua partenza è stata una sorpresa, ma mi ha generosamente detto che potevo stare nel suo appartamento mentre era via. Che potevo guidare la sua auto. E in realtà è stata *sua* l'idea di farmi usare il suo account Uber. Mi ha aiutato a guadagnare qualche soldo. Per mangiare.

Non la sto derubando, lo giuro. Sì, sto usando il suo account, ma non posso averne uno mio a causa del reato che risulta sulla mia fedina penale. Sapete quanto è difficile trovare un lavoro decente quando si è stati condannati?» Fece una risata amareggiata. «No, certo che no. Be', posso dirvi che è quasi impossibile. E per la cronaca, sono innocente. Non mi crederete, nessuno mi crede, ma è comunque vero.»

Quando finì, stava praticamente ansimando. Voleva disperatamente che quegli uomini le credessero, ma le probabilità erano estremamente basse.

«Sai che possiamo metterci in contatto con Adina e verificare la tua storia, vero?» le domandò Kevlar.

Maggie si girò e lo guardò. «Fatelo. Chiedeteglielo. Vi confermerà tutto quello che vi ho appena detto.»

«Per cosa sei finita in prigione?»

«Smiley» lo ammonì Preacher.

Maggie non fu sorpresa dalla domanda. Aveva chiesto ciò che tutti e tre gli uomini stavano sicuramente pensando.

«Non sono una minaccia per la società» disse stancamente. «So che non ci crederete nemmeno voi, ma sono stata incastrata. Dovevo andare nella zona di Los Angeles per lavoro e il mio ragazzo mi ha chiesto se potevo portare qualcosa a un suo amico. Non ho avuto problemi a farlo e il tizio mi avrebbe incontrata alla farmacia dove mi stavo recando. Mentre ero in viaggio sono stata fermata, e per qualche motivo il poliziotto ha deciso di perquisire la mia auto. Nella borsa che mi aveva dato il mio ragazzo c'era della droga. Un *sacco* di droga. Mi hanno dato tre anni per trasporto a scopo di spaccio. Nessuno ha creduto che la borsa non fosse mia e che non stessi portando la droga a Los Angeles per venderla.»

Nella macchina era calato il silenzio più assoluto.

«Suppongo che il fidanzato ora sia il tuo ex» disse Kevlar in tono secco.

Maggie non riuscì a trattenersi e sbuffò. Forte. «Ovvio. Sentite, non mi piace usare le credenziali di Adina, ma non ho altro modo di guadagnare per sfamarmi. E non devo pagare l'affitto, ma sto comunque cercando di coprire la mia parte. Me ne andrei da Riverton se potessi, ma non mi è permesso lasciare lo Stato. Sono letteralmente bloccata qui. Sto cercando di fare del mio meglio, ma non è abbastanza. Non è mai abbastanza.» Sussurrò le ultime parole.

Maggie avrebbe voluto chiedere se l'avrebbero denunciata. Alla Uber. Alla polizia. Alla sua responsabile della libertà vigilata. Ma le parole le si bloccarono in gola. Non per la prima volta, avrebbe voluto non aver mai incontrato il suo ex. Ma era successo. Si era lasciata influenzare dalla sua esuberante personalità e dal fatto che fosse un ufficiale di alto rango della Marina. Aveva imparato a sue spese che non tutti i militari erano dei cittadini onesti.

Poteva solo pregare che quelli in auto in quel momento fossero più compassionevoli di quel serpente del suo ex.

«Che problema ha la macchina?» chiese Preacher.

Lei lo guardò, poi scrollò le spalle. «Non lo so» ammise sommessamente. «Stavo mettendo da parte dei soldi per portarla in officina. Si comporta in modo strano. Scoppietta e si spegne da sola quando mi fermo.»

L'uomo scambiò uno sguardo con i suoi amici sul sedile posteriore, poi si voltò verso di lei. «Dammi le chiavi.»

Maggie lo fissò. «No.»

«Non ho intenzione di rubare questo rottame, voglio parlare con i miei amici e devo essere sicuro che non te ne andrai quando usciremo... se questo affare dovesse ripartire.»

Avrebbe voluto continuare a protestare, implorarli di lasciarla in pace, dire loro che avrebbe smesso di fare l'autista Uber. Ma non poteva. A meno che di andare a lavorare in uno strip club, cosa che *non* voleva assolutamente fare, doveva continuare a portare in giro la gente.

«Dagli le chiavi, Maggie» le ordinò Kevlar.

Con sua grande sorpresa, si ritrovò a farlo. Che importanza aveva? Quegli uomini avevano letteralmente la sua vita nelle loro mani. Se l'avessero denunciata, sarebbe tornata subito dietro le sbarre. L'ultima cosa che voleva era farli arrabbiare più di quanto non avesse già fatto.

I suoi polpastrelli sfiorarono il palmo di Preacher quando

vi lasciò cadere sopra le chiavi, e si stupì di sentire una scossa lungo il braccio.

Tirò indietro la mano di scatto come se si fosse scottata. Avrebbe voluto portarsela contro il petto, ma si trattenne. A malapena. Durante il periodo trascorso in prigione aveva imparato che era pericoloso far capire a qualcuno ciò che si pensava o si provava.

Fece del suo meglio per cancellare ogni emozione dal volto... ma ebbe la sensazione di aver fallito miseramente quando Preacher parlò.

«Respira, Maggie. Dobbiamo solo parlare un momento.»

Respira. Giusto. Come se fosse stato possibile.

Rimase immobile mentre i tre uomini uscivano e chiudevano le portiere.

Si sentì travolgere ancora una volta da un senso di disperazione. Non le avrebbero creduto. Nessuno l'aveva fatto. Probabilmente pensavano che fosse una spacciatrice o qualcosa del genere. Che stesse usando quel lavoro come copertura per consegnare droga in tutta la città. Era fregata. Tanto valeva prepararsi a indossare quegli orribili pantaloni e casacca da carcerata che era stata costretta a portare negli ultimi due anni.

Alla fine, le lacrime che era riuscita a trattenere le salirono agli occhi e le scesero sulle guance.

CAPITOLO TRE

PREACHER SI ALLONTANÒ dal veicolo e aspettò Kevlar e Smiley. Si riunirono accanto al muro dell'edificio davanti a cui aveva accostato Maggie.

«Le credo» disse Kevlar senza preamboli.

«Anch'io» concordò Preacher.

I due guardarono Smiley. Era lo scettico del team. Quello che proponeva sempre gli scenari peggiori.

Con sua sorpresa, annuì. «Non sta mentendo.»

«Allora cosa facciamo?»

«Invierò un messaggio al comandante di Adina, solo per verificare la sua storia, ma nel frattempo penso che non andrà lontano con quel catorcio» rispose Kevlar.

Preacher guardò l'auto in questione e si accigliò quando vide Maggie accasciata sul volante. Provò un senso di colpa per come l'avevano ingannata. Nonostante tutta la vicenda fosse apparsa preoccupante, sembrava che lei non avesse usato il nome e la licenza Uber di Adina con brutte intenzioni.

C'era anche qualcosa in quella donna che gli faceva venire voglia di abbracciarla e rassicurarla che sarebbe andato tutto bene.

Era assurdo, ma ciò non cambiava i suoi sentimenti.

«La seguirò per assicurarmi che arrivi a casa senza problemi» sbottò.

Kevlar e Smiley lo studiarono intensamente.

Alla fine il suo leader disse: «Forse non è una buona idea farsi vedere in giro con una pregiudicata.»

Preacher provò un senso di irritazione. «Non ho detto che starò insieme a lei, voglio solo assicurarmi che torni a casa sana e salva, non portarla in giro per la base gridando i suoi precedenti penali a tutti quelli che incrocio» disse con decisione.

Con sua sorpresa, Smiley ridacchiò. «Pagherei per vederlo» mormorò.

«Giusto, scusa» ribatté Kevlar senza esitazione.

«E poi... quella donna ti sembra davvero una spacciatrice? Le abbiamo fatto un po' di pressione e ha ceduto subito. Se lei spaccia droga, io sono un genio della matematica che sta per risolvere l'equazione più difficile del mondo» replicò Preacher con sarcasmo.

«Esiste una cosa del genere?» chiese Smiley.

«Non ne ho idea. Probabilmente sì.»

«Possiamo attenerci all'argomento in questione?» domandò Kevlar.

«Lo stiamo facendo» disse Smiley senza perdere un colpo. «Matematica. L'ha tirata fuori Preacher.»

Scambiò un sorriso divertito con il suo compagno di squadra. «Al di là delle mie capacità matematiche, o della mancanza di esse... vogliamo fare qualcosa per la sua situazione?»

Kevlar si prese un momento per riflettere sulla risposta, poi sospirò. «A Remi piace molto. Però non sono sicuro che sia nel suo interesse continuare a fare quello che sta facendo. Se la sua responsabile della libertà vigilata viene a sapere che si spaccia per Adina e usa la sua licenza per lavorare, potrebbe mettersi male per lei.»

Annuì. «Conosciamo molte persone. Credo che possiamo aiutarla, magari trovarle un lavoro.»

«Pensi che accetterà il nostro aiuto?» chiese Smiley.

Preacher si voltò a guardare Maggie. Aveva un'aria così scoraggiata. Come se stesse aspettando che accadesse qualcosa di brutto. Incontrò lo sguardo del suo compagno di squadra. «Sì, credo che lo farà. Ha toccato il fondo. Ha bisogno di una prova che non tutti ce l'hanno con lei.»

«Dopo aver verificato con Adina se è vero che ha permesso a Maggie di vivere nel suo appartamento, chiamerò Wolf.»

«Lo faccio io» disse Preacher all'amico.

«Va bene. Vuoi vedere se la macchina parte? Se si avvia è meglio se vai con lei, nel caso succeda qualcos'altro al veicolo mentre è in strada. Noi torniamo alla base e poi ti porto la tua auto. Mandami un messaggio con l'indirizzo di dove abita» replicò Kevlar.

«Grazie. Lo apprezzo molto.» Quello che apprezzava davvero era che i suoi amici non gli avessero detto che era uno stupido per volersi immischiare nella vita di Maggie. Sì, Kevlar lo aveva avvertito che forse non era una buona idea, ma gli avrebbe detto chiaramente che si stava comportando da idiota se avesse *davvero* pensato che stesse commettendo un errore.

Però aveva la sensazione che lei avesse bisogno di qualcuno che stesse dalla sua parte. La storia del suo arresto per traffico di droga sembrava quasi troppo esagerata per essere vera, ma lui non era uno stupido, sapeva bene che un sacco di persone venivano rinchiuse in prigione per cose che non avevano fatto o con accuse inventate.

Smiley gli diede una pacca sulla spalla e Kevlar gli fece un cenno con il mento, poi si voltarono senza dire altro e tornarono verso la base e i loro veicoli. Preacher si avvicinò all'Accord e vi salì. Poi le porse le chiavi. «Vediamo se parte, che ne dici?»

Maggie tirò su con il naso e non nascose il fatto di avere pianto. Gli si strinse il cuore. Odiava che lo avesse fatto, ma non fece commenti.

Lei si asciugò le guance con le spalle e prese il portachiavi. Infilò la chiave nell'accensione e per un attimo Preacher pensò che il motore non si sarebbe acceso, ma alla fine si avviò... con quello che immaginò fosse un lungo lamento della povera macchina sfruttata.

«Allora?» gli chiese, voltandosi a guardarlo. «Cosa farai? Hai intenzione di denunciarmi?»

«No.»

Sembrò sorpresa. «No?»

«No» confermò. «Adesso ti accompagno a casa. I miei amici porteranno lì la mia macchina.»

Maggie si irrigidì e si mise a sedere più dritta. «Se pensi di potermi rovinare la vita di più di quanto già non lo sia perché sono in una posizione di svantaggio, ti sbagli. Posso difendermi e lo *farò*. Magari tornerò in prigione per aggressione, ma non ti permetterò di toccarmi.»

Preacher rimase sinceramente inorridito dal fatto che pensasse che lui potesse ricattarla o farle del male in altro modo. Si appoggiò alla portiera, lontano da lei, e scosse la testa. «Voglio solo assicurarmi che tu arrivi a casa sana e salva. Tutto qui. Lo giuro.»

Nessuno dei due disse nulla per un momento carico di tensione, poi lei gli chiese: «Perché?»

«Perché cosa?»

«Perché t'importa? Per te non sono nessuno. Sono una pregiudicata, condannata per spaccio. Perché mai dovresti fare qualcosa per aiutarmi?»

«Perché piaci a Remi» rispose.

Maggie aggrottò la fronte.

Cercò di spiegare. «Remi è... è come una sorella per me. Ha vissuto con Kevlar delle esperienze terribili, ma le ha superate, rimanendo la persona solare e felice di prima. E credimi, è un vero miracolo. Tutti noi faremmo qualsiasi cosa per assicurarci che resti così. E visto il modo in cui ha parlato di te a Kevlar, è chiaro che le hai fatto una buona impressione.»

Quando fece una pausa, Maggie disse: «È piaciuta anche a me. È stata... gentile. Ultimamente non mi è capitato spesso.»

«Ne sono certo. Ed è per questo che voglio aiutarti. Inoltre, mia madre mi disapproverebbe – e credimi, deludere tua madre è la cosa peggiore in assoluto – se io non facessi il possibile per aiutarti.»

«Non saprei. Sono stata adottata appena nata, e diciamo che tra me e i miei genitori adottivi non ha funzionato. Me ne sono andata da casa a diciotto anni e non mi sono più guardata indietro.»

«Mi dispiace.»

«Non dispiacerti. Sto bene.»

«Ok. Allora... saresti contraria se chiamassi un paio di amici e mi informassi per trovarti un lavoro?»

Maggie lo fissò con grandi occhi castani. I suoi capelli neri erano tirati indietro in una coda di cavallo ed era un po' pallida. Ma fu l'espressione incredula per il fatto che qualcuno fosse disposto ad aiutarla che lo addolorò. Nessuno avrebbe dovuto essere così sorpreso se un altro essere umano dimostrava un minimo di decenza.

«Finché è legale, no. E dovrò dirlo alla mia responsabile della libertà vigilata, quindi non può essere in nero» disse alla fine.

«Ovvio. Ti va di mangiare? Io sto morendo di fame. Abbiamo avuto una lunga giornata di riunioni noiose e ucciderei per qualcosa di Del Taco. Se ci passi davanti mentre torni a casa, offro io.»

«Non verrò a letto con te» disse Maggie rigida. «E se stai cercando di incastrarmi, se sei tipo un serial killer, non soccomberò senza combattere. Riuscirò ad imprimermi il tuo DNA sotto le unghie, urlerò a squarciagola e sarò l'ultima persona che ucciderai.»

«Non sono un serial killer. Non posso negare di aver ucciso in passato, ma se lo meritavano tutti» ammise con franchezza.

Con sua sorpresa, Maggie si limitò a inclinare la testa e a fissarlo. Avrebbe voluto sapere a cosa stava pensando.

«Per la Marina» disse lei dopo un attimo. Non era una domanda.

«Sì» confermò. «Sono un Navy SEAL.»

Quello le provocò una strana reazione. «Sul serio?»

Non poté fare a meno di ridacchiare alla sua replica. «È così sorprendente?»

«Be', sì. Non hai l'aspetto che mi immaginavo avesse un SEAL. Sei...» Si interruppe.

«Sono cosa?» chiese, sinceramente interessato a sentire la sua risposta.

«Non mi sembra che tu abbia la durezza che pensavo avesse chi fa quel lavoro.»

Preacher scrollò le spalle. «Onestamente, è un lavoro strano. Passiamo un sacco di tempo a fare ricerche, a partecipare a riunioni e a pianificare. Se avessi un dollaro per ogni chilometro che ho percorso in volo verso un paese o l'altro, sarei milionario. A volte saltiamo giù da magnifici aerei e camminiamo per chilometri e chilometri solo per usare un proiettile, poi ne camminiamo altrettanti per tornare al punto di estrazione. Ho visto cose terribili, ho fatto cose di cui non vado fiero, ma ne ho fatte altre di cui sono *estremamente* orgoglioso.

Non mi piace la burocrazia, ma amo servire il mio Paese e voglio bene agli uomini della mia squadra come se fossero miei fratelli. Odio i prepotenti e trovo assolutamente ripugnante il modo in cui i poveri, le donne e i bambini vengono trattati nel mondo. Sostengo il diritto delle persone a praticare qualsiasi tipo di religione, ma non l'oppressione in nome della stessa. Amo gli animali, i bambini e la mia famiglia. E so che quest'ultima parte è un po' una digressione, ma sto cercando di rassicurarti sul fatto che non ti farò del male, Maggie. Voglio solo aiutarti.»

«Posso fare una foto al tuo documento?» gli chiese dopo un attimo.

Preacher prese il portafoglio, tirò fuori il tesserino identificativo della Marina e glielo porse.

«Shawn Franklin» mormorò con un piccolo sorriso, poi fotografò il documento, glielo restituì e disse: «È un nome così... normale.»

Lui ridacchiò.

«Sei davvero un predicatore, un religioso?»

«No. Nemmeno lontanamente» rispose.

«Quindi è il contrario? Hai questo soprannome perché sei un puttaniere o qualcosa del genere?»

«No. Nemmeno lontanamente» ripeté.

Maggie si accigliò. «Allora perché ti chiami così?»

«Forse un giorno te lo dirò. Ho fame, possiamo andare, per favore, così non deperisco qui sul sedile?» Non era il momento né il luogo per approfondire il motivo del suo soprannome. Avrebbe potuto benissimo dirle che era la guida morale della sua squadra, come faceva sempre quando gli altri volevano sapere come se lo fosse guadagnato. Per qualche motivo, però, non voleva mentire a quella donna. Ma non voleva nemmeno dirle che era vergine. Quindi sì, quella era una conversazione da fare in un altro momento e in un altro luogo, se mai ci fosse stata l'occasione.

«Ok. Shawn? Posso chiamarti così?»

Sentì un brivido sulla nuca. Preacher sapeva che Remi, Wren e Josie chiamavano i loro uomini con il vero nome invece che con il soprannome. Non ci aveva mai dato molto peso... ma ora, sentire il suo nome di battesimo sulle labbra di Maggie, gli fece desiderare di nuovo quello che avevano i suoi compagni di squadra con le loro donne. «Sì. Puoi chiamarmi Shawn.»

«Combatterò davvero con tutta me stessa se proverai a fare qualcosa.»

Preacher annuì serio. «Ne prendo atto.»

Lei si guardò intorno, e vedendo che la via era libera si allontanò dal marciapiede. «C'è un Del Taco non molto lontano dal mio appartamento.»

«Ok. Mando un messaggio a Kevlar per dirgli che ci fermiamo a prendere la cena prima di andare a casa tua. Posso avere il tuo indirizzo, così sa dove venire a prendermi?»

Maggie annuì e gli diede le informazioni necessarie da passare al suo amico.

Il viaggio fino al ristorante Del Taco fu privo di eventi, tranne quando le ordinò il doppio del cibo che lei aveva scelto in modo che gliene avanzasse per il giorno successivo; hamburger e patatine riscaldati non erano il massimo, ma pensò che non le sarebbe importato. Maggie cercò di protestare, ma la ignorò, godendo del fatto che non esitò a pescare dal sacchetto una volta allontanati dal ristorante.

Quando parcheggiò davanti al condominio dove alloggiava, spense il motore e poi lo guardò. «Io... davvero non hai intenzione di denunciarmi alla Uber o alla mia responsabile della libertà vigilata?»

«Non ho intenzione di farlo» le assicurò.

«Ho bisogno di questo impiego. È l'unico modo che ho trovato per guadagnare un po' di soldi che non fosse lavorare in un fast food o fare qualcosa di pericoloso come la spogliarellista o la commessa in uno dei minimarket notturni. Non che lavorare in un fast food non sia un buon impiego, è solo che...»

«Capisco. Stasera farò qualche telefonata. Se ti fidi di me, anche solo un po', e non prenderai altre corse né oggi né domani, ti richiamo per farti sapere cos'ho trovato. Puoi farlo?»

Maggie annuì. «Grazie. E per la cronaca, se non dovesse funzionare apprezzo comunque i tuoi tentativi.»

«Perché non dovrebbe funzionare?»

Scrollò le spalle. «Quando la gente scopre che sono stata condannata per spaccio, ogni interesse ad assumermi sembra svanire.»

«In questo caso non sarà così» la rassicurò.

Scrollò di nuovo le spalle. «Apprezzo comunque lo sforzo.»

Preacher era frustrato dal fatto che lei non gli credesse, ma supponeva di non poterla biasimare. Non dopo quello che aveva passato. «Ti do il mio numero. Se hai bisogno di qualcosa, e intendo qualsiasi cosa, chiamami. Farò il possibile per aiutarti.»

Sembrò confusa, il che lo irritò ancora di più. Nessuno recentemente, a parte Adina, si era offerto di aiutarla? Supponeva di no, vista la sua reazione.

Si scambiarono i numeri, e solo vedere il suo nome tra i contatti lo fece sentire... non era sicuro di *cosa*. Contento? Eccitato?

«Grazie ancora per la cena. Non avrai problemi ad aspettare qui fuori l'arrivo del tuo amico?»

Preacher non riuscì a trattenersi e le chiese: «Dici sul serio? La Marina mi manda in alcuni dei paesi più pericolosi del mondo e tu vuoi sapere se avrò problemi ad aspettare in un parcheggio ben illuminato per i dieci minuti che ci vorranno al mio amico per arrivare con la mia macchina?»

Maggie arrossì, ma sollevò il mento e rispose: «Sì.»

Lui ridacchiò. «Allora no, non avrò problemi.»

Scesero entrambi dalla Accord e lei strinse il sacchetto del cibo davanti a sé, quasi sulla difensiva. «Be', grazie ancora. Per tutto. Per la cena, per non aver chiamato la polizia. Sai... per non essere un serial killer.»

Quella donna lo aveva fatto sorridere più di quanto ricordasse di aver fatto da tempo. «Figurati. Mi farò sentire, Maggie. E per la cronaca, non tutti sono stronzi come il tuo ex.»

«Meno male» replicò con un piccolo sbuffo. Poi lo salutò in modo goffo con la mano e si diresse verso la porta del condominio. Preacher si rilassò un po' solo quando vide che era all'interno, e si guardò intorno. Quella zona era abbastanza sicura e il parcheggio era illuminato. Entrambe le cose lo fecero sentire meglio.

Non sapeva bene perché avrebbe dovuto preoccuparsi tanto di una donna appena conosciuta, ma non poteva negare quella sensazione. La sua mente brulicava di idee su chi avrebbe dovuto chiamare per cercare di aiutarla a trovare un lavoro.

Stava ancora pensando a tutte le opzioni quando Kevlar accostò, scese dall'auto e lo lasciò mettersi al volante.

«Tutto bene?» gli chiese il suo leader.

«Tutto bene» confermò Preacher.

«La pensi ancora come prima? Sul fatto che non abbia commesso quello di cui è stata accusata.»

«Adesso ancora di più» ammise. Semplicemente non riusciva a vederla trasportare droga per venderla. Forse era ingenuo, ma non credeva fosse così.

«Bene. Allora... portiamo la sua macchina dal meccanico?»

Preacher sorrise. Quello era uno dei tanti motivi per cui rispettava il suo leader. «Sì.»

Kevlar sospirò. «Sai, dopo che Remi e le altre avranno

sentito la storia di Maggie, probabilmente vorranno fare amicizia con lei. Non sono sicuro di sentirmi a mio agio con questa idea.»

«Certo che lo vorranno. Remi sa giudicare bene le persone.»

«Lo so, ma sono comunque preoccupato.»

«Buona fortuna, nel caso le dicessi che non vuoi che contatti Maggie» disse Preacher con un piccolo sorriso.

«Merda.» Kevlar buttò fuori un respiro e si passò una mano tra i capelli. «Credi davvero che non sia pericolosa?» chiese al compagno di squadra.

«Sì.»

«Vedrò di convincere Remi a fare le cose con calma, magari iniziando a conoscerla via messaggio o qualcosa del genere. Ci darà la possibilità di verificare la situazione.»

Il suo sorriso si fece più ampio. Aveva la sensazione che Remi non avrebbe voluto "fare le cose con calma".

Trovava giusto portare Maggie nella loro cerchia. Se c'era qualcuno che aveva bisogno di un'amica, era quella donna. Era suscettibile e non si fidava, ma non poteva biasimarla. Preacher non riusciva nemmeno a immaginare come fosse passare due anni dietro le sbarre. Ma quel giorno Maggie aveva incrociato le persone giuste. Lui e i suoi amici si sarebbero assicurati che per lei si sistemasse tutto.

CAPITOLO QUATTRO

MAGGIE SI SDRAIÒ sul divano di Adina e fissò il soffitto. Aveva la pancia piena, aveva dormito tutta la notte, ed era bello per un giorno non avere lo stress di dover cercare un lavoro, di guadagnare abbastanza soldi per mangiare, e di chiedersi se la macchina si sarebbe fermata per sempre.

A proposito della macchina... poco prima aveva ricevuto un messaggio da Shawn in cui le chiedeva se gli permetteva di portarla da un meccanico affidabile che conosceva. Non gli aveva ancora risposto, perché non era sicura di volersi ritrovare coinvolta con Shawn, o con i suoi amici, più di quanto già non fosse. Fidarsi di qualcuno, soprattutto di un uomo, le creava disagio. Roman Robertson non aveva battuto ciglio quando l'aveva incastrata. A quanto pareva, i quattro mesi in cui si erano frequentati non avevano significato nulla per lui. Lei era stata solo un mezzo per raggiungere un fine. Ed era una cosa che l'aveva ferita molto.

Quindi non poteva fare a meno di chiedersi perché Shawn

fosse così desideroso di aiutarla. Era sollevata che lui e i suoi amici non fossero andati a denunciarla alla polizia per aver usato il profilo di autista Uber di Adina, ma avrebbero potuto farlo comunque in qualsiasi momento.

La cosa più intelligente da fare sarebbe stata bloccare il suo numero e fingere di non averlo mai incontrato. *Soprattutto* perché faceva parte della Marina, ma quell'uomo sapeva dove abitava. Avrebbe potuto facilmente chiamare la sua responsabile della libertà vigilata e fare la spia. A quel punto la cosa migliore era lasciargli compiere il suo atto di carità e uscire pian piano dalla sua vita. La sera precedente non avrebbe dovuto permettergli di accompagnarla, ma era stato un momento di debolezza provocato dal sollievo, dato che i tre uomini non erano sembrati intenzionati a metterla nei guai. E ora si stava pentendo di tutte le sue decisioni.

D'altra parte, se lui era stato sincero e avrebbe davvero potuto trovarle un lavoro, non poteva permettersi di bloccare il suo numero.

Sospirò, detestando l'idea di dover essere in debito con qualcuno. Poi si alzò a sedere e prese il telefono. Doveva rispondere al suo messaggio.

Maggie: *Ok.*

Fu soddisfatta della risposta, dato che aveva deciso che fosse meglio essere breve e concisa.

Shawn: *È stato faticoso, vero?*

. . .

Maggie non poté fare a meno di sorridere.

Maggie: *Un po'.* *sorriso imbarazzato*
 Shawn: *Senti, lo capisco. Non mi conosci. Ma ti giuro che sono dalla tua parte.*

Quello era ancora da vedere, ma era determinata a mantenere le cose professionali tra lei e Shawn. Se voleva fare il benefattore, gli avrebbe permesso di aiutarla. Alla fine non aveva importanza, perché nel momento in cui avrebbe avuto la possibilità di andarsene da quello Stato, sarebbe sparita.

Maggie: *Va bene.*

Era volutamente distaccata nella speranza che recepisse il messaggio. Che capisse che non voleva nulla da lui... a parte le connessioni che avrebbe usato per trovarle un lavoro.

Shawn: *Ok. Ho organizzato di far venire un carro attrezzi a prelevare l'Accord in mattinata. Il tizio che conosco e che lavora lì darà un'occhiata e ti farà sapere cosa trova. Speriamo non sia nulla di serio. Kevlar ha parlato con il comandante di Adina, e lei ha confermato tutto quello che ci hai detto. Non ero preoccupato, ma ho pensato che saperlo ti avrebbe fatta sentire meglio. Ho parlato anche con un'a-*

mica e, se sei interessata, hai un colloquio oggi pomeriggio. Posso passare a prenderti per portarti lì, e poi riaccompagnarti a casa. Fammi sapere.

Il messaggio era lungo... ed ebbe l'impressione di aver ferito in qualche modo i suoi sentimenti. Perché le importasse qualcosa era un mistero, ma era così.

Maggie: *È difficile per me. Dopo quello che è successo, mi è quasi impossibile fidarmi di qualcuno. E sì, sono molto interessata al lavoro.*

Shawn: *Non vuoi sapere di cosa si tratta?*

Maggie: *Non importa. A questo punto farei qualsiasi cosa che non sia spogliarmi per mostrare il mio corpo agli uomini... non che io disprezzi le donne che lo fanno, è solo che non fa per me.*

Shawn: *Si tratta di vestiti, ma non di toglierli. Va bene se vengo a prenderti alle tre?*

Maggie non poté fare a meno di essere incuriosita.

Maggie: *Non è che abbia un'agenda piena. LOL. Alle tre va bene.*

Shawn: *Ci vediamo allora. Oh... e spero che non ti dispiaccia, ma ho dato il tuo numero a delle amiche. Sono le fidanzate di alcuni miei compagni di squadra. Ho detto loro di non esagerare, ma immagino che lo faranno comunque. Mi scuserei, ma sono brave persone. Ci vediamo dopo.*

. . . .

Maggie fissò le parole sullo schermo del telefono. Aveva dato il suo numero ad altre persone? Avrebbe dovuto arrabbiarsi, ma non ebbe il tempo di pensarci molto, perché proprio in quel momento il cellulare le vibrò in mano, spaventandola a morte.

Era una chat di gruppo. A quanto pareva, quelle donne non erano persone che procrastinavano.

Sconosciuto ha creato il gruppo e ti ha aggiunto
Sconosciuto ha aggiunto Sconosciuto + 1 altro

Sconosciuto: *Ciao! Sono Remi! Ci siamo incontrate l'altro giorno quando sei venuta a prendermi al supermercato!*

Sconosciuto: *E io sono Josie.*

Sconosciuto: *E io sono Wren. Volevamo solo salutarti!*

Sconosciuto: *Sì, ciao!*

Sconosciuto: *Voglio scusarmi per il mio ruolo in ciò che è successo ieri. Il mio uomo e i suoi amici ti hanno teso un'imboscata. Temeva che tu fossi una truffatrice. Gli ho detto che si sbagliava, che sei dolcissima. L'unico motivo per cui ho accettato di organizzare il finto passaggio è perché ero sicura che avresti conquistato Vincent e gli altri. E avevo ragione. :)*

Sconosciuto: *Remi, com'è possibile che tu riesca sempre a incontrare per prima le persone fiche?*

Sconosciuto: *Forse perché esco di casa più di te, Wren.*

Sconosciuto: *Giusta osservazione.*

Sconosciuto: *Mi perdoni, Maggie?*

. . .

Mosse le dita prima ancora di pensarci.

Maggie: *Certo.*

Sconosciuto: *Bene. Perché mi sarei sentita morire se tu fossi rimasta traumatizzata o qualcosa del genere.*

Maggie: *Non sono rimasta traumatizzata.*

Sconosciuto: *Menomale. Ti va di venire a pranzo con noi?*

Fissò il telefono. Ma quelle donne erano reali? Nella sua esperienza, le persone non erano così amichevoli, soprattutto con qualcuno che non conoscevano.

Poi le venne in mente una cosa.

Maggie: *Il tuo ragazzo ti ha parlato di me? Ti ha detto che sono una pregiudicata e che sono uscita di prigione pochi mesi fa? Che sono stata dentro per due anni per una condanna per spaccio?*

Sconosciuto: *Sì. Ma Vincent mi ha anche riferito che tu hai detto di non averlo fatto.*

Sconosciuto: *Per la cronaca, ragazza, è uno schifo.*

Sconosciuto: *Mi chiedo se c'è qualcuno che possiamo contattare per vedere di scagionarti. Perché a me tutta questa storia sembra una stronzata.*

Le si riempirono gli occhi di lacrime. Non conosceva quelle donne, aveva incontrato Remi solo una volta, ma avevano già mostrato di avere più fiducia in lei di persone che la conoscevano da anni. Quando era stata arrestata, tutte le sue cosiddette amiche erano scomparse nel nulla. Tutte, tranne Adina.

Aggiunse rapidamente i loro numeri nella sua lista dei contatti.

Remi: *Allora... pranzo?*

Maggie: *Mi piacerebbe, ma al momento non ho la macchina. Ironico, eh?*

Wren: *Non c'è problema! Possiamo passare a prenderti. Bo è andato al lavoro con Flash oggi, quindi posso usare la sua Wrangler.*

Maggie: *Ok.*

Wren: *Mandami il tuo indirizzo più tardi. Saremo lì verso mezzogiorno. Ti va bene?*

Maggie: *Sì. Tanto non posso lavorare senza la macchina.*

Wren: *Ok. Ci vediamo a mezzogiorno, allora!*

Josie: *Sarà divertente!*

Remi: *Ho un'altra vignetta da abbozzare e poi per oggi ho finito. Non vedo l'ora di rivederti, Maggie!*

Le sembrava di trovarsi in una dimensione alternativa. In realtà non avrebbe potuto permettersi di andare a pranzo, e il fatto che ci fossero delle persone interessate a diventare sue amiche non faceva sparire i suoi problemi finanziari. Le erano rimasti un po' di soldi della mancia che le aveva dato Remi, ma riparare la macchina di Adina non sarebbe stato economico. Però le tre donne erano così amichevoli e gentili che le era stato impossibile dire di no.

Le mancava avere degli amici. Qualcuno con cui uscire, con cui ridere... con cui coesistere. Non aveva problemi a stare da sola, anzi, le piaceva, ma aveva trascorso gli ultimi due anni di detenzione in compagnia solo dei suoi pensieri, sarebbe stato bello uscire con qualcuno per la prima volta dopo tanto tempo.

Inevitabilmente, ritornò con la mente a Shawn. Era stato lui a dare il suo numero a quelle donne. A che scopo? Aveva detto di non essere in cerca di sesso, ma *tutti* gli uomini volevano quello... no?

Decise che avrebbe rifiutato se lui si fosse offerto di pagare per le eventuali riparazioni dell'auto di Adina, e ciò la fece sentire meglio. Non aveva bisogno di un uomo che la "salvasse" dalla sua vita. Era stato proprio un uomo a metterla in quella brutta situazione e che fosse dannata se avrebbe ripetuto gli errori del passato.

Avrebbe trovato un modo per pagare da sola.

———

Giusto a mezzogiorno, Maggie vide dalla finestra del suo appartamento una Jeep Wrangler nera entrare nel parcheggio. Riuscì a individuare tre donne nel veicolo, così inviò rapidamente un messaggio al gruppo per avvisarle che stava scendendo. Prese la borsa, chiuse la porta e si avviò giù per le scale.

Da quando aveva accettato di andare a pranzo, aveva messo in dubbio quella decisione una dozzina di volte, ma non poteva tirarsi indietro adesso. Uscì dall'edificio e vide Remi vicino alla Jeep.

«Ciao!» la salutò felice, mentre lei si avvicinava.

«Ciao» rispose Maggie. Poi, con sua grande sorpresa, Remi fece un passo e la abbracciò. Lacrime inaspettate le salirono agli occhi. Da quanto tempo non veniva toccata con gentilezza? Da quanto non riceveva un abbraccio? Da anni.

«Abbiamo pensato che Hob Nob Hill fosse perfetto per oggi. Spero che ti vada bene» le disse, una volta allontanatasi.

Maggie scrollò le spalle. «Non mangio spesso fuori. Sono sicura che è ok.»

«È più che ok!» disse la donna al volante della Jeep. «A proposito, io sono Wren. Ed è un posto fantastico; tranquillo, comfort food e un'atmosfera non pretenziosa. Il mio piatto preferito è l'Iowa Porker. È un panino enorme con filetto di maiale fritto. Non riesco mai a mangiarlo tutto, ma a Bo non dispiace perché a lui spettano gli avanzi.»

Maggie non poté fare a meno di sorridere, e salì sul sedile posteriore accanto a Remi.

«Io sono Josie. Piacere di conoscerti.»

«È un piacere anche per me.»

Durante il tragitto verso il ristorante chiacchierarono del più e del meno, e Maggie fu sollevata dal fatto di non dover partecipare molto alla conversazione. Le tre donne sembravano andare molto d'accordo e aveva l'impressione che fosse passato un po' di tempo dall'ultima volta che si erano incontrate. Quando lo disse, rimase sorpresa perché Remi si mise a ridere.

«Ho visto Wren due mattine fa, quando abbiamo lavorato insieme, e ieri sera Josie è venuta a casa mia e abbiamo guardato un film.»

«Oh» mormorò. «Ho pensato... sembrava che non vi parlaste da un po'.»

«Siamo proprio così tra di noi» disse Josie con un sorriso. «Prese da sole siamo un po' timide, che tu ci creda o no, ma quando siamo insieme è come se fossimo persone diverse. Estroverse e chiacchierone.»

Tutte ridacchiarono, e anche Maggie si unì a loro. Poteva capirlo. Una volta era così anche lei, schiva con gli estranei, ma in compagnia di persone che conosceva e che le piacevano usciva dal suo guscio. Ma la vita l'aveva cambiata. Ora si sentiva solo come una spettatrice di ciò che succedeva intorno a lei. Sapeva che se la gente avesse saputo chi era, per cos'era stata incriminata e dove aveva trascorso gli ultimi due anni della sua vita, le avrebbe voltato le spalle. Si sentiva contaminata. Anche se non aveva fatto ciò di cui era stata accusata, la sensazione era comunque presente.

Wren si fermò davanti al piccolo ristorante nel centro di Riverton, e disse loro che sarebbe arrivata subito dopo aver parcheggiato. Non appena entrarono le fecero accomodare a un tavolo. L'interno era originale e informale, e fu un sollievo dato che indossava jeans e maglietta.

Wren le raggiunse, e dopo una piccola discussione sui piatti del menu, fecero le loro ordinazioni alla cameriera. Maggie era un po' preoccupata per i prezzi, che non erano esattamente economici, ma decise di fregarsene. Si meritava quel piccolo momento di felicità. Si sarebbe preoccupata più tardi di come procurarsi il pasto successivo.

«Allora» disse Josie, dopo che la cameriera posò le loro bevande. «Su una scala da uno a dieci, quanto sono stati prepotenti i ragazzi ieri?»

Maggie sorrise. «Non sono stati male.»

Tutte e tre le donne alzarono gli occhi al cielo.

«Sì, certo. Sanno essere intimidatori quando vogliono. Credo che sia nei loro geni SEAL o qualcosa del genere.»

«Mi dispiace davvero di aver avuto un ruolo nell'imboscata» si scusò Remi. «Sapevo che Vincent era preoccupato per quella donna che conosce e che lavora nella Marina, ma non avevo capito che avrebbe portato con sé Preacher e Smiley per confrontarsi con te al riguardo.»

«Nessun problema» replicò.

«Sì, invece. Ma sono sollevata che le cose sembrano essersi risolte. Come mai conosci Adina?»

La conversazione proseguì tranquillamente. Maggie si rilassò perché l'argomento della sua incarcerazione non venne fuori. Poté fingere di essere una donna normale a pranzo con le amiche.

Quando arrivò la loro ordinazione, spalancò gli occhi vedendo le dimensioni delle porzioni.

«Non c'è da stupirsi che gli americani siano così in sovrappeso, eh?» disse Wren ridacchiando.

Maggie aveva scelto un Reuben sandwich e le patatine stavano letteralmente traboccando dal piatto. L'Iowa Porker ordinato da Remi era in uno stato simile, solo che nel suo era il filetto di maiale fritto che debordava dal panino e dal piatto. Il sandwich con bacon, lattuga e pomodoro di Wren era così spesso che non sarebbe riuscita a metterci la bocca per morderlo. E l'insalata cobb di Josie era grande come la sua testa.

Almeno il problema di cosa avrebbe mangiato a cena o l'indomani a pranzo era risolto. Avrebbe avanzato abbastanza roba per fare almeno un altro pasto. Forse due. E il cibo era delizioso. Probabilmente perché per settimane aveva mangiato solo ramen e hot dog, ma comunque...

Tra un boccone e l'altro, Wren disse: «Ho sentito che tornerai in questa zona nel pomeriggio per parlare con Julie.»

Maggie la fissò con uno sguardo vuoto.

«Non sapevi che Preacher ti avrebbe portato a fare il colloquio con lei più tardi?» le chiese Remi.

«Sapevo che aveva parlato con qualcuno per procurarmi un lavoro, ma non conosco i dettagli» ammise, sentendosi un po' stupida per non aver fatto domande.

«Julie è straordinaria. È sposata con un ex comandante dei SEAL. Ha un bellissimo negozio di roba di seconda mano qui nel centro di Riverton. Aiuta le liceali dando loro degli abiti eleganti a basso costo o gratis per i balli ed eventi del genere, oltre ad avere vestiti più casual per chi ne ha bisogno. Mi ha aiutata molto quando sono arrivata in città» spiegò Wren.

«Ha aiutato anche me» concordò Josie.

I commenti di Shawn riguardo ai vestiti avevano molto più senso ora. Ma sapere con chi avrebbe fatto il colloquio e per quale tipo di lavoro non la fece rilassare. «Non so nulla di moda» ammise sommessamente.

Ma nessuna delle donne sembrò preoccupata. «Oh, non importa» disse Remi con un gesto della mano.

«Davvero» insistette Wren, quando vide l'espressione scettica sul suo volto. «Julie non ha sempre avuto una vita facile. È la figlia di un ex senatore ed è cresciuta con tutti gli agi e i privilegi. Solo quando è stata rapita e portata a sud del confine per essere venduta come schiava sessuale, ha capito che nella vita c'era qualcosa di più dei ricevimenti pomeridiani con il tè e i crumpet.»

«Crumpet?» chiese Josie con una piccola risata. «Cosa diavolo sono?»

«Non ne ho idea» ammise Wren.

«Nemmeno io lo so, ma ora ho avuto l'ispirazione per un fumetto di Pecky. Lui fa amicizia con un crumpet e non ha idea di cosa sia» disse Remi.

Tutte risero, ma Maggie era ancora preoccupata per il colloquio che avrebbe avuto più tardi con Julie.

Remi si chinò e le mise una mano sul braccio. Ancora una volta, le sembrò strano essere toccata in modo amichevole e non afferrata da una guardia o da una compagna di prigionia.

«Julie è fantastica. E anche tutte le sue amiche, che sono sicura incontrerai prima o poi. Caroline e le altre sono mogli di ex SEAL. Abbiamo imparato molto da loro. E sapere che ce l'hanno fatta, che sono riuscite ad avere una relazione soddisfacente e a crearsi una famiglia con uomini che hanno fatto lo stesso lavoro dei nostri fidanzati, è rassicurante.»

«Allora... Preacher, eh?» le chiese Wren.

Maggie la guardò con la fronte aggrottata.

«Tu e Preacher» chiarì.

Scosse rapidamente la testa. «Oh, no. L'ho incontrato solo una volta.»

«Eppure, ha organizzato tutto per far riparare la tua macchina, ci ha dato il tuo numero e ha suggerito il lavoro con Julie...» disse Wren, interrompendosi con aria allusiva.

Ma Maggie scosse di nuovo la testa, parlando con più fermezza. «No. Non è così. L'ho incontrato solo ieri. Non so nulla di lui. Non è come pensate. *Per niente*. Non sto cercando un fidanzato. Non che lui sia interessato a me in quel senso.» Forse stava negando con troppa insistenza, ma l'ultima cosa che voleva era che quelle donne pensassero che potesse esserci qualcosa tra lei e il loro amico.

Forse era per quello che l'avevano invitata a pranzo, perché pensavano che tra lei e Shawn potesse nascere qualcosa.

Provò un senso di delusione. *Ovvio* che quell'invito fosse stato una sorta di trappola.

«Preacher è diverso» sostenne Remi. «È sempre un uomo letale, come tutti i ragazzi della squadra, ma è... riservato. Non flirta. Non va nei bar a rimorchiare. Da quello che mi ha detto Vincent non ha mai avuto una ragazza, che lui sappia. Quindi il fatto che abbia preso l'iniziativa di aiutarti... significa qualcosa.»

A Maggie non interessava sapere della vita sentimentale di Shawn. «Non capite. Appena potrò lascerò la California. Non sto cercando nessun tipo di relazione.»

Wren e Josie si accasciarono sulla sedia con espressioni sorprese e... deluse.

Merda. Non aveva inteso insinuare di non volere la loro amicizia, ma a quanto pareva era esattamente ciò che aveva fatto.

«Oh, capiamo benissimo» disse Remi, indicando le altre due donne. «Nessuna di noi era interessata a una relazione quando abbiamo incontrato i nostri ragazzi. Ho conosciuto Vincent alle Hawaii quando ci hanno lasciati a morire in mezzo all'oceano a chilometri di distanza dalla costa. *L'ultima* cosa a cui pensavo era di avere una relazione con l'uomo che era bloccato lì con me. Wren è stata drogata durante un appuntamento, ed è capitato che Safe fosse lì per aiutarla. E Josie...» Fece una pausa e allungò la mano per stringere quella dell'altra donna. «Era stata lasciata a morire in una prigione iraniana, e Blink, che era un prigioniero di guerra, è stato trascinato nella cella accanto alla sua.

Credimi, nessuna di noi si aspettava, o cercava, una relazione. Tentavamo semplicemente di sopravvivere. Ma il fatto è che a volte la cosa di cui hai più bisogno si presenta quando meno te l'aspetti. Magari non sapevi di aver bisogno di qualcuno al tuo fianco, ma all'improvviso lui è lì e non puoi immaginare di vivere un altro giorno senza quell'uomo.»

Maggie deglutì a fatica. Le dispiaceva per quelle donne. Lo era anche molto per sé stessa, per essere stata in prigione, ma sembrava che Wren, Josie e Remi avessero passato molto di peggio. «Mi dispiace» sussurrò.

«No, tranquilla» le disse Wren. «Magari tu e Preacher finirete per essere solo amici, ma chi non ha bisogno di altri amici?»

Aveva ragione. Era stata così preoccupata di tenere Shawn a distanza, che non aveva considerato che avrebbe potuto essere un altro potenziale amico. Bastava vederla in quel momento. Stava pranzando con delle donne che aveva appena conosciuto, ma che già le piacevano. Chi poteva dire che non avrebbe finito per provare gli stessi sentimenti per lui? Le avrebbe fatto comodo avere altre persone dalla sua parte.

Il fatto che lavorasse in Marina era difficile da ignorare, ma le probabilità che Shawn e Roman si conoscessero erano scarse... sperava.

«Avete ragione» ammise, facendo del suo meglio per sorridere in modo rassicurante.

«Certo che sì» replicò Remi con un sorriso.

Il telefono di Maggie vibrò nella borsetta posata al suo fianco, e pensando che potesse essere Shawn, dato che era improbabile che fosse qualcun altro perché le uniche altre persone che avevano il suo numero, oltre ad Adina e alla sua responsabile della libertà vigilata, erano sedute al tavolo con a lei, tirò fuori il cellulare per vedere chi stesse chiamando.

Era un numero sconosciuto.

«Vi dispiace se rispondo?» chiese. Non poteva ignorare la chiamata dato che avrebbe potuto essere la sua responsabile.

E se si fosse trattato di qualcuno che chiamava per avere un passaggio, avrebbe dovuto dirgli che al momento non stava lavorando.

«Certo che no.»

«Fai pure.»

«No.»

Premette sull'icona verde e si portò il telefono all'orecchio. «Pronto?»

«Ho saputo che sei uscita. Congratulazioni. Se dici qualcosa di me a qualcuno, te ne pentirai. Se cerchi di incolparmi di nuovo di quello che è successo, scoprirai quanto sei una nullità. Tieni la bocca chiusa, stronza.»

Poi cadde la linea.

Maggie si sentì morire.

«Stai bene? Sei bianca come un lenzuolo» disse Remi preoccupata.

Come aveva fatto Roman ad avere il suo nuovo numero? Sul vecchio lo aveva bloccato per sicurezza, ma era ovvio che l'avesse tenuta d'occhio, probabilmente aspettando il giorno della sua uscita per poterla minacciare. Come avesse potuto pensare di amare quell'uomo era un vero mistero. Non era altro che un prepotente. Uno stronzo con molto potere.

«Sto bene» sussurrò, non sentendosi affatto così.

«No, non è vero» replicò Remi, mentre Josie faceva un cenno alla cameriera.

«Vado a prendere la macchina» disse Wren.

«No, sto bene» insistette. Ma le tre donne ignorarono le sue finte proteste.

La verità era che stava *tutt'altro* che bene.

Con una sola telefonata, Roman le aveva fatto capire che non si sarebbe mai liberata di lui. Che avrebbe potuto fare qualcosa per rimandarla dietro le sbarre in qualsiasi momento. Tipo mettere della droga nella sua auto o nel suo appartamento e poi chiamare la sua responsabile della libertà vigilata. Non sarebbe stata al sicuro finché non si fosse lasciata alle spalle quello Stato e lui.

E forse nemmeno allora.

Prima che se ne rendesse conto, Remi aveva pagato il pranzo, ignorando le proteste di Maggie sul fatto di potersi pagare il panino da sola, Josie aveva chiesto alla cameriera di impacchettare gli avanzi e, quando uscirono dal ristorante, Wren le stava aspettando sul marciapiede.

Erano a metà strada verso il suo appartamento quando le squillò di nuovo il telefono. Si sentì pervadere dal terrore, ma lo tirò fuori e guardò lo schermo.

Sbatté le palpebre quando vide chi stava chiamando.

Shawn.

Il sollievo che provò subito fu immenso. «Pronto?»

«Stai bene? Remi mi ha mandato un messaggio dicendo che hai ricevuto una telefonata che ti ha spaventata.»

Il suo sguardo volò verso la donna; aveva un'aria un po' imbarazzata e scrollò le spalle in segno di scuse.

«Maggie?» La voce impaziente di Shawn le risuonò nell'orecchio.

«Sto bene.»

«Sei sicura? Vuoi rimandare il colloquio di oggi?»

«A proposito di questo. Non credo di saperne abbastanza per lavorare in un negozio di abbigliamento. Sono più portata per roba che ha a che fare con la scienza.»

«Ho parlato con diversi amici. Caroline, per esempio, è una chimica, ed è disposta a vedere se può aiutarti a farti assumere nella sua azienda, ma dopo averne parlato con lei, abbiamo entrambi pensato che la soluzione migliore fosse Julie. Se proprio non vuoi prenderla in considerazione, troverò qualcos'altro.»

Ora si sentiva in colpa. «No, non c'è problema. Proverò almeno a parlarle.»

«Bene. Allora, hai bisogno di rimandare il colloquio?»

Era davvero... gentile. «No. Va bene così.»

«Sì, certo. Mi hanno detto che quando una donna dice che qualcosa va bene, in realtà non è così.»

Con sua sorpresa, Maggie si ritrovò a ridacchiare. «Probabilmente è vero, ma in questo caso dico sul serio.»

«Ok, sto per dirti una cosa che forse ti sembrerà una stronzata o una frase di circostanza, ma è la verità. Puoi parlare con me, Maggie. So che ci siamo appena conosciuti, ma se posso fare qualcosa per aiutarti, devi solo dirlo. E se non ti senti a tuo agio a farlo con me, in quell'auto ci sono tre donne che hanno avuto delle esperienze orribili e che capirebbero *tutto* ciò che stai passando.»

Maggie non ne era sicura. Loro avevano dei fidanzati che le supportavano, e aveva l'impressione che le avrebbero protette a ogni costo. Bastava pensare a come si era comportato quello di Remi quando aveva scoperto che lei usava il nome e l'account Uber di qualcun altro; neanche fosse stato il ragazzo di Adina, eppure aveva fatto il possibile per assicurarsi che non la stesse derubando.

La sua situazione non era affatto simile a quella che apparentemente avevano vissuto quelle donne. Non avevano qualcuno che le minacciava e che per proteggersi avrebbe fatto sbattere in prigione una persona innocente senza battere ciglio.

«Ok» replicò dopo un attimo.

Shawn sospirò e lei si sentì di nuovo in colpa. «Sarò lì verso le tre. Spero che per allora mi avranno detto qualcosa anche della tua macchina. Mandami un messaggio se cambi idea sul colloquio.»

«D'accordo. Shawn?»

«Sì?»

«Grazie.»

Non era sicura di cosa lo stesse ringraziando, ma non fu sorpresa quando lui disse semplicemente: «Figurati. Ci vediamo dopo.»

«Sei arrabbiata?» le chiese Remi non appena lei chiuse la chiamata. «Per il fatto che gli ho detto della telefonata?»

Lo era? Sorprendentemente, scoprì di non esserlo. «No.»

«Bene. Vuoi parlarne?».

«Direi di no.»

«Ok. Ma noi siamo qui se lo vuoi fare. Saremo anche impulsive e un po' strane, ma siamo brave ad ascoltare. E abbiamo dei fidanzati cazzuti che possiamo sguinzagliare su qualcuno se ne hai bisogno.»

Maggie non poté fare a meno di ridere. Non c'era nulla di divertente riguardo a Roman Robertson, eppure rise lo stesso. L'ultima cosa che avrebbe fatto era mettere nel mirino di quell'uomo uno dei SEAL legato a quelle donne. Non sapeva esattamente in cosa consistesse il suo lavoro in Marina, ma le aveva detto il suo titolo quando si erano conosciuti, anche se non aveva significato nulla per lei. Aveva dovuto cercare su Google i vari gradi per capire la sua posizione nell'ordine gerarchico. Non ricordava quale fosse, ma si trovava piuttosto in alto.

«Grazie» disse a Remi.

Il resto del viaggio di ritorno fu un po' meno teso, e provò tristezza quando dovette salutare le tre amiche. Si ripromisero di tenersi in contatto e di trovarsi per futuri pranzi e serate film.

Qualche minuto dopo aver salutato le donne, Maggie aprì la porta del suo appartamento sentendosi molto più leggera rispetto a quando aveva ricevuto la telefonata di Roman. Si sentiva più umana, meno simile a un mostro che era stato chiuso in prigione per tanto tempo, ma più come un seme che germogliava in primavera dopo un lungo letargo invernale. Era una frase sdolcinata, ma appropriata.

La sua vita era complicata tra la mancanza di fondi, la macchina in officina, la ricomparsa di Roman e le sue minacce, la nascente amicizia con Remi, Wren e Josie... e Shawn.

Non sapeva ancora cosa pensare di lui. Non conosceva per niente quell'uomo, eppure gli aveva permesso di far ritirare l'auto di Adina e di trovarle un lavoro. Inoltre, si era preso la libertà di dare il suo numero a donne che sapeva l'avrebbero presa sotto la loro ala. Era strano quanto fosse poco preoccupata in quel momento, considerando la quantità di controllo che aveva dato a uno sconosciuto.

Maggie pensò che più tardi, quella sera, avrebbe avuto il tempo di scoprire qualcosa di più su di lui.

Si rese conto che sarebbero stati da soli in macchina; avrebbe potuto farle qualsiasi cosa, portarla ovunque. Ma, d'altra parte, era stato così anche la sera prima, e ogni giorno che accettava un cliente nell'app Uber metteva a rischio la sua sicurezza.

Se si fosse trattato di fidarsi di lui o di un estraneo, doveva ammettere che avrebbe scelto Shawn a mani basse.

Quel pensiero la sorprese. Che cosa c'era in lui che le

faceva venire voglia di gettare istintivamente al vento le sue convinzioni di non fidarsi mai più di un altro uomo?

Non ne aveva idea. Ma la cosa la spaventava.

Sospirò e mise gli avanzi in frigorifero, poi tirò fuori i soldi dal portafoglio e li contò, cercando di fare mentalmente una lista di ciò che le sarebbe servito per rimanere a galla per il resto del mese. Ce l'avrebbe fatta... a malapena. Nella sua vita precedente aveva avuto un buon conto in banca, era stata una farmacista rispettata e aveva avuto pochissime preoccupazioni.

Era pazzesco come tutto potesse cambiare da un momento all'altro. L'avrebbe detto il tempo se aprirsi con Shawn e le donne si sarebbe ritorto contro di lei. Ma per la prima volta da secoli... provò un briciolo di speranza.

CAPITOLO CINQUE

PREACHER NON ERA sicuro che fosse una buona idea. Aiutare Maggie a trovare un lavoro, sì. Farsi coinvolgere nella sua vita, no.

Ma non riusciva a trattenersi. C'era qualcosa in lei che lo rendeva riluttante a starle lontano. Flash si era offerto di accompagnarla al My Sister's Closet per il colloquio con Julie, ma a Preacher era bastato un secondo per rifiutare.

Voleva passare del tempo con lei. Conoscerla meglio. Gli era entrata dentro in meno di ventiquattr'ore, e anche se sapeva che si stava preparando a una delusione, faceva comunque di tutto per rivederla.

Aveva detto lei stessa che se ne sarebbe andata dalla California il prima possibile. Era rimasta bruciata da un uomo... no, non solo bruciata, lui l'aveva incenerita. Ma il fatto che Remi gli avesse mandato un messaggio durante il pranzo perché si era preoccupata per Maggie, gli faceva capire che lei era speciale. Remi aveva un cuore tenero, quindi se *non* le fosse piaciuta la donna, non gli avrebbe permesso di farsi coinvolgere.

Anche la situazione con l'ex lo preoccupava molto. La cosa più importante era il fatto di non conoscere il suo nome. Poteva sempre contattare Tex e vedere cosa sarebbe riuscito a scoprire il genio del computer. Se quell'uomo era stato pronto a incastrare e a far condannare la sua ragazza per trasporto di droga, chissà cos'altro aveva fatto... o stava ancora facendo.

Ma, prima di tutto, Maggie aveva bisogno di un lavoro, e Julie era ansiosa di conoscerla. Le donazioni per la sua boutique di abbigliamento usato erano aumentate e anche la clientela si era ampliata, e lei aveva detto che avrebbe gradito un paio di mani in più.

Dopo essersi fermato nel parcheggio del condominio di Maggie, le mandò un messaggio per farle sapere che era lì. Avrebbe preferito andare a prenderla alla sua porta, ma lei aveva problemi di fiducia e non aveva voluto dargli il numero dell'appartamento. Cosa comunque intelligente.

Però si concesse di attenderla davanti alla portiera del passeggero. Non dovette aspettare molto.

Il giorno prima era stato troppo preoccupato di scoprire chi fosse e perché usasse l'auto e le credenziali Uber di Adina per poter pensare ad altro. Ora, invece, la percorse con lo sguardo dalla testa ai piedi, studiandola attentamente. Era un bel po' più bassa del suo metro e novantadue, forse era intorno al metro e settanta. Probabilmente aveva circa trent'anni, come lui. Aveva i capelli neri e lucenti che, come il giorno precedente, erano legati in una lunga coda di cavallo alta, che oscillava mentre lei si avvicinava.

Indossava un paio di jeans che le fasciavano le gambe formose... e per quanto si odiasse per averlo notato, aveva delle tette abbondanti. La maglietta che portava accentuava le sue forme anche se la copriva completamente. Qualcuno avrebbe potuto dire che il suo fisico era nella media, ma agli occhi di Preacher non c'era nulla che fosse nella *media* in lei. Aveva un aspetto sano.

Al momento sembrava non avesse alcuna preoccupazione al mondo, e ciò rendeva ancora più vero quel vecchio detto secondo cui non si poteva capire cosa stava attraversando nella vita una persona dal suo aspetto esteriore.

«Ehi» la salutò quando gli si avvicinò. Faticò a scacciare i pensieri riguardo al suo corpo... e su quanto desiderasse improvvisamente vedere cosa ci fosse sotto quei vestiti.

«Ciao» replicò lei. Si fermò a sessanta centimetri buoni di distanza e si limitò a fissarlo.

«Che c'è?» le chiese, confuso per il modo in cui lo stava guardando.

«Niente. È solo che... sembri diverso senza l'uniforme.»

Preacher si rilassò e ridacchiò. «Non mi dispiace stare in mimetica, ma dato che quando siamo in missione la indosso ventiquattr'ore su ventiquattro, cerco di mettere abiti normali quando posso. Sei pronta?»

Lei annuì, ma rispose: «No.»

Era già con la mano sulla maniglia, ma alla sua risposta esitò. «Hai cambiato idea?»

«No. Sì. Non lo so.»

Lui non poté fare a meno di ridacchiare. «Adesso sì che è chiarissimo.»

Gli lanciò un'occhiata imbarazzata. «È solo che... ho bisogno di un lavoro. Non mi piace usare l'account Uber di

Adina perché potrebbe rimandarmi dritta in prigione, ma tutto questo sembra... non so... troppo bello per essere vero?»

Preacher fece del suo meglio per mostrarsi rilassato. Il pensiero che quella donna venisse di nuovo rinchiusa gli sembrava *sbagliato*. «Questo lavoro non ti viene offerto per pietà» le disse. «Devi guadagnarteli i soldi. Julie è un angelo, ma lavora molto duramente e si aspetta altrettanto da chiunque lavori per lei. Da quello che ho capito, è molto gratificante vedere donne e ragazze trovare l'abito o l'outfit perfetto per l'evento a cui devono partecipare, o fornire a una famiglia che ha perso tutto in un incendio gli indumenti che servono loro nell'immediato, o partecipare a eventi di raccolta fondi e tornare a casa con un sacco di soldi... ma bisogna darsi da fare. Se accetterai questo lavoro, non starai seduta tutto il giorno, dovrai catalogare i vestiti donati, andare nei licei a fare presentazioni e occuparti dei clienti che vengono in negozio.»

«Wow, bel modo di far sembrare il lavoro affascinante» disse Maggie con una risata.

Ma Preacher non accennò nemmeno un sorriso. «Sono certo che in alcuni giorni sia un casino, ma la vera ricompensa sono i momenti in cui vedi una ragazza che non ha mai potuto permettersi qualcosa di semplice come dei vestiti nuovi, sentirsi bellissima quando prova un abito firmato per la prima volta.»

Maggie inclinò la testa e incontrò il suo sguardo. «È così che ti senti? Con il tuo lavoro? Cioè, so che non si tratta di abiti firmati, ma sono sicura che alcuni giorni sono orribili, eppure la soddisfazione che si prova quando si salvano persone innocenti o si elimina un pericoloso terrorista che vuole uccidere più gente possibile dev'essere incredibile.»

Preacher la fissò sorpreso. Non si sbagliava affatto. «Sì» rispose con un lieve cenno del capo.

«Ok. Facciamo così. Non so ancora quanto sarò brava con questa faccenda dei vestiti. Non ho alcun senso della moda, non saprei distinguere un abito di Louis Vuitton da uno preso da Walmart, ma non mi spaventa il lavoro duro.»

Si sentì orgoglioso di quella donna. Non sembrava un tipo isterico o incline al dramma. Faceva ciò che andava fatto e non si aspettava di ricevere complimenti. Le aprì la portiera dell'auto e indicò il sedile. «La sua carrozza, mia signora.»

Lei ridacchiò e fece un passo avanti.

In quel momento scattò qualcosa in lui. Il desiderio di fare la stessa cosa da lì a qualche anno: tenerle aperta la portiera prima di partire per un'avventura.

Era assolutamente improbabile, ma all'improvviso capì: Maggie era la donna che aveva cercato per tutta la vita.

E altrettanto improvvisamente capì anche che convincerla a dargli una possibilità sarebbe stata la cosa più difficile che avesse mai fatto. Ma ne sarebbe valsa la pena.

Non era un idiota. Non aveva dubbi che le probabilità che lei abbassasse la guardia tanto da aprirsi emotivamente erano davvero scarse. Inoltre, perché avrebbe dovuto scegliere *lui* quando c'erano tanti altri uomini là fuori con più esperienza, più belli e con lavori più sicuri?

Anche se ci fosse stata una minima possibilità che lei prendesse in considerazione l'idea di uscire con lui − per non parlare di decidere di passare il resto della vita insieme − Preacher avrebbe fatto tutto il possibile per farle capire che era un brav'uomo, non come quel codardo del suo ex. Non le avrebbe mai permesso di assumersi la colpa per qualcosa che lui aveva fatto. Maggie aveva bisogno di qualcuno che prendesse le sue difese, che le stesse accanto e a volte persino davanti.

E lui voleva essere quell'uomo.

L'istinto gli diceva di essere destinato a lei.

Chiuse la portiera e allo stesso tempo gli occhi per un momento. Il travolgente pensiero del "viaggio" che lo attendeva gli fece quasi cambiare idea, ma non si era mai tirato indietro di fronte a una sfida o a qualcosa che lo spaventava. E Maggie Lionetti lo terrorizzava a morte. Lei poteva essere tutto ciò che aveva sempre desiderato, e una mossa sbagliata avrebbe potuto fargliela perdere prima ancora di averla.

Riaprì gli occhi e girò intorno alla sua confortevole Chevy Malibu blu scuro, e sperò con tutto il cuore che il colloquio con Julie andasse bene. Aiutare Maggie a diventare più auto-sufficiente, a rafforzare la sua autostima, era il primo passo per aiutarla a rimettersi in piedi. Poteva aspettare di corteggiarla finché lei non si fosse sentita più forte e stabile. Forse.

Maggie strinse la mano a Julie e ricambiò il suo gran sorriso. Stava succedendo davvero. Era stata scettica riguardo a quel lavoro... finché non aveva parlato con la proprietaria dell'adorabile boutique. Appena entrata le era sembrato un negozio di lusso, un posto in cui non avrebbe mai voluto lavorare, ma non avendo proprio molta scelta aveva praticamente deciso subito di accettare.

Poi Julie l'aveva portata nel retro, e quando aveva dato un'occhiata al caos che regnava lì dentro, aveva capito perché la donna avesse bisogno di aiuto. C'erano borse di vestiti *ovunque*. Ce n'erano anche di appese sulle rastrelliere in ogni angolo. E mentre Julie le spiegava come funzionavano le cose – le donazioni che riceveva, le richieste di vestiti da parte della Croce Rossa e di altre organizzazioni, le donazioni settimanali ai rifugi per i senzatetto e le visite ai licei con i vestiti da far scegliere alle ragazze – il campanello sopra la porta d'ingresso aveva tintinnato regolarmente, per cui lei era dovuta andare ad accogliere chiunque entrava per curiosare o fare acquisti.

A quella donna serviva *decisamente* una mano.

Ma la cosa che l'aveva impressionata di più di Julie era stata la sua aria serena. Aveva bisogno di aiuto e lo voleva, ma aveva anche chiarito che lavorare lì non sarebbe stato estenuante. Lei stessa tornava a casa ogni giorno alle cinque. Trascorrere del tempo con suo marito era più importante di qualsiasi altra cosa. E dal poco che Maggie sapeva della storia della donna, non ne era rimasta sorpresa. Come Remi, Wren e Josie, anche Julie aveva subito un trauma, e scoperto a sue spese che cos'era importante nella vita, cioè gli amici e la famiglia, e non lavorare centinaia di ore alla settimana.

Quando finirono di parlare era passata un'ora e mezza. Le sembrava più di aver trascorso del tempo con una buona amica che fatto un colloquio di lavoro. Maggie non vedeva l'ora di iniziare. La paga era un po' più bassa di quella che guadagnava prima di venire arrestata, ma sicuramente superiore a quella di autista Uber. E la cosa positiva era che era legale al cento per cento, e ciò era un sollievo.

Quando aveva tirato fuori il fatto di essere una pregiudicata, Julie non era sembrata preoccupata. Le aveva semplicemente chiesto se aveva intenzione di derubarla.

Maggie aveva risposto con un deciso no ed era finita lì.

Le sembrava troppo bello per essere vero, ma cercò di allontanare quel pensiero negativo dalla sua mente.

«Vuoi mandare un messaggio a Preacher per dirgli che abbiamo finito?» le chiese Julie quando tornarono nell'area principale del negozio, dopo essersi strette la mano e aver concordato che avrebbe iniziato a lavorare entro qualche giorno, una volta riavuta la sua auto e quindi un mezzo di trasporto affidabile.

«Oh, non voglio disturbarlo a casa. Posso prendere un Uber.»

«Non è a casa» disse Julie con aria confusa. «Sono abbastanza sicura che sia in fondo alla strada, nella piccola libreria.»

«Gli ho detto che poteva andarsene» sostenne Maggie.

Julie ridacchiò. «Ecco una cosa che imparerai sui Navy SEAL... non fanno mai quello che tu pensi dovrebbero fare, ma quello che loro ritengono giusto. Ogni singola volta.»

Maggie non riusciva a capacitarsene. Evidentemente aveva frequentato le persone sbagliate troppo a lungo. Tirò fuori il telefono dalla borsa e gli mandò un messaggio.

Continuò a chiacchierare con Julie e poco dopo il campanello tintinnò e vide Shawn varcare la porta.

«Allora?» chiese con aria ansiosa.

«Preacher, ti presento la nuova dipendente del My Sister's Closet» disse Julie con un enorme sorriso.

«Grande!» replicò lui, e Maggie notò le sue spalle rilassarsi visibilmente.

Era stato davvero così preoccupato? Per il fatto che potesse non essere assunta o per qualcos'altro?

Non dovette chiederselo a lungo perché Julie disse: «Accidenti, sembri così sollevato perché l'ho assunta o perché ha accettato?»

Shawn scrollò le spalle. «Non avevo dubbi che Maggie avrebbe fatto una buona impressione al colloquio o che tu saresti stata felice dell'aiuto. Ma a volte le persone non entrano in sintonia.»

«A noi è successo» lo rassicurò. «Vero, Maggie?»

«Vero» rispose, e fu sorpresa di scoprire che era davvero così. Julie le piaceva. Non aveva peli sulla lingua e quello che stava facendo con il suo negozio per aiutare gli altri era stimolante.

«È tardi. La porterai a mangiare qualcosa, vero?» chiese Julie.

Maggie fece per protestare, ma Shawn la precedette. «Certo.» Poi si avvicinò alla donna e si chinò a baciarle una guancia. «Grazie, Julie. Sei la migliore.»

Lei alzò gli occhi al cielo. «Sono *io* che dovrei ringraziarti per averla portata qui.»

«E credo di essere io quella che dovrebbe ringraziare *entrambi*» ribatté Maggie.

«Vedremo se ti sentirai ancora così dopo il primo turno» disse Julie con un sorriso. «Ora andate. Ci vediamo. Mandami un messaggio se ci sono cambiamenti e hai bisogno di iniziare più tardi di quanto abbiamo concordato. A prescindere da come sembra siano le cose qui, sono molto flessibile. Se ti serve cambiare orario o altro, possiamo trovare una soluzione.»

Sembrava *davvero* tutto troppo bello per essere vero. «Lo apprezzo molto.»

«E io apprezzo la tua disponibilità a lavorare sodo. Ci sentiamo.»

Maggie salutò Julie con la mano, Shawn le posò la punta delle dita sulla schiena e si avviarono verso la porta.

Se avesse osato toccarla qualcun altro incontrato solo il giorno prima, Maggie gli avrebbe detto di tenere le mani a posto, ma per qualche motivo, il tocco di Shawn non la fece rabbrividire. Nemmeno il ricordo di come le guardie della prigione le avevano afferrato il braccio e a volte l'avevano spinta da dietro quando camminava, le fece cambiare idea sul fatto di permettergli di stare alle sue spalle.

Quando furono sul marciapiede, lui si spostò per mettersi più vicino alla strada rispetto a lei, mentre si dirigevano verso il posto in cui aveva parcheggiato prima.

«Sei stato davvero in libreria per tutto il tempo?» gli chiese.

Lui scrollò le spalle. «Più o meno. Mi sono fermato in qualche altro negozio per curiosare prima di andare in libreria.»

«Hai preso qualcosa?»

Con sua grande sorpresa, avrebbe potuto giurare di aver visto un rossore salirgli dalla nuca fino alle guance.

«È una libreria, certo che ho preso qualcosa. Non si può entrare in un negozio del genere e non comprare almeno un libro o due.»

«È trascorso molto tempo dall'ultima volta che ho speso dei soldi per dei libri, ma in passato andavo sempre in biblioteca. Ho bisogno di tornare a farlo, mi manca leggere.» Non era una cosa che avrebbe ammesso con molte persone, ma, ancora una volta, con Shawn si sentiva a suo agio a condividere cose di cui normalmente non avrebbe parlato. Era sconcertante, ma anche... piacevole.

«Ti va di andarci dopo mangiato? Credo che ce ne sia una non troppo lontana dal tuo appartamento.»

Maggie si fermò e fissò l'uomo accanto a lei. Se l'avesse detto qualcun altro, avrebbe pensato che l'offerta fosse una premessa per qualcos'altro, ma era abbastanza sicura che Shawn non avesse secondi fini.

«Cosa? Che c'è che non va?» le chiese, guardandosi intorno come se cercasse un qualche pericolo che l'aveva fatta fermare così bruscamente sul marciapiede.

«Non verrò a letto con te» sbottò. Glielo aveva già detto, ma sentì il bisogno di ripeterlo... nel caso si fosse sbagliata rispetto alle sue intenzioni.

Lo sguardo preoccupato di Shawn si trasformò in qualcos'altro... irritazione, delusione.

Fu quell'ultima emozione a farla vergognare del suo sfogo.

«Lo so. Ne abbiamo già parlato, ma va bene, lo ripeterò. Il pensiero non mi è nemmeno passato per la testa. Mi sono offerto di portarti in biblioteca perché pensavo che ti sarebbe piaciuto fare qualcosa che non facevi da tempo, cioè prendere un libro. Ti avrei portata in una libreria per *comprarti* qualcosa senza chiedertelo, ma ho pensato che avresti potuto offenderti. Che tu ci creda o no, ci sono passato. Non ero esattamente nella tua stessa situazione, ovviamente, ma ero abbastanza al verde da potermi permettere solo noodles e, se ero fortunato, la benzina per la macchina. L'ultima cosa che farei ora è cercare di sedurti. E a essere sincero, non avrei la più pallida idea di come fare.»

«Sì, certo» replicò Maggie con sarcasmo. Si sforzò di non sentirsi in colpa per come lo stava trattando. Era stato fantastico, e lei si stava comportando da stronza. Ma non riusciva a impedirselo. Le sue barriere si stavano sgretolando e aveva un disperato bisogno di puntellarle per evitare di farsi ferire ancora una volta. «Sei un Navy SEAL. Sono certa che le donne ti si gettano addosso in continuazione. Ma se credi che sia ciò che otterrai aiutandomi, devi ripensarci. Non sarò un'altra tacca sulla tua testiera del letto.»

«Non ci sono tacche» disse Shawn.

Maggie lo fissò, incerta su ciò che intendesse dire con quell'affermazione. «Mm-mm. Se lo dici tu.»

«Vuoi sapere perché mi chiamo Preacher?»

Era strano che stessero facendo quella conversazione in mezzo a un marciapiede, ma ora che l'aveva iniziata, Maggie non sapeva come fermarsi.

Lui non le diede la possibilità di rispondere. «Al campo di addestramento, quando avevamo delle pause, tutti i ragazzi andavano nei bar a rimorchiare donne. Io non ci sono mai andato. Nemmeno una volta. Non è una cosa che fa per me. Hanno iniziato a chiamarmi Preacher per prendermi in giro. Ma non mi importava allora, tantomeno adesso. Quando andrò a letto con una donna sarà perché è quella con cui voglio passare il resto della mia vita, non perché è ubriaca e vuole vantarsi di essere stata con un SEAL. Chiamami pure all'antica, non mi dà fastidio. So cosa voglio, ed è aspettare di trovare la donna giusta.»

Maggie rimase a bocca aperta. Aveva davvero detto ciò che lei *pensava* avesse detto? «Quanti anni hai?»

Lui sorrise. «Trentatré.»

«E tu...» si interruppe.

Non aveva intenzione di chiederlo. No, non stava a lei ed era scortese.

Ma lui rispose comunque alla domanda che non aveva avuto il coraggio di fare. «Te l'ho detto, sto aspettando.

Quindi non hai nulla da temere da me riguardo all'obbligarti o al farti pressione per il sesso.»

Quell'uomo era *vergine*? Incredibile. Era... *magnifico*, muscoloso, bello. Bellissimo, in realtà. Ma, soprattutto, era gentile, generoso e simpatico. Un grande amico. Leale. *Tutti* gli aggettivi positivi possibili.

Come poteva essere vergine?

Shawn sospirò. «La tua reazione è esattamente il motivo per cui non lo condivido con molte persone. Non vedo il fascino di fare sesso solo per il *gusto* di farlo. Ho qualche giocattolo, quindi non sono ignorante in materia, e ho un sano desiderio sessuale. Di solito me ne occupo da solo. Non mi affido alle donne per soddisfare i miei bisogni. Voglio un legame con qualcuno prima di condividere qualcosa di così intimo come un rapporto completo.»

Più parlava, più Maggie rimaneva sbalordita. E più interessata. Era in qualche modo ironico che la sua ammissione di essere vergine la attraesse di più, non di meno.

«Allora... vuoi andare in biblioteca o no?»

Suonava così calmo. Non era affatto preoccupato di averle detto qualcosa di estremamente personale e privato su di sé. Sì, lo aveva fatto per rassicurarla che non stava cercando di portarsela a letto, ma comunque...

«Sì» si ritrovò a rispondere.

«Ottimo. Che ne dici di cibo italiano per cena? C'è un piccolo e fantastico locale a conduzione familiare non lontano da qui. Conosco i proprietari, sono persone meravigliose. E ti garantisco che non te ne andrai affamata.»

«È possibile uscire da un ristorante italiano con la fame?» gli chiese.

Shawn sorrise. «Potresti rimanere sorpresa.»

Ripresero a camminare e le loro mani si sfiorarono accidentalmente.

«Scusa» le disse guardandola e con una piccola scrollata di spalle.

In quel momento Maggie si rese conto di vedere Shawn sotto una nuova luce.

Lo aveva messo sullo stesso piano del suo ex. Erano entrambi in Marina, erano molto alfa, si sentivano a proprio agio con loro stessi. Ma Shawn e Roman erano totalmente diversi. Certo, se fossero stati messi uno accanto all'altro sarebbero sembrati molto simili, ma ora che lo stava conoscendo si rendeva conto che i due erano come il giorno e la notte.

Roman era la notte buia e Shawn era la luce del giorno. E le piaceva davvero stare con lui. Voleva conoscerlo meglio.

«Cosa ti piace leggere?» gli chiese mentre camminavano.

Il sorriso che le rivolse le provocò un brivido sulla nuca. Le piaceva quando la guardava così. Le piaceva molto.

––––––––––––––––––

A Preacher era sembrato che il cuore gli stesse per uscire dal petto quando aveva ammesso di non essere mai stato con una donna. Non poteva credere di averglielo detto. Maggie doveva pensare che fosse l'uomo più patetico che avesse mai conosciuto. Chi era vergine a trentatré anni? Ma aveva dovuto fare *qualcosa* per rassicurarla che non era gentile solo per portarsela a letto.

Per fortuna la sua ammissione l'aveva fatta rilassare, cosa che era stata il suo obiettivo. Ma lui continuava a mettere in dubbio le proprie decisioni. L'offerta di portarla a cena e in biblioteca era stata davvero senza condizioni; aveva voluto semplicemente prolungare il tempo da passare insieme.

E gli era sembrato che anche lei lo avesse desiderato. Infatti, la loro conversazione era filata liscia e non c'era stato un solo momento in cui non avessero saputo cosa dirsi. Le aveva raccontato della sua famiglia nel Maine, di come si era interessato ai SEAL e anche di alcune delle sue missioni meno top-secret.

In cambio, aveva appreso che era stata adottata da neonata, e che poi aveva trovato la madre naturale, ma era morta circa dieci anni prima e lei non aveva avuto la possibilità di conoscerla. Non aveva fratelli, adottati o biologici. Gli aveva raccontato di alcune delle cose che aveva fatto al college, e lui non ricordava di aver mai riso così tanto.

Una volta lasciato il ristorante, dopo aver mangiato troppo, trascorsero più di un'ora in biblioteca. Lui ne avrebbe potuta passare almeno un'altra, ma Maggie sembrava stanca e non protestò quando le chiese se era pronta ad andarsene. Quando uscirono lei aveva una pila di libri tra le braccia, cosa che per qualche motivo lo fece sentire orgoglioso.

L'unico momento critico della serata era stato quando le era squillato il telefono. Lei aveva risposto e poi, senza dire una parola, aveva chiuso la chiamata. Si era rifiutata di dirgli chi l'aveva contattata, ma per Preacher era stato evidente che l'avesse turbata. Odiava che non si fidasse abbastanza di lui da parlargliene, ma si conoscevano solo da un giorno, anche se sembrava molto di più.

«Mi dispiace di non sapere ancora nulla della macchina» le disse quando si fermò nel parcheggio.

«Non c'è problema. Ti chiamo domani.»

Si ripromise di telefonare al meccanico come prima cosa

l'indomani mattina. Non aveva idea di che problema avesse l'auto, ma voleva essere sicuro che Maggie potesse permettersi di pagare qualsiasi cosa fosse. Aveva già concordato con il tipo che avrebbe addebitato a lui la metà del costo, ma voleva anche assicurarsi che il cinquanta per cento rimanente fosse una cifra che lei poteva sostenere.

Non aveva mentito quando le aveva detto di sapere cosa significava avere problemi di soldi. Ora era in una buona posizione, ma con Maggie voleva ripagare i favori che aveva ricevuto all'epoca.

«Sono stato bene oggi» le disse... e si sentì subito stupido. Non era stato un appuntamento. Neanche lontanamente. Eppure, passare del tempo con lei era stata la cosa migliore che avesse mai fatto con una donna.

«Anch'io» replicò Maggie.

Avrebbe voluto prolungare il momento, vedere se voleva fare ancora qualcosa con lui, ma non sapeva come dirlo. Non era molto bravo in quel genere di cose. Con gli appuntamenti.

«Grazie per avermi presentato Julie. E per aver dato il mio numero alle altre. Non mi ero resa conto di quanto mi fossi isolata dopo essere uscita di prigione.»

Le sue parole lo fecero sentire bene. «Figurati.»

«Allora...» disse lei, allungando la parola.

«Giusto. Devo andare. Domattina ho l'allenamento» replicò Preacher, sentendosi impacciato come un adolescente. «Ti va di venire un'altra volta a cena con me?» sbottò.

Con suo grande sollievo, Maggie annuì. «Sì, direi di sì.»

«Perfetto! Ti chiamo.»

«Ok.»

«Ok.» Preacher sapeva che stava sorridendo come un pazzo, ma non riuscì a impedirselo. D'impulso, le si avvicinò e si chinò per baciarla sulla guancia. Lei si irrigidì, ma non si allontanò. «Dormi bene.»

«Lo farò. Anche tu.»

«Chiama se hai bisogno di qualcosa.»

Lei arricciò il naso. «Non avrò bisogno di nulla.»

Probabilmente aveva ragione, ma non poté fare a meno di dire: «Non si sa mai. Ci sentiamo, Maggie.»

«Ciao, Shawn.»

Preacher sorrise per tutto il tragitto verso casa.

CAPITOLO SEI

«Negli ultimi giorni sei stato terribilmente sorridente» disse MacGyver. «Come mai?»

Preacher guardò il suo compagno di squadra. Stavano facendo degli esercizi addominali sulla sabbia ed entro qualche minuto avrebbero ricominciato a correre sulla spiaggia. Era presto, il sole aveva appena fatto capolino all'orizzonte e Kevlar li stava facendo lavorare sodo. Eppure, Preacher si sentiva un uomo nuovo. L'ultima settimana e mezza era stata... meravigliosa.

Aveva parlato al telefono con Maggie tutte le sere, anche quelle in cui l'aveva vista dopo il lavoro. Il suo impiego al My Sister's Closet stava andando alla grande. Diceva che le giornate erano frenetiche, ma le piaceva più di quanto avesse pensato. Si erano visti tre volte da quando l'aveva portata al colloquio con Julie, e la sera prima, finalmente, si era lasciata accompagnare fino alla porta del suo appartamento.

Le cose stavano progredendo lentamente, ma ogni

progresso era un passo nella giusta direzione per quanto lo riguardava.

«Immagino che le cose stiano andando bene con la ragazza che si spacciava per Adina» disse Flash.

«Si chiama Maggie, e usava le sue credenziali di autista Uber solo perché non riusciva a trovare un altro lavoro» replicò lui un po' stizzito.

«Crediamo che sia innocente?» domandò Safe.

Fece del suo meglio per non saltare alla gola del suo amico. Non era suonato scettico, aveva semplicemente fatto una domanda. Ma la cosa lo irritò comunque. Con sua sorpresa, fu Smiley a rispondere con fermezza: «È innocente.»

«Come fai a saperlo?» incalzò Safe.

«Lo capirai quando la incontrerai» rispose senza esitazione. «Tutto in lei grida innocenza.»

«Allora... c'è qualcosa che si può fare?» chiese Flash.

«Per cosa?» domandò Kevlar.

«Per i due anni in cui è stata dietro le sbarre per qualcosa che non ha fatto» chiarì. «C'è qualcuno che possiamo chiamare per indagare e farle revocare la condanna? Aspetta... ma lei sa chi l'ha incastrata? E che ne è stato di *quella* persona?»

«Già, chi è lo stronzo che l'ha incastrata?» chiese Blink, suonando arrabbiato per conto di Maggie.

Ecco perché amava lavorare con quegli uomini. Erano sempre pronti a battersi per gli innocenti.

«Preacher? Cosa sai di quel tipo? Era un ex, giusto?» domandò Kevlar.

Si alzò insieme al resto della sua squadra, e si avviò lungo la spiaggia a passo veloce. Si lamentava di quegli allenamenti mattutini, ma in segreto li amava. Gli facevano pompare il cuore e circolare il sangue. Lo aiutavano a pensare più chiaramente.

«Sì, è un ex» confermò. «Ma io e Maggie non ne abbiamo mai parlato. È estremamente sensibile riguardo a quello che è successo, e non posso biasimarla. Vive con la paura di fare anche la più piccola cosa sbagliata e di finire di nuovo dietro le sbarre. È uno schifo.»

«Posso immaginare» disse MacGyver. «Il suo ex è ancora in giro? Potrebbe combinare qualcosa che la farebbe tornare in prigione? Tipo fare una falsa denuncia alla sua responsabile della libertà vigilata?»

Preacher si bloccò. Gli altri continuarono a correre per un momento, poi si fermarono e si girarono a fissarlo.

«Preacher?» lo chiamò Kevlar, preoccupato.

Si sentiva un idiota. Non ci aveva nemmeno *pensato*. Sapeva che Maggie voleva andarsene dalla California, ma non aveva insistito per saperne di più. Aveva semplicemente pensato che fossero i brutti ricordi e l'alto costo della vita a farle desiderare di andarsene. Ma ora che MacGyver aveva tirato fuori l'argomento, doveva essere terrorizzata che il suo ex facesse qualcosa per rispedirla in prigione. Soprattutto se era stato lui a farla finire dentro.

Inoltre, durante una delle loro conversazioni aveva accennato al fatto che fosse qualcuno molto in alto di grado nella Marina.

I suoi compagni di squadra tornarono al punto in cui si trovava lui.

«Cosa c'è che non va?» domandò Smiley con la fronte aggrottata.

«Potrebbe decisamente fare qualcosa che la rimanderebbe dietro le sbarre» disse Preacher, rispondendo alla domanda di

MacGyver. «Credo che sia terrorizzata dall'idea che possa accadere.»

«Allora che possiamo fare per prevenire una cosa del genere?» chiese Safe.

Preacher deglutì a fatica. «Non lo so. Senza sapere chi è questo tizio, andiamo un po' alla cieca. Ma mi *ha* detto che è in Marina.»

«Cosa?»

«Davvero?»

«Merda. Questo complica le cose.»

Aveva pensato le stesse cose che stavano esprimendo i suoi compagni di squadra quando Maggie aveva ammesso che il suo ex era un ufficiale della Marina.

«Devi scoprire chi è. Farti dire il suo nome» disse Flash.

«Non credo sia così facile.»

«Dovrebbe esserlo. Lo sta proteggendo per qualche motivo? Lo ama ancora?» chiese Safe.

«No» praticamente ringhiò. Di quello non aveva alcun dubbio.

«Non lo so. A volte è difficile per una donna maltrattata lasciare la persona che abusa di lei, perché pensa di amarla e di volerla cambiare» sostenne Kevlar.

«Non è questo il problema di Maggie» disse Preacher con fermezza. «Ha paura di lui. E ha ricevuto delle telefonate. Non mi dice da chi provengono e riaggancia quasi subito, ma vedo che la turbano. La spaventano. Ora... credo che siano dell'ex.»

Kevlar si accigliò. «Non è una buona cosa.»

«No, affatto» concordò.

«Se questo tizio è in Marina, avremo bisogno di prove prima di poter coinvolgere l'NCIS» affermò Flash.

«Non possiamo semplicemente portare loro le nostre

preoccupazioni e farli indagare?» chiese MacGyver. «Non avresti nemmeno bisogno di chiederlo a Maggie, se ha testimoniato contro di lei, il suo nome dovrebbe essere nei documenti del tribunale, no?»

«Sì. Ma non voglio agire alle sue spalle. Soprattutto ora che abbiamo appena iniziato a frequentarci. Mi sembrerebbe di tradire enormemente la sua fiducia. È stata *molto* riluttante a dirmi che lavora in Marina. Se cominciassi a indagare sul suo caso e scoprissi chi è questo stronzo a sua insaputa, non ho alcun dubbio che la cosa distruggerebbe i progressi che abbiamo fatto insieme. Voglio che arrivi a fidarsi abbastanza di me da dirmi liberamente chi è quel tizio» disse ai suoi amici.

«Posso capirlo» ribatté Kevlar. «Ma se la sta minacciando...» Si interruppe.

«Cazzo» mormorò Blink. «È una situazione senza via d'uscita.»

Preacher era d'accordo al cento per cento. Era stato un idiota. Si era messo a corteggiare Maggie come se lei fosse stata in una situazione normale, ma ora che si era fermato a pensarci, la sua situazione era *tutt'altro* che normale.

«Sei sicuro di volerti coinvolgere con questa donna?» domandò Flash. «E non lo sto chiedendo per fare lo stronzo. È una pregiudicata, se vi mettete insieme vi troverete a dover gestire molte cose che saranno più difficili o impossibili per lei, o per entrambi.»

Preacher fece del suo meglio per non infierire sull'amico. Era ben consapevole delle conseguenze che Maggie avrebbe dovuto affrontare in futuro a causa di ciò che era successo; non avrebbe potuto votare finché era in libertà vigilata, sarebbe stato più difficile ottenere prestiti per qualsiasi cosa, dall'auto alla casa, e conosceva già la difficoltà di trovare un lavoro.

Ma il pensiero di non vederla più gli faceva accapponare la pelle.

Il fatto era che Maggie gli *piaceva*. Era divertente, gentile e premurosa. E davvero intelligente. Più le stava vicino, più *voleva* farlo. Non aveva mai incontrato un'altra donna che lo facesse sentire così.

«Sono sicuro» rispose un po' in ritardo a Flash.

«Ok, allora dobbiamo trovare una soluzione» disse Kevlar con fermezza. «Devi darti da fare per scoprire il nome del suo ex, così sapremo con chi abbiamo a che fare.»

Tutti gli altri annuirono d'accordo.

Ecco. Quello era il motivo numero centosessantasette per cui Preacher avrebbe dato la vita per quegli uomini, se fosse stato necessario. Erano leali fino all'inverosimile e non avevano problemi a sacrificarsi per qualcuno a cui tenevano.

«Vedrò cosa posso fare» replicò, già temendo la conversazione che sapeva di dover affrontare con Maggie. Lei non avrebbe voluto parlare del suo ex. Non solo perché avrebbe fatto riaffiorare brutti ricordi, ma perché era sinceramente convinto che fosse terrorizzata da quell'uomo.

«Bene. Detto questo, muovete il culo. Abbiamo ancora sei chilometri e mezzo da percorrere prima di poter tornare alla base.»

Tutti gemettero, ma fecero come ordinato.

Per il resto della mattinata Preacher cercò di capire come fare per tirare fuori l'argomento dell'ex di Maggie quando si sarebbero parlati, e una volta che la squadra arrivò nel posto in cui avevano parcheggiato i veicoli, non era ancora giunto a un piano praticabile.

Ma i ragazzi avevano ragione. Maggie aveva bisogno di aiuto. Forse non si era resa conto di ciò in cui si stava imbarcando quando era andata a prendere Remi la settimana precedente, ma stava per scoprire che Preacher e i suoi amici non erano solo delle belle facce. Avevano delle conoscenze incredibili e non avrebbero esitato a usarle per aiutare qualcuno in difficoltà. E Maggie aveva decisamente bisogno di qualcuno al suo fianco.

———

Era strano quanto fosse impaziente Maggie di vedere Shawn quella sera. Le tre volte in cui si erano incontrati nell'ultima settimana e mezza erano state davvero piacevoli. Non si era mai sentita così... eccitata di stare con qualcuno. Il che, ironia della sorte, le faceva anche desiderare di essere più cauta.

Il ricordo di ciò che Roman aveva fatto era fresco nella sua mente. Come poteva non esserlo? A volte, di notte, quando era sola, sentiva ancora la puzza della cella dove aveva trascorso due lunghi anni. L'odore che si respirava quando tante persone vivevano in uno spazio ristretto sembrava essersi infiltrato nei suoi pori.

Il pensiero di prendere una decisione sbagliata e di essere rispedita lì era sufficiente a farle venire voglia di nascondersi sotto le coperte e non uscire mai più.

Ma quando era con Shawn, non cercava di capire come e quando lui l'avrebbe fregata. Poteva abbassare la guardia e semplicemente... essere sé stessa. Era una cosa strana, perché stava ancora cercando di capire chi fosse la nuova Maggie Lionetti. La prigione l'aveva cambiata, come avrebbe fatto per chiunque, ma non sapeva se l'avesse resa più forte o solo più cinica.

Quella sera Shawn sarebbe passato a prenderla per portarla a cena in un posto chiamato Aces Bar and Grill. L'aveva rassicurata sul fatto che era un locale tranquillo e non un tipico pub. Anche Adina ne aveva parlato prima di partire. I bar non erano nelle sue corde, ma era disposta a fare un tentativo.

Ora, però, ci stava ripensando. Quando Shawn l'aveva chiamata, le era sembrato... strano. Le aveva chiesto se poteva andare a casa sua un po' prima che uscissero per la cena in modo da poter parlare. Quindi, ovviamente, era nervosa riguardo a ciò che voleva dirle. Non pensava che avrebbe ammesso di aver cambiato idea sul fatto di voler uscire con lei, perché aveva confermato il piano di andare a cena, ma non riusciva a immaginare di cos'altro volesse discutere dato che era suonato molto serio.

Eppure... forse lo immaginava. Il grande argomento scomodo.

Maggie sapeva meglio di chiunque altro che stare con lei non era facile. Ora il suo passato influenzava tutto ciò che faceva. Non guidava mai oltre il limite di velocità, non attirava mai l'attenzione su di sé quando era in pubblico, il più delle volte se ne stava per conto suo.

E forse tutto ciò era troppo per Shawn. Magari avrebbe cercato di disilludere con naturalezza le aspettative riguardanti la loro amicizia, ma aveva ancora intenzione di portarla a cena come premio di consolazione; l'ultima cena insieme prima di abbandonarla.

La sua immaginazione stava andando fuori controllo ed era sul punto di chiamare Shawn e dirgli che non voleva più vederlo o parlargli – più che altro per istinto di sopravvivenza, non perché era quello che voleva veramente – quando il telefono squillò.

Si spaventò. Si era dimenticata di aver alzato la suoneria in modo da poterlo sentire mentre lavorava. Per fortuna al lavoro poteva rispondere alle chiamate e ai messaggi finché non c'erano clienti nel negozio; nell'ultima settimana non aveva risposto subito ad alcuni messaggi di Shawn perché non aveva sentito la notifica, e la delusione provata era stata sorprendente, quindi aveva fatto sì di non perdersene altri.

Abbassando lo sguardo, le si rivoltò lo stomaco quando lesse "Sconosciuto" sullo schermo. Non per la prima volta desiderò di poterlo ignorare, di poter inviare la chiamata alla segreteria telefonica, ma voleva essere sempre disponibile per la sua responsabile della libertà vigilata. Quella donna non l'avrebbe denunciata se per una volta non avesse risposto subito, ma Maggie era disperata, e voleva fare tutto il possibile per seguire le regole che avevano stabilito per lei quando era stata rilasciata. Naturalmente, aveva memorizzato nel cellulare il numero dell'ufficio preposto, ma era sempre possibile che potesse chiamarla da un altro numero.

Non poteva ignorare quella telefonata, per quanto avrebbe voluto farlo o le facesse stringere lo stomaco vedere la parola "Sconosciuto" sullo schermo.

Preparandosi al peggio, rispose: «Pronto?»

«Esci con un SEAL?» chiese l'uomo dall'altro capo della linea; da ogni parola trapelava il suo veleno. «Mi stai prendendo per il culo?»

«Lasciami in pace, Roman» disse Maggie, arrabbiandosi per la prima volta. Era una bella sensazione. Di solito si limitava a riattaccare e a bloccare il numero, ma quella sera aveva deciso che non ne poteva più. *Proprio più!* «Penso che tu abbia incasinato abbastanza la mia vita. Ho tenuto la bocca chiusa e continuerò a farlo. Ma devi smettere di chiamarmi.»

«Ascolta, stronza, tu non mi dici cosa fare. Sono io che ho il coltello dalla parte del manico. E puoi giurarci che terrai la bocca chiusa. Posso farti tornare dietro le sbarre con una sola telefonata.»

Le cedettero le ginocchia e si accasciò a terra. «Perché?» sussurrò. «Perché lo stai facendo? Mi hai rovinato la vita, Roman! Perché mi stai ancora tormentando?»

«Perché è divertente» fu la sua risposta.

La risata che seguì la sua affermazione le fece capire che non stava scherzando. Pensava davvero che fosse *divertente*. Rovinarle la vita era un passatempo per lui.

In quel momento si rese conto di aver sbagliato; avrebbe dovuto registrare tutte le chiamate, in modo da avere le prove che Roman la stava molestando. Che era stato lui a incastrarla due anni prima.

Non appena avesse riattaccato, avrebbe rimediato, trovando una di quelle applicazioni di registrazione. Non sapeva come si facesse, ma l'avrebbe scoperto. Forse Shawn l'avrebbe aiutata.

Ricordare che sarebbe arrivato a casa sua da un momento all'altro la fece di nuovo irrigidire, e come se i suoi pensieri in qualche modo fossero stati trasferiti a Roman, lui parlò di nuovo.

«Ti avverto, se dici qualcosa a quell'uomo rana o ai suoi amici, te ne pentirai. Prima o poi scoprirò chi è e gli farò rimpiangere di averti conosciuta. Ti ho detto che sono un pezzo grosso in questa base, e non mentivo. Posso fare in modo che la sua squadra marcisca in una giungla o che il loro sangue bruci in un fottuto deserto dall'altra parte del mondo. Nel momento in cui scoprirò chi è, o se sentirò anche solo una minima chiacchiera riguardo a qualcuno che chiede di me, sarà fatta. Mi *appartieni*, Maggie. Non dimenticarlo, cazzo.»

Come poteva? Lui non glielo avrebbe mai permesso.

Stava per supplicarlo ancora una volta di lasciarla in pace, ma ormai era troppo tardi. Aveva chiuso la chiamata.

Come un automa, toccò sul numero da cui le aveva telefonato e lo bloccò, pur sapendo che non sarebbe servito a nulla. A quanto pareva, Roman aveva una riserva infinita di cellulari usa e getta. Avrebbe potuto cambiare numero, ma lui aveva scoperto con facilità quello che aveva da quando era stata rilasciata, non c'era motivo di dubitare che se lo avesse di nuovo cambiato lui sarebbe riuscito a scovarlo altrettanto facilmente.

Si sedette sul pavimento di piastrelle e fissò il vuoto, scervellandosi per capire cosa fare. Poteva scappare, lasciare lo Stato, nascondersi, ma ciò l'avrebbe solo messa in guai peggiori. Non aveva idea di come sparire o ottenere una nuova identità. Inoltre, nonostante i suoi precedenti, non era una criminale. Non le piaceva essere nei guai. Era una che rispettava le regole, e il solo pensiero di vivere il resto della vita nascondendosi dalle autorità le faceva venire l'orticaria.

Ma la minaccia di Roman contro Shawn e i suoi amici era reale. Non dubitava minimamente che avrebbe potuto rovinare la loro squadra, e che non avrebbe esitato a farlo. L'ultima cosa che voleva era che qualcun altro si facesse male o si mettesse nei guai a causa delle sue decisioni sbagliate. E uscire con Roman Robertson era stata una delle peggiori decisioni che avesse mai preso. Le aveva letteralmente rovinato la vita.

Che fosse dannata se gli avrebbe permesso di rovinare anche quella di Shawn.

Il pensiero di ciò che doveva fare la fece sentire ancora più impotente e spaventata.

Quando bussarono, sussultò sorpresa. Si alzò lentamente, i piedi le formicolavano per essere rimasta seduta a terra così a lungo. Si avvicinò alla porta con le gambe rigide e guardò attraverso lo spioncino. Era Shawn, come si era aspettata.

Deglutì a fatica e aprì. Era davvero attraente. Indossava una camicia di flanella a scacchi bianchi e blu, che nel sud della California avrebbe dovuto sembrare un po' strana, ma che lo rendeva ancora più bello del solito. Sembrava anche che avesse provato a sistemarsi i capelli, invece di passarci semplicemente una mano come faceva sempre. La barba era ben curata e il suo sorriso quando la vide avrebbe dovuto farla fremere tutta. Invece le fece venire la nausea, visto quello che stava per fare.

Quel bel sorriso svanì lentamente e le chiese: «Cosa c'è che non va?»

Maggie fece un respiro profondo e indietreggiò. «Niente. Entra pure.»

Invitarlo a entrare in casa era un grande passo per lei. Dimostrava un livello di fiducia che pensava fosse stato polverizzato a causa di tutto quello che aveva passato, ma quell'uomo era riuscito in qualche modo a fare breccia nelle sue barriere e a convincerla a fidarsi di lui a tempo di record. Peccato che lei avrebbe rovinato tutto con ciò che stava per dirgli.

Una volta all'interno dell'appartamento si voltò un po' a disagio verso Shawn. «Vuoi qualcosa da bere?»

«No. Voglio che tu mi dica perché sei così spaventata.

Non mi vuoi qui? Posso andarmene. O hai cambiato idea sul fatto di andare all'Aces? Possiamo andare da qualche altra parte.»

Quella era una delle cose che le piacevano di più di lui. Faceva il possibile per farla sentire sempre a suo agio. E non aveva timore di chiederle cosa stesse pensando e provando. Nella sua esperienza, gli uomini non lo facevano, fingevano che tutto andasse bene anche quando chiaramente non era così.

Aveva bisogno di farlo subito. Come strappare un cerotto. «Questa cosa tra noi non va bene per me, Shawn. Credo che non dovremmo più vederci né parlare.»

Con sua grande costernazione, lui non mostrò nessuna reazione alle sue parole. Si limitò a fissarla.

Per coprire quel momento imbarazzante e il suo disagio, Maggie continuò a parlare. «Non è che non mi piaci. Anzi. È solo che... ho molte cose da fare. Sai, con il lavoro che mi hai aiutato a ottenere e assicurandomi di non fare nulla che rischi di violare la libertà vigilata. Inoltre, Adina tornerà a casa tra qualche mese e io devo concentrarmi sulla ricerca di un nuovo posto dove vivere.»

«Capisco» disse lui.

Ma non si girò e non se ne andò. Non fece altro che rimanere lì a continuare a fissarla con quei suoi profondi occhi verdi.

«Shawn?» gli chiese, sentendosi nervosa.

Cogliendola di sorpresa, le tolse di mano il cellulare che stava ancora stringendo come se fosse stato un'ancora di salvezza. Glielo lasciò fare e lo guardò mentre lo sbloccava e scorreva il dito sullo schermo.

«Come fai a conoscere il codice del mio telefono?» sbottò.

«Sono stato parecchio accanto a te e mi è capitato di vederti sbloccarlo un paio di volte.»

Be', cavoli. Ovvio che lo avesse memorizzato. Era un Navy SEAL. Osservava tutto. E lei avrebbe dovuto imparare a proteggersi meglio. Soprattutto con il suo ex che, a quanto pareva, ce l'aveva con lei.

«Ha chiamato di nuovo» disse Shawn. Non fu una domanda.

Maggie trattenne il respiro e lo fissò. Non era sicura se voleva di più che lui scoprisse tutti i suoi segreti e la convincesse a lasciarlo rimanere, o che si girasse e se ne andasse.

Dio, ma chi voleva prendere in giro? Non voleva che se ne andasse. Proprio per niente. Lui la faceva sentire al sicuro, ed era una cosa incredibile dato che negli ultimi due anni non si era sentita al sicuro nemmeno per un minuto al giorno. Era sempre stata in allerta anche mentre dormiva. Era andata d'accordo con la sua compagna di cella, ma sarebbe bastato un piccolo litigio e avrebbe potuto ritrovarsi con un coltello improvvisato piantato nel petto.

«Posso aiutarti» disse Shawn con un tono calmo. «Io e i miei amici abbiamo delle conoscenze. È di questo che volevo parlarti. Mi serve solo un nome e possiamo occuparci del resto. Non devi dire nient'altro, dimmi solo chi è il tuo ex e mi assicurerò che non faccia nulla che possa metterti di nuovo nei guai.»

Maggie avrebbe voluto abbandonarsi tra le sue braccia e raccontargli tutti i suoi segreti, ma rimase immobile. La telefonata di Roman era ancora troppo fresca nella sua mente; lui avrebbe dato seguito alle sue minacce. In qualche modo avrebbe fatto spedire Shawn e la sua squadra SEAL in capo al mondo se avessero iniziato a indagare. Sarebbero stati in pericolo. Maledizione, se Roman avesse voluto probabilmente avrebbe cercato di farli uccidere in missione, solo per far sì che lei non avesse davvero nessuno dalla sua parte.

«Non posso.» La sua intenzione era stata di rimanere fedele alle sue idee e dirgli che quella decisione non riguardava il suo ex, invece le uscirono solo quelle due parole.

«Ti ha minacciata» disse Shawn.

E per la prima volta, Maggie percepì un'emozione nel suo tono. Era arrabbiato. Non con lei, ma per suo conto.

A quello, crollò. Quanto tempo era passato dall'ultima volta che qualcuno si era offeso e incazzato per qualcosa che le era stato fatto? Anni.

Le si riempirono gli occhi di lacrime, ma scosse la testa.

«Va tutto bene. Puoi dirmelo» la incitò.

Ma non poteva. Avrebbe protetto quell'uomo dal suo ex anche se fosse stata l'ultima cosa che avrebbe fatto. Forse era stupido, ma aveva così paura di Roman, di quello che poteva fare, che non poteva proprio mettere Shawn in pericolo.

Le si avvicinò, e subito dopo si ritrovò tra le sue braccia. Si aggrappò a lui con tutta sé stessa, nascondendo il naso nel suo collo. Era ancora scioccante quanto fosse piacevole essere toccati da un'altra persona. Ora capiva perché i neonati avevano bisogno di stare a contatto con la madre o con un corpo umano caldo. Era essenziale essere abbracciati come se si fosse la cosa più importante nella vita di qualcun altro.

«Ci sono io. Va tutto bene» mormorò Shawn, infilandole una mano tra i capelli mentre l'altra era aperta contro la sua schiena. Si sentiva avvolta da lui. Protetta.

Ma aveva torto. Non andava tutto bene. Neanche un po'.

Lo percepì farli indietreggiare verso il divano e sedersi

senza lasciarla andare, ed era esattamente la cosa di cui aveva bisogno in quel momento.

Non aveva idea di quanto tempo rimasero seduti abbracciati, con lei che lo stringeva il più possibile, ma dopo un po' Maggie si scostò. Shawn non la lasciò andare, ma le permise di mettere un po' di spazio tra loro.

«Ok» le disse.

Lei aggrottò la fronte. «Ok cosa?»

«Mi tiro indietro. Ti darò il tempo di credere davvero che sono dalla tua parte. Che posso coprirti le spalle. Non ho paura del tuo ex, Maggie. È un bullo, e i bulli non vincono mai.»

Non ne era così sicura.

«Io e i miei amici possiamo aiutarti, ma capisco che tu abbia bisogno di più tempo per metabolizzare la cosa. Conosciamo delle persone. Persone che possono impedire a quello stronzo di rovinarti la vita più di quanto non abbia già fatto. Inoltre, possono anche indagare per vedere cosa potrebbe essere necessario per far annullare la tua condanna.»

Non avrebbe potuto scioccarla di più se si fosse alzato, tolto tutti i vestiti e avesse cominciato a ballare per la stanza come uno spogliarellista. «Come, scusa?» sussurrò.

«Non so se si potrà fare, ma i nostri contatti faranno di tutto per vedere se è almeno possibile.»

L'impulso di spifferare tutti i suoi problemi a quell'uomo era forte, ma una piccola parte di lei era ancora scettica. Tuttavia, si fidava abbastanza di lui da chiedergli: «Puoi insegnarmi a registrare le chiamate sul mio telefono?»

«Sì.» La sua risposta fu immediata e veemente.

Il solo fatto di sapere che in futuro sarebbe stata in grado di registrare le minacce di Roman, e magari di beccarlo mentre si incriminava da solo, la fece sentire meglio. Più forte.

«Grazie.»

«Non devi ringraziarmi per qualcosa che qualsiasi persona decente avrebbe fatto.»

E invece doveva. Lui non capiva quanta poca gentilezza e decenza avesse sperimentato negli ultimi tempi. Prima che Shawn entrasse nella sua vita quelle cose gliele aveva dimostrate solo Adina, ospitandola nel suo appartamento.

Maggie fece un respiro profondo e si raddrizzò, e alla fine lui lasciò cadere le braccia. Il dispiacere che provò la sorprese, ma lo scacciò. «Volevi parlare?» si costrinse a chiedergli.

Shawn la fissò per un attimo. «Volevo, ma tu no. Quindi non lo faremo.»

Allora comprese, era andato prima per parlare del suo ex, non per porre fine alla loro amicizia. Fu pervasa da un senso di sollievo.

«Ma quando sarai pronta, non importa quando sarà, a che ora, in che giorno, tra quanto tempo... ti ascolterò. Va bene?»

Maggie annuì.

«Hai fame?»

Come se il suo stomaco avesse sentito le sue parole, brontolò.

Lui fece un sorrisetto.

Dio, quell'uomo era davvero magnifico. A volte aveva un'aria da ragazzino, altre era quasi spaventoso nella sua intensità. Ma in quel momento era spensierato e bello come un attore.

«Andiamo. E devo avvisarti...»

Maggie aspettò che continuasse.

«Non avevo programmato che tutti si unissero a noi, ma

ho detto a Kevlar che ti avrei portata all'Aces stasera e subito dopo Remi mi ha mandato un messaggio per sapere a che ora saremmo stati lì. Poi i ragazzi hanno deciso che non giocavano a biliardo da un po'. Qualcuno ha chiamato Julie, che ha chiamato Caroline, Fiona e Summer. Jessyka, che è la proprietaria del bar, l'ha scoperto... e ora c'è una cavolo di festa o qualcosa del genere. Quindi, se preferisci andare da McDonald's o anche ordinare qualcosa e restare qui, possiamo farlo.»

Maggie era sinceramente sicoccata. Non era mai successo che un qualsiasi gruppo di persone volesse andare in un posto solo perché c'era lei. Certo, nulla di ciò che Shawn aveva appena detto indicava che lo facessero per *lei*.

Ma le parole successive distrussero quel pensiero.

«Anche se dovessimo andare da McDonald's, probabilmente tutti cambierebbero i loro piani e verrebbero lì. Sono decisi a conoscerti e a farti sentire la benvenuta.»

Maggie deglutì a fatica, sentendosi come il Grinch quando il suo cuore era diventato tre volte più grande per la gentilezza dei Nonsochi del paese di Chinonso.

«Il cibo all'Aces è buono?» riuscì a chiedere.

«Il migliore.»

«Allora possiamo andarci.»

«Ne sei certa? Non c'è niente che desideri di più del fatto che tu ti unisca alla mia famiglia della Marina, ma non a costo di farti sentire a disagio o insicura.»

«Finché nessuno dei tuoi amici è il mio ex, allora starò bene.»

Lui la fissò, poi si accigliò. «Nessuno di loro è il tuo ex» sostenne con fermezza. «Prima di tutto, nessuno di quelli che frequento sarebbe così bastardo da far sbattere in prigione per due anni una donna per spaccio di droga. Secondo, la maggior parte dei miei amici è sposata o frequenta una donna che vuole sposare. E, terzo... che vada a farsi fottere. Il tuo ex, intendo.»

Maggie non poté fare a meno di sorridere a quelle parole.

«Amo vederti sorridere. Non lo fai abbastanza» disse Shawn sommessamente, poi si leccò le labbra e le fissò la bocca.

Le si strinse la pancia, ma non per la fame, e i suoi respiri accelerarono. Erano secoli che non provava desiderio. Era stata troppo impegnata a proteggersi. Ma ora, seduta così vicina a Shawn, respirando il suo profumo di pulito, vedendo quanto sembrava ossessionato dalle sue labbra... sentì i capezzoli inturgidirsi e resistette all'impulso di dimenarsi, di stringere le cosce per cercare di alleviare il pulsare tra le gambe.

Lo imitò, leccandosi la bocca, e si sporse un po' in avanti.

Quell'incoraggiamento fu tutto ciò di cui lui ebbe bisogno. Le posò una mano sulla guancia e sollevò lo sguardo per incontrare il suo. «Posso?» sussurrò.

Shawn che le chiedeva il consenso per una cosa innocente come un bacio provocò qualcosa in lei. Le barriere a cui si era disperatamente aggrappata si frantumarono in mille pezzi.

Invece di rispondergli, si sporse in avanti, colmando la distanza.

Le loro labbra si incontrarono, e ogni pensiero riguardo all'innocenza del gesto volò fuori dalla finestra. Le sembrò di aver toccato un cavo elettrico sotto tensione. Se aveva pensato che essendo vergine non sapesse baciare, si era sbagliata di grosso.

Lui spostò la mano dalla guancia per infilargliela tra i capelli, e inclinò la testa. Le leccò le labbra e Maggie le aprì.

Le sfuggì un gemito mentre lui la divorava, leccando,

succhiando e mordicchiando, facendole perdere la percezione del tempo e del luogo. Sapeva di menta, come se si fosse lavato i denti da poco, e lei voleva di più.

La sua mano la teneva ferma mentre si baciavano, e Maggie non si era mai sentita così femminile in vita sua. Era come creta nelle sue mani, e si ritrovò ad abbandonarsi contro di lui.

Shawn si tirò indietro molto prima che lei fosse pronta, e il modo in cui ansimava la rassicurò sul fatto che il loro bacio aveva fatto lo stesso effetto anche a lui.

Maggie si leccò le labbra e sentì il suo sapore, e lui riportò subito lo sguardo sulla sua bocca, poi fece scorrere il pollice sul suo labbro inferiore quasi con riverenza. Alcune donne avrebbero potuto pensare che quella mossa fosse calcolata, una cosa fatta per sedurre, ma era evidente lo stupore nei suoi occhi.

«Grazie» sussurrò dopo un attimo.

«Per cosa?» gli chiese, lottando per ritrovare l'equilibrio dopo che quel bacio aveva scosso il suo mondo.

«Per esserti fidata di donarmi te stessa.»

Era davvero quello che aveva fatto? Fu sorpresa di rendersi conto che era così. Di solito, quando dava il primo bacio a un uomo, si tratteneva. Ma con Shawn non l'aveva fatto. Gli aveva mostrato il suo desiderio, i suoi bisogni e le sue necessità, e lui non aveva infranto la sua fiducia sdraiandola sul divano e chiedendo di più.

«Pensavo fossi vergine» sbottò lei. «Quel bacio diceva tutt'altro.»

Lui ridacchiò. «Lo sono. E anche se ho baciato altre donne in passato, è stata la prima volta che mi sono sentito *così*.»

Sapeva cosa intendeva senza doverlo chiedere. Sapeva cosa

significasse quel *così*. Era la sensazione profonda di essere finalmente con la persona giusta.

«E per la cronaca, visto che siamo in argomento. Forse non ho mai avuto rapporti sessuali con una donna, ma *ho* condiviso degli orgasmi con una.»

Maggie arrossì, ma chiese: «Che cosa significa?»

«Diciamo che sono un grande fan del sesso orale.»

Sentì le guance infiammarsi ancora di più. «Oh.»

«Già, oh. Voglio solo assicurarmi che tu non pensi che io sia come un ragazzino di quindici anni che annaspa e non sa cosa fare a letto.»

«Credo che quel bacio mi abbia detto tutto ciò che avevo bisogno di sapere.» Non commentò il fatto che le sue parole implicavano sicuramente che alla fine sarebbero finiti a letto insieme. Fu sorpresa di rendersi conto che lo desiderava. Quasi disperatamente.

Quell'uomo le aveva cambiato la vita in così poco tempo che avrebbe dovuto spaventarla a morte, invece le sembrava... giusto. Per un attimo desiderò di averlo incontrato nella sua vita precedente. Ma, d'altra parte, dato che non era più la stessa donna di allora, forse due anni prima non avrebbe riconosciuto quanto lui fosse speciale.

«Non rovinerò tutto» disse Shawn, più a sé stesso che a lei.

«Probabilmente lo farò io» non poté fare a meno di dire.

«Allora farò in modo di essere la voce della ragione per entrambi. Ora, andiamo. Il mio telefono mi sta vibrando in tasca da qualche minuto, sono certo che sono i messaggi di quelli che si trovano all'Aces a chiedersi dove siamo. Sei sicura di volerlo fare?»

«Sono sicura.» E lo era. All'improvviso Maggie non vedeva

l'ora di conoscere gli amici di Shawn. «E ignorerò anche il commento sulla tua tasca vibrante.»

Lui scoppiò a ridere e si alzò, prendendole la mano e trascinandola in piedi. «Lo apprezzo molto.» Si chinò e la baciò in modo rapido e duro, poi si girò e andò verso la porta.

Le formicolavano ancora le labbra per il *primo* bacio, e quello che le aveva appena dato con nonchalance, solo perché gli andava di farlo, l'aveva quasi mandata fuori di testa. «Aspetta! La borsa. Hai ancora tu il mio telefono?»

Lui aspettò pazientemente mentre Maggie si sistemava e si preparava per uscire.

Andarono fuori mano nella mano, come se fosse stata la cosa più normale del mondo. E per una volta nella sua vita, le sembrò che lo fosse.

CAPITOLO SETTE

GUARDANDOSI INTORNO NEL LOCALE, Preacher si accigliò. Di solito amava uscire con i suoi amici, ma quella sera avevano monopolizzato Maggie, quindi era un po' seccato. Era stato ansioso di vederla parlare, ridere, uscire un po' di più dal suo guscio, e lo stava facendo, e molto anche... solo che non era successo grazie a *lui*, ma grazie ai suoi amici.

Mentre si trovava accanto al tavolo da biliardo in attesa del suo turno, sentì una mano stringergli la spalla. Lanciò un'occhiata accanto a sé e trovò Dude. Era uno dei SEAL in pensione con cui lui e la sua squadra avevano legato. Erano presenti anche Wolf, Abe, Benny, Cookie e persino il marito di Julie, l'ex comandante del loro team, insieme alle mogli. C'era il pienone e il locale traboccava di felicità e amicizia.

«È dura, vero?»

Con orrore, per un attimo Preacher pensò che stesse commentando lo stato della sua erezione. Era stato mezzo duro per tutta la sera, fin da quell'incredibile bacio che si era scambiato con Maggie sul divano.

Dude ridacchiò come se sapesse *esattamente* a cosa stava pensando. «È dura lasciare che tutti te la rapiscano.»

Lui annuì, quasi accasciandosi per il sollievo.

«Ne ha bisogno» continuò l'amico.

Non serviva che glielo dicesse, se n'era accorto da solo. Maggie aveva preso vita all'Aces. Sorrideva, rideva, si comportava come se conoscesse le altre donne da sempre. All'inizio era stata nervosa, ma non ci aveva messo molto a sciogliersi. E a Preacher non era sfuggito che non era stato nemmeno necessario l'alcol.

Lei aveva educatamente rifiutato qualsiasi drink, chiedendo invece a Jessyka, che stava aiutando dietro al bancone, un bicchiere di acqua frizzante con una fettina di lime. Aveva sorseggiato solo quella per tutta la sera, e quando lui l'aveva presa in disparte per accertarsi che andasse tutto bene e aveva commentato la cosa, lei gli aveva risposto, con aria imbarazzata, che se aveva con sé qualcosa che assomigliava a un cocktail nessuno avrebbe fatto domande, e che inoltre andava contro le regole della libertà vigilata bere alcolici o fare uso di droghe, ammettendo di venire sottoposta regolarmente ai test antidroga.

Preacher aveva compreso... e si era rimproverato per non averci pensato. Quando tutte le persone importanti della sua vita si erano unite al suo appuntamento, avrebbe dovuto scegliere un posto diverso da un bar. Anche lui non era un gran bevitore e spesso usava lo stesso trucco di Maggie, avendo scoperto che se sorseggiava una bottiglia di birra per tutta la sera, la gente era meno propensa a insistere perché bevesse altro alcol.

«Preacher?»

Voltandosi verso Dude, si rese conto di essersi perso nei suoi pensieri. «Scusa. Lo so. È espansiva.»

«Come se la sta passando? Com'è la situazione con il suo ex?»

Preacher non era sorpreso che conoscesse la storia di Maggie. La comunità dei SEAL era molto unita... e i pettegolezzi si diffondevano a macchia d'olio anche tra le truppe. Non importava che Dude e gli altri uomini della sua squadra non fossero più in servizio attivo, era ovvio che fossero ancora molto informati.

«A essere sincero non credo che le cose stiano andando bene per lei» rispose. «L'ha chiamata. Non ha voluto dirmi cosa le ha detto e nemmeno chi è, ma so che la sta tormentando. Ha insistito sul fatto che se la beccano a fare qualcosa di sbagliato potrebbe tornare subito in prigione.»

«E dato che è stato il suo ex a metterla nei guai, potrebbe incastrarla nascondendo altra droga o combinare qualcos'altro che porterebbe a far revocare la libertà vigilata.»

«Esatto» confermò con un cenno del capo.

«Devi scoprire chi è il suo ex.»

Preacher sbuffò, frustrato. «Pensi che non lo sappia? Non è facile. Ne abbiamo parlato stasera, ed è terrorizzata. È scoppiata a piangere anche solo al *pensiero* di parlare di lui. Le ho promesso che le avrei dato un po' di tempo per far sì che si renda conto che sono davvero dalla sua parte, che può fidarsi di me. Le ho anche detto che io e i miei amici avremmo fatto il possibile per indagare sulla situazione che l'ha fatta finire in prigione, e che se ci fosse stato un modo per far revocare la condanna, l'avremmo trovato.»

«È stata beccata con un bel po' di droga in macchina.

Anche se non era sua, non c'è dubbio che stesse guidando e che l'auto appartenesse a lei» disse Dude.

«Lo so.»

«Ed è probabile che l'unico motivo per cui ha ottenuto una condanna così breve sia perché non aveva alcun precedente penale.»

«So anche questo. Ma se riusciamo a dimostrare che il suo ex era coinvolto nel traffico di droga e a scoprire chi era il suo collegamento a Los Angeles, potrebbe essere di grande aiuto per dimostrare la sua innocenza.» Non ne era così sicuro, perché Dude aveva ragione. Non si poteva negare che la droga fosse stata nella sua auto, ma sperava che ci fosse un video della telecamera dell'agente che mostrava la genuina sorpresa di Maggie, che insieme a qualsiasi altra cosa Tex o uno dei suoi amici informatici fossero riusciti a scovare avrebbe potuto aiutare il suo caso.

«Credo che il problema più urgente sia assicurarsi che lo stronzo la lasci in pace» affermò Dude.

Non si sbagliava.

«Già.»

Rimasero entrambi in silenzio per un momento, poi Dude disse: «Se hai bisogno di qualcosa, chiama me. Non Wolf né Kevlar. Chiama *me*. Me ne occuperò per te. Qualunque cosa sia. Mi fa arrabbiare quando gli uomini abusano delle donne. Soprattutto quelle a cui teniamo. E visto che Maggie è importante per te, lo è anche per me. Le nostre donne devono essere protette a tutti i costi. Non perché sono deboli o incapaci di badare a loro stesse, ma perché sono le cose più preziose della nostra vita.

Io e il mio team abbiamo sperimentato prima di voi il fatto che sembra che continuino ad accadere cose brutte alle persone che amiamo. Ed è frustrante e irritante. Tutti voi ne avete già passate abbastanza... con Howler, Remi, Blink, Josie, Wren. *Tutti quanti*. Quindi, prendo sul personale quello che è successo alla tua donna. È già abbastanza grave che qualcuno abbia mentito e le abbia fatto trascorrere due anni dietro le sbarre, ma continuare a molestarla anche dopo che è uscita, farla preoccupare così tanto quando l'unica cosa a cui dovrebbe pensare è rimettersi in piedi... è *sbagliato*. Oltraggioso.»

Preacher non sapeva cosa dire. Così si limitò ad annuire.

Dude ricambiò il cenno, poi andò dall'altra parte della stanza dove c'era sua moglie Cheyenne con Caroline, Remi, Wren, Josie e Maggie. Le cinse la vita con un braccio e si chinò per dirle qualcosa all'orecchio.

Lei praticamente si sciolse tra le sue braccia, e si girò a guardarlo con così tanto amore che Preacher si sentì quasi a disagio. Cheyenne annuì e lui si allontanò, dirigendosi verso Benny, Flash e Mozart.

Preacher decise di aver dato a Maggie abbastanza spazio per far amicizia con le donne e gli uomini che erano andati a conoscerla. Il suo bisogno di starle vicino era diventato quasi irrefrenabile. Imitò ciò che aveva fatto Dude, le si avvicinò mettendosi al suo fianco.

Il sorriso che gli rivolse quando le mise una mano sulla schiena fu quasi accecante.

«Ciao» lo salutò allegra.

«Ciao» le rispose con un piccolo sorriso.

«Conosci Cheyenne e Caroline, vero?» gli chiese.

Preacher ridacchiò. «Sì.»

«Giusto, scusa. Ovvio che le conosci. Stavamo parlando di quanto sia folle il lavoro di un SEAL. Un giorno puoi essere mandato ad aiutare per una catastrofe naturale e quello successivo devi saltare da un aereo a chilometri e chilometri di altezza per infiltrarti in un paese ostile per liberare degli ostaggi.»

Non si sbagliava. «Non mi sembra una conversazione molto interessante» disse, arrischiandosi a metterle un braccio intorno alla vita. Fu entusiasta quando si appoggiò a lui.

«Stai scherzando? È affascinante. E so che non puoi parlare delle tue missioni, dislocamenti o come si chiamano, ma per la cronaca, sono molto orgogliosa di te. Quello che fai è straordinario, anche se nessuno lo sa. Anzi, è ancora più straordinario *proprio* per questo.»

Le sue parole significarono molto per Preacher. In passato, era già stato apprezzato per quello che faceva. La gente lo ringraziava sempre per il suo servizio. Ma in un certo senso, le parole di quella donna avevano un peso molto maggiore.

«Caroline è una chimica. E Cheyenne è un'operatrice telefonica del 911. Non è fantastico?»

Il suo entusiasmo era contagioso, e tutti intorno a lei avevano enormi sorrisi sul volto.

Per il resto della serata, Preacher rimase al fianco di Maggie, mentre lei faceva il giro dei vari gruppi. Si integrava perfettamente con tutti i suoi amici ed era un'ottima conversatrice. Si complimentava con le persone, ascoltava con attenzione chiunque parlasse e sembrava sinceramente interessata a qualsiasi cosa venisse discussa.

Preacher si sentiva a suo agio a stare in disparte, e non solo perché come SEAL era abituato a mimetizzarsi sullo sfondo. Non era il massimo nelle situazioni sociali, ma con Maggie non ne aveva bisogno. Gli andava bene lasciarle le redini e rimanere semplicemente al suo fianco, mentre lei conquistava ogni singola persona nel bar.

Parlò persino con gente che nemmeno lui conosceva. Era nel suo elemento, e amò vederla uscire dal suo guscio.

Quando si avvicinò l'ora di chiusura del bar Maggie andava ancora alla grande. La maggior parte dei SEAL e le rispettive mogli se n'erano andati, e oltre a loro due erano rimasti solo Smiley, Summer e Mozart, ed erano tutti e cinque seduti intorno a un tavolo a chiacchierare amabilmente.

Lo sorprese che Smiley fosse rimasto dopo che gli altri erano andati via, e ancora più sorprendente era il fatto che avesse appena finito di parlare loro della donna che aveva incontrato per un breve momento a Las Vegas, quando stavano cercando di liberare Josie dalle grinfie delle stronze che l'avevano rapita e tentato di venderla.

«Vediamo se ho capito bene» disse Maggie, con l'espressione più seria che le aveva visto quella sera. «Questa Bree, è stata venduta dal suo ex a quello stronzo, e mentre voi vi assicuravate che Josie fosse al sicuro, lei è scomparsa?»

Smiley annuì.

«Dov'è andata? Non può essere sparita nel nulla. Il suo ex l'ha trovata? Quello stronzo aveva un complice? Era solo troppo spaventata per restare nel pick-up e aspettare il vostro ritorno?» chiese.

«Non lo so» rispose Smiley scrollando le spalle. «Ma questa cosa mi tormenta. E se *fosse stata* catturata di nuovo dai trafficanti? Ci sarà qualcun altro oltre a me che la sta cercando? Qualcuno sa che se n'è andata? Odio avere in testa tutte queste domande.»

«Scommetto che è spaventata» disse Summer.

«Cosa possiamo fare per aiutarla?» domandò Maggie, mettendo una mano sopra quella di Smiley.

«Niente» rispose lui senza esitare. «Non c'è molto da fare.»

«Ma hai detto che nei fine settimana vai a Las Vegas a cercarla. Forse possiamo venire ad aiutarti» insistette.

Lui scosse la testa. «Vado a Las Vegas nei fine settimana che ho disponibili, ma onestamente non c'è speranza. Non è che si nasconda ancora tra i cespugli in quel quartiere o altro. Sono riuscito a rintracciare l'appartamento dove viveva ed è vuoto. È stato ripulito.»

«Cosa? Davvero? Da lei?» chiese Summer.

«Non ne ho idea. Ma sono in un vicolo cieco. Non è nemmeno tornata al lavoro. È letteralmente scomparsa.»

Preacher si accigliò. Non aveva idea che Smiley fosse stato così interessato a trovare la misteriosa Bree. Certo, lui e il resto della squadra sapevano che era tornato spesso a Las Vegas, ma non che avesse effettivamente rintracciato il suo indirizzo o dove lavorava. Non aveva mai visto il suo amico così... preoccupato per qualcuno. Soprattutto per una donna. Non che fosse un uomo insensibile, più che altro teneva sempre sotto controllo le sue emozioni.

«Be', merda» rifletté Maggie. «Ce lo dirai se possiamo fare qualcosa, vero?»

«Già, la maggior parte di noi donne sa cosa significa sentirsi completamente sole» aggiunse Summer.

«Grazie, ragazze» disse Smiley. «Sono sicuro che sta bene. È solo che non mi piace non saperlo.»

«È come in quei programmi polizieschi dove alla fine non dicono agli spettatori chi è stato» sostenne Summer.

«O quelli sulle persone scomparse che guardi per un'ora

intera e alla fine... non le trovano. Odio questa cosa» concordò Maggie.

Preacher era d'accordo con loro. Anche lui la odiava, e quello era uno dei motivi per cui non guardava molta crime TV. Aveva visto abbastanza morte e odio nel suo lavoro. Non aveva bisogno di vederla anche nel tempo libero. Era più un tipo da sport: football, basket, calcio e tuffi. Preferibilmente quelli dalle piattaforme alte. O dalle scogliere. Poteva perdersi per ore a guardare video su YouTube di atleti che saltavano da posti altissimi.

«... Andare.»

Si era perso quasi tutto quello che Mozart aveva detto, ma pensò che stesse per andarsene dato che si alzò e aiutò la moglie a mettersi in piedi.

Anche Maggie si alzò e abbracciò la sua nuova amica, promettendole che si sarebbe tenuta in contatto. Smiley si accomiatò e al tavolo rimasero solo loro due.

«Sembri felice» le disse.

«Lo sono» rispose lei senza esitare. «Adoro i tuoi amici. Sono tutti così gentili.»

Era vero. «Non sapevo che fossi una nottambula. O così espansiva.»

Maggie rise. «Fa differenza?»

«Per niente. Mi fa solo capire di più quanto dev'essere stato difficile per te negli ultimi due anni.»

Lei tornò seria. «Già» concordò. «Stavo sulle mie perché avevo il terrore di dire la cosa sbagliata alla persona sbagliata. E non è che potessi scegliere se stare alzata fino a tardi o meno, le luci si spegnevano alla stessa ora per tutti.»

«Non avrei dovuto portarti in un bar stasera. Mi dispiace» le disse Preacher.

«Non c'è problema. Non sono mai stata un gran bevitrice, quindi non è che fossi tentata.»

«In ogni caso, non è stato giusto. D'ora in poi farò in modo che i nostri incontri avvengano da qualche altra parte. Almeno fino alla fine della libertà vigilata.»

Maggie lo fissò per un lungo momento. «Sei quasi troppo gentile per essere vero.»

«Non sono gentile» ribatté.

Lei alzò gli occhi al cielo.

«Ok, con te sì, ma non credo di essere uno che si sforza di essere gentile con gli altri.»

«Come vuoi, Shawn. Ogni persona con cui ho chiacchierato stasera non ha fatto altro che parlare bene di te.»

Non voleva parlare di lui, preferiva di gran lunga prendersi cura di lei. «Sei pronta ad andare?» le chiese.

«Sì. Non volevo tenerti sveglio fino a così tardi. Hai l'allenamento domattina... be', questa mattina, giusto?»

«Non sarà la prima volta che non dormo molto prima di dovermi allenare. È tutto a posto.»

«Vedi? Gentile» disse lei sottovoce.

Preacher si ritrovò a sorridere. Salutò con un cenno del mento il barista mentre accompagnava Maggie verso la porta. La condusse alla sua auto, tenendo d'occhio i dintorni. Era tardissimo, o presto, e di solito non succedeva nulla di buono dopo la mezzanotte. Ma era tutto tranquillo e arrivarono alla macchina senza problemi. Preacher la fece accomodare sul sedile del passeggero e poi andò al lato del guidatore.

«È una notte bellissima» mormorò Maggie, mentre uscivano dal parcheggio. Aveva la testa inclinata all'indietro e guardava fuori dal finestrino laterale. «È stato strano stare così a lungo senza vedere le stelle. O la luna.»

Preacher prese una decisione all'istante, e fece inversione dirigendosi verso la base navale.

«Dove stiamo andando?» gli chiese.

«Hai con te un documento d'identità, vero?» le domandò, invece di rispondere alla sua domanda.

«Certo.»

«Bene. Tiralo fuori, per favore.»

Fece come le aveva chiesto e rimase in silenzio per il resto del tragitto. Attraversarono i cancelli della base e Preacher mostrò alla guardia il suo tesserino militare e la patente di Maggie. Quando li lasciarono passare, lei chiese di nuovo. «Shawn? Dove stiamo andando?»

Solo che ora era nervosa, cosa che lui odiò.

«C'è un posto che voglio mostrarti. Ti giuro che con me sei al sicuro. Non ho nessun piano nefasto. Penso che lo amerai quanto me. A volte vengo qui quando torniamo a casa dopo una missione particolarmente dura.»

Non ci volle molto per raggiungere il tratto di spiaggia che aveva in mente. Preacher parcheggiò sul ciglio della strada; non c'era nemmeno un vero e proprio parcheggio. Spense il motore e quando girò intorno alla macchina, Maggie lo stava aspettando fuori. Le tese la mano, sollevato ed emozionato quando lei la prese.

Seguì un sentiero quasi inesistente attraverso alcuni cespugli ed erba alta, fino alla piccola striscia di sabbia. Non era un buon posto per fare il bagno, per quello non era molto conosciuto o popolare. C'erano molti scogli frastagliati lungo la riva e le onde si infrangevano su di essi quasi senza sosta. Il rumore era piuttosto forte, ma non gli aveva mai dato fastidio.

Si fermò e si voltò verso Maggie. «Ti va di sederti con me?»

Lei annuì ed entrambi si accomodarono sulla sabbia

soffice. A Preacher sarebbe piaciuto aver pensato di portare una coperta, ma ormai era troppo tardi ed era stata un'idea troppo spontanea. Però a Maggie sembrò non importare.

«È bellissimo. Mi piace il rumore delle onde che si infrangono sugli scogli.»

«Guarda in alto» le disse.

Sorrise quando lei ansimò. «Oh mio Dio» sussurrò.

Preacher non aveva bisogno di alzare lo sguardo per sapere cosa stava vedendo. Le stelle in quel posto, lontano dall'inquinamento luminoso della città, erano qualcosa di incredibile. Sembravano non finire mai.

Invece di osservarle, lui mantenne lo sguardo su Maggie. La sua bocca era aperta per lo stupore e avrebbe giurato di aver visto i suoi muscoli rilassarsi. Aveva voluto portarla lì proprio per quello.

«È... wow. Mi fa sentire così piccola» sussurrò.

«Già. Venire qui mi ricorda che sono solo un piccolo ingranaggio in questa cosa chiamata vita.»

Il suo sguardo si spostò su di lui. «Sembra il testo di una canzone.»

Preacher ridacchiò. «Non lo so. So solo che sentire il rumore del mare e vedere le stelle... mi tranquillizza.»

«Già» concordò, tornando a guardare il cielo.

Dopo un attimo, le tiro la mano che teneva ancora nella sua, e la esortò a sdraiarsi; sarebbe stato più comodo per i muscoli del collo. Lei lo fece di buon grado.

Rimasero distesi sulla sabbia a fissare il cielo e senza parlare per diversi minuti.

«Grazie» disse Maggie dopo un po'. «Ne avevo bisogno.»

«Prego.» Entrambi si sarebbero ritrovati con la sabbia nei

capelli, l'indomani sarebbe stato esausto all'allenamento, ma ne valeva la pena. Almeno per lui.

«Sai qual è stata la cosa peggiore dell'essere in prigione?» mormorò qualche minuto più tardi.

C'erano un sacco di cose brutte a cui poteva pensare al riguardo, invece chiese: «Cosa?»

«Sapere che lui era *qui* fuori. Libero. A vivere la sua vita. Sapere che le persone lo stavano guardando con ammirazione, stavano pensando che fosse un grande uomo. Forse questo mi rende meschina, ma non posso farci niente. Una volta la pensavo anch'io così nei suoi riguardi, ma poi ho iniziato a vederlo per quello che era veramente, e ho preso le distanze. Stavo per rompere con lui, ma ho aspettato troppo.» Sospirò.

Preacher voleva disperatamente sapere il nome dello stronzo di cui parlava, ma si trattenne dal chiederlo. Sperava che glielo avrebbe detto quando fosse stata pronta. Poi avrebbe visto cosa fare per rovinargli la vita, proprio come lui aveva fatto con Maggie.

«Avrà quel che si merita» le disse. «Credo fermamente che chi fa del male agli altri prima o poi pagherà per le sue malefatte.»

«Non mi piace avere tutto questo odio nel cuore verso una persona. Non mi sembra giusto. Ma non posso farci niente.»

«Sei umana» la rassicurò, stringendole la mano. «E lui ti ha fatto un torto enorme.»

«Già.» Rimase in silenzio per qualche minuto, poi chiese: «Che ora è?»

«Ha importanza?»

Lei fece una risatina. «Sì, se perdi l'allenamento perché siamo sdraiati qui sulla sabbia.»

Preacher ridacchiò. «Anche se lo perdessi, non sarebbe un

problema. Cioè, sì, dovrei essere lì, ma Kevlar non mi denuncerà come disertore se non ci sarò.»

«Sembra un brav'uomo.»

«Lo è.»

«Mi piacciono molto Remi, Wren e Josie. Sono state tutte davvero gentili con me. Mi sembra di conoscerle da sempre. È difficile credere che abbiano davvero passato tutte quelle vicissitudini, e sono felice che stiano bene.»

«Anch'io.»

«Shawn?»

«Sì, Maggie?»

«È stupendo. Grazie.»

«Figurati.»

Lei fece un respiro profondo, poi si alzò a sedere. «Devi tornare a casa.»

«Vuoi restare a guardare le stelle un altro po'?»

Maggie considerò la sua domanda, poi scosse la testa. «No, credo che basti così. Ma non mi dispiacerebbe tornare qui qualche volta.»

«Lo faremo.»

Preacher si mise in piedi e la aiutò ad alzarsi. Si tolse di dosso quanta più sabbia possibile e aiutò lei a togliersene un po' dai capelli. Con sua sorpresa, lei ricambiò il favore, e la sensazione delle sue dita gli fece venire la pelle d'oca sulle braccia.

Poi gli afferrò la mano e lo guidò lungo il breve sentiero fino alla sua auto.

Il viaggio verso l'appartamento si svolse in un confortevole silenzio. Lui l'accompagnò alla porta e non riuscì a trattenersi dal posarle una mano sulla guancia. «Mi sono divertito stasera. *Moltissimo*.»

«Anch'io.»

Preacher era senza parole. Avrebbe voluto dire e fare tante cose, ma non riusciva a mettere in ordine i pensieri.

Maggie non sembrò avere lo stesso problema. Si alzò in punta di piedi e sollevò il mento, e lui non esitò a chinarsi.

Il bacio che si scambiarono davanti alla porta fu appassionato e intimo come il precedente. Solo che questa volta lei gli si premette contro e Preacher poté sentirla lungo ogni centimetro del proprio corpo, e pensò che lì Maggie fosse a casa, come se fosse stata creata per lui.

Per quanto quel pensiero fosse sdolcinato, era la verità. Le avvolse un braccio intorno alla vita, tenendola contro di sé, e le posò l'altra mano sulla nuca. Lei gli si aggrappò con la stessa forza.

Respiravano entrambi a fatica quando alla fine Maggie si tirò indietro.

«Sei sicuro di riuscire ad andare all'allenamento tra...» Abbassò un braccio per guardare l'orologio. «Tre ore?»

«Sono sicuro» rispose. Sarebbe stata dura allenarsi, ma non gli importava. Non avrebbe barattato quella notte per nulla. Soprattutto per dormire.

«Ci sentiamo domani?»

«Certo. Lavori al negozio?»

«Sì. Da mezzogiorno alle cinque.»

«Ti va di pranzare insieme? Posso passare verso le undici con dei panini o altro.»

«Mi piacerebbe molto» rispose Maggie con un gran sorriso.

«Dormi bene» le disse, costringendosi a lasciarla andare e ad allontanarsi.

«Anche tu.»

Lei si girò e aprì la porta. Entrò nell'appartamento e si voltò. «Shawn?»

«Sì?»

«Voglio dirtelo, ma... non sono ancora pronta. L'ultima cosa che vorrei è metterti nel suo mirino.»

Preacher sapeva esattamente di chi e di cosa stesse parlando. Per quanto odiasse le sue parole, gli diedero anche una piccola speranza. Aveva detto *non ancora*. E voleva fidarsi di lui, aveva solo bisogno di più tempo. Poteva darglielo. Forse. «Non può farmi del male» le disse.

«Penso che invece potrebbe, e non posso rischiare.»

«Lascia che ti aiuti, Maggie. Non devi più affrontare tutto questo da sola.»

Lei gli fece un sorriso triste. «Buonanotte, Shawn.»

«Notte, Maggie. Ci vediamo domani.»

«Ciao.»

Preacher rimase nel corridoio finché non la sentì chiudere a chiave la porta, e solo allora si girò e si diresse verso le scale. Era frustrato, non sessualmente, anche se un po' lo era anche per quello, ma per la situazione in cui si trovava Maggie. Odiava che qualcuno la stesse minacciando. Lei aveva bisogno di aiuto, ma fino a quando non gli avesse dato le informazioni che gli servivano, sarebbe rimasto fuori a guardare. Era qualcosa che odiava profondamente, ma voleva la sua fiducia più di quanto volesse indagare. Voleva che lei si aprisse sul suo ex di sua spontanea volontà, senza che lui dovesse agire alle sue spalle per scoprire chi fosse.

Nel frattempo, l'unica cosa che poteva fare era starle vicino. Farla sentire al sicuro. Allora, e solo allora, sperava che si sarebbe aperta con lui.

Roman Robertson, seduto dietro la sua scrivania alla base navale prima di iniziare la giornata, studiò la foto che gli era stata inviata e sorrise. Era proprio quello che gli serviva per ricattare Maggie. Per continuare a tormentarla. Non lo faceva perché la rivoleva o perché aveva qualche ridicolo pensiero che se non poteva averla lui non poteva averla nessuno.

Era esattamente come le aveva detto: lo faceva perché era divertente.

Non aveva avuto idea che l'avrebbero fermata quando le aveva messo la droga in macchina per portarla al suo contatto, ma quando era successo, aveva provato un'enorme sensazione di potere per la consapevolezza che, *qualunque cosa* avesse detto, la colpa di un reato commesso da lui sarebbe ricaduta su di lei.

Roman amava avere le persone alla sua mercé, era per quello che il suo lavoro di ufficiale della Marina era perfetto. Amava ricevere il saluto militare, essere trattato con rispetto, avere a disposizione un sacco di milioni del denaro del governo. E dal momento che si era dato da fare per arrivare lì, non doveva preoccuparsi di essere dislocato o di trovarsi in situazioni di pericolo. Poteva ordinare ad altri di fare le cose difficili.

E grazie alla foto sul suo telefono, scattata da una delle tante persone che facevano tutto ciò che lui chiedeva senza fare domande, per via del potere che aveva su di loro, Roman sapeva esattamente chi sarebbe stata la successiva vittima da tormentare.

Aveva avvertito Maggie. Le aveva detto che se ne sarebbe pentita se avesse fatto qualcosa che gli avrebbe fatto dubitare, anche solo per un secondo, che lei stesse pensando di fare la spia. Era l'occasione perfetta sia per mandarla fuori di testa *sia* per perseguitare gli uomini che pensavano di essere intoccabili.

Roman odiava i SEAL da quando non era riuscito a superare l'addestramento BUD/S.

Fanculo a lei.

Fanculo a lui.

Sarebbe stato divertente tormentare entrambi.

Era il momento di dare il via ai giochi.

CAPITOLO OTTO

«COSA?» chiese Maggie incredula.

L'ultima settimana era stata tranquilla. Quasi troppo. Non aveva ricevuto telefonate minatorie da Roman, al lavoro era filato tutto liscio e le era piaciuto conoscere di più Shawn. E i suoi baci... le facevano tremare le ginocchia e formicolare le labbra. Voleva di più, ma non sapeva come procedere dato che lui era vergine. Non le dispiaceva che fosse inesperto, ma non era sicura di dover essere lei a prendere l'iniziativa. Lui era un uomo alfa, quello era chiaro. Gli avrebbe dato fastidio se fosse stata lei a fare la prima mossa?

Sembrava che per il momento fosse irrilevante.

«Oggi partiamo per una missione» le disse Shawn al telefono. Mancava poco all'ora di pranzo, e aveva pensato che l'avesse chiamata per chiederle cosa voleva che le portasse da mangiare, invece aveva sganciato quella bomba.

«Una missione? Per quanto tempo?»

«Merda» mormorò Shawn. Poi sospirò. «Non abbiamo

parlato di questa parte del mio lavoro, ma purtroppo non posso dirti molto. È l'essenza dell'essere un SEAL. Molte volte non sappiamo nemmeno noi quanto tempo staremo via, ma le nostre missioni non sono come i dislocamenti della tua amica Adina. In genere non durano mesi.»

Il panico che provò fu una sorpresa. Non conosceva da molto Shawn, né i suoi amici, ma il pensiero di non poter parlare con lui tutte le sere o di non poterlo vedere le sembrava sbagliato.

Tuttavia, aveva imparato molto da Remi e dalle altre donne. Quello era ciò che significava frequentare un militare. Inoltre, non era che non fosse abituata a stare da sola.

Come se Shawn avesse potuto leggerle nel pensiero, disse: «Ci saranno Remi, Wren e Josie se ne avrai bisogno. E anche Caroline, Summer e le altre. E i loro mariti. Non sarai sola, Maggie. Te lo prometto.»

«Lo so» sussurrò. Ed era così. Il modo in cui tutti l'avevano accolta era stato a dir poco un miracolo. Non aveva mai avuto così tanti amici, ed era una sensazione bellissima.

«Avrei voluto potertelo dire di persona, ma è arrivato l'ordine e dobbiamo partire praticamente subito.»

«Farai... attenzione?» Sembrava una cosa stupida, ma all'improvviso ebbe paura per lui.

«Sono sempre prudente. E ora ho qualcosa, *qualcuno*, da cui tornare a casa, quindi sarò ancora più vigile.»

Wow. Ciò era... Maggie non era sicura di cosa fosse. Ma le sue parole le fecero venire la pelle d'oca, e per la prima volta dopo anni le sembrò di contare davvero qualcosa. «Shawn» sussurrò.

«Lo so, è uno schifo, ma è il mio lavoro. Di solito abbiamo più tempo per prepararci, ma a volte succede senza preavviso.

Tornerò prima che tu te ne accorga. Ancora una volta, se dovesse accadere qualcosa, chiama Dude, il marito di Cheyenne. Lui sarà in grado di aiutarti.»

Maggie avrebbe voluto chiedergli cosa pensava potesse accadere, ma sapeva a cosa si riferiva. Al suo ex. Un paio di giorni prima gli aveva detto che non lo sentiva da una settimana, e se da un lato era sollevata, dall'altro la preoccupava il fatto che stesse pianificando qualcosa. Naturalmente, quell'ammissione non aveva reso felice Shawn. Per niente.

Per la prima volta da quando si erano conosciuti, Maggie si chiese perché si stesse impegnando tanto per tenergli nascosto il nome del suo ex. Sì, aveva paura di quello che avrebbe potuto combinare, ma se la gente avesse saputo cos'aveva fatto e chi era, magari se le fosse successo qualcosa Roman sarebbe stato preso in considerazione un po' più seriamente.

«Quando torni dovremmo parlare» sbottò. Dato che le ultime minacce non erano troppo recenti, pensava di avere il coraggio di rivelare il suo nome a Shawn.

«Lo faremo» confermò. «Devo andare, abbiamo molte cose da fare per prepararci, visto che questa missione è arrivata così inaspettatamente. Sii prudente mentre sono via. Maggie?»

«Sì?»

«Mi mancherai. Mi sono piaciute molto le nostre chiacchierate serali.»

Maggie si rattristò. «Anche a me» ammise.

«Ti chiamo appena torniamo alla base. Ok?»

«Ok.»

«Fai attenzione.»

«Anche tu.»

Chiuse la chiamata con riluttanza e sospirò. Si sentiva già più sola di quanto lo era stata prima di conoscere Shawn e i suoi amici.

Quando arrivò al My Sister's Closet per il suo turno, ovviamente si era già sparsa la voce che i ragazzi erano stati mandati in missione.

«Come te la cavi?» le chiese Julie.

«A essere sincera, non so bene come sentirmi» rispose.

«Se ti può consolare, diventa più facile. Non il fatto che il tuo uomo vada volontariamente incontro al pericolo quando tutti gli altri scappano, ma che parta. Non che io possa parlare, visto che mio marito quando ci siamo messi insieme era un comandante e stava pensando di andare in pensione, ma è ciò che dicono Caroline, Fiona e le altre. Aspetta, dovremmo chiamarle. No! Lo so! Facciamo un pigiama party!»

Maggie la fissò. «Un pigiama party?» chiese incredula.

«Sì! Sono molto divertenti. Caroline di solito li organizza a casa sua. Ha un seminterrato piuttosto grande e un sacco di posti comodi su cui possiamo sistemarci per dormire. Possiamo invitare anche Remi, Josie e Wren. La chiamo subito!»

Maggie avrebbe voluto protestare, dirle che a trentacinque anni era troppo vecchia per i pigiama party, ma le altre donne dovevano avere almeno dieci anni più di lei. E più ci pensava, più l'idea di stare in un ambiente più intimo con quelle amiche che aveva conosciuto all'Aces le sembrava divertente.

Quando era stata l'ultima volta che si era *davvero* divertita? Probabilmente una settimana prima, al bar, quando aveva incontrato tutti gli amici di Shawn.

Con suo grande stupore, prima della fine della giornata il pigiama party era già stato organizzato. La chat di gruppo di cui faceva parte anche lei era stata molto attiva, con il milione di domande di Wren e le altre, e aveva persino sentito Caroline che le aveva detto quanto fosse entusiasta di ospitare l'incontro.

Era previsto per il fine settimana successivo e Maggie lo attendeva con più entusiasmo di quanto ne avesse provato da molto tempo.

Una settimana più tardi, Maggie si ritrovò seduta a gambe incrociate su un letto matrimoniale nel seminterrato degli Steel, circondata da altre dieci donne. Per cena, Caroline aveva preparato quattro enormi taglieri di salumi, formaggi e altre delizie, e tutte si stavano rimpinzando con quei finger food.

Maggie aveva bisogno di quel ritrovo. Nell'ultima settimana aveva iniziato a ricadere nelle vecchie abitudini... a rimanere chiusa in sé stessa e a perdersi troppo nei suoi pensieri. I messaggi delle sue nuove amiche e le telefonate occasionali di Remi, Wren o Josie le avevano impedito di impazzire. E almeno il lavoro al negozio di abbigliamento la obbligava a uscire dall'appartamento.

L'assenza di Shawn le aveva fatto capire quanto avesse bisogno di interazione umana. I due anni di prigione l'avevano quasi distrutta. Sì, c'erano state molte occasioni per interagire con le altre detenute, ma la maggior parte di loro non erano state degne di fiducia. Ed era quello che faceva tutta la differenza del mondo, perché si era resa conto che invece poteva fidarsi non solo di Shawn, ma anche dei suoi amici.

E le donne intorno a lei? Maggie non aveva mai capito il

valore della vera amicizia prima di conoscerle. Come avere qualcuno con cui parlare potesse fare la differenza tra una giornata di merda e una semplicemente seccante.

Ridacchiò tra sé e sé. Stava diventando proprio una filosofa. Era ridicolo.

«Cosa c'è di così divertente?» chiese Cheyenne.

«Niente. Stavo solo pensando a quanto sia diversa la mia vita ora rispetto a qualche mese fa.»

«Ragazza, quella parte della tua vita è finita. Andata. Non tornerai indietro» disse Wren con fermezza.

Tutte le altre annuirono, d'accordo con l'amica.

Maggie le adorava... ma non avevano del tutto ragione. Un solo errore avrebbe potuto portarla a ritrovarsi davanti a un giudice e a essere rispedita in prigione. Ma non aveva intenzione di parlare del fatto che sarebbe bastato che Roman decidesse di portare avanti le sue minacce per farla incarcerare di nuovo. «Grazie, ragazze.»

«Posso fare una domanda?» chiese Remi.

«Credo che tu l'abbia appena fatta» disse Summer ridacchiando.

«Intendo un'altra» ribatté lei, alzando gli occhi al cielo.

Ciò fece scoppiare a ridere tutte, e servì un momento perché si calmassero abbastanza da permettere a Remi di fare la sua domanda.

Maggie si preparò, pensando che le avrebbe domandato qualcosa sulla prigione. Nessuno chiedeva mai certe cose che la maggior parte delle persone dava per scontate. Tipo usare il bagno, fare la doccia, come funzionavano i pasti e cosa si *faceva* tutto il giorno.

Ma invece di rivolgersi a lei, Remi guardò le donne più vecchie, le mogli dei SEAL che erano coinvolte con la Marina da anni. «Diventa più facile? Intendo la faccenda delle missioni.»

«Ci penso io» disse Caroline alle altre, poi incontrò lo sguardo di Remi. «Mi piacerebbe dirti che sì, diventa più facile. Ma, almeno nel mio caso, è stato il contrario. Ogni volta che Matthew partiva per me era sempre più difficile. Forse perché avevo un'idea più chiara delle situazioni in cui lui e i suoi compagni di squadra si sarebbero trovati. Forse perché lo amavo sempre di più ogni giorno che passavamo insieme. Forse ero solo stanca che mi lasciasse sola. Non lo so. Ma no, non diventa più facile. Questo non vuol dire che non fossi orgogliosa del mio uomo ogni volta che partiva, e grata che lui e gli altri fossero là fuori a fare ciò che dovevano. Pensavo... se non lo faceva lui, chi l'avrebbe fatto?»

«Stavo pensando proprio a questo l'altro giorno, quando ho visto che tre ostaggi nel Sud del Pacifico, non ricordo in quale isola, sono stati salvati. Li avevano prelevati dall'albergo in cui alloggiavano e tenuti in ostaggio per richiedere un riscatto. Cosa succederebbe se non ci fossero uomini come i nostri disposti a fare ciò che va fatto? A mettere a rischio la vita per aiutare gli altri?» disse Cheyenne.

«*Io* cos'avrei fatto senza di loro?» chiese Josie. «Nessuno mi stava cercando. E Nate avrebbe potuto scappare, invece ha subito altre torture perché non voleva andarsene senza di me. Provo un'ammirazione sconfinata per lui e per i suoi amici.»

«Credo che la domanda sia... *sei* in grado di gestire quello che fa Kevlar?» chiese Jessyka a Remi con dolcezza. «Perché spesso essere la moglie o la fidanzata di un SEAL fa schifo. Ma la maggior parte delle volte è come qualsiasi altra relazione. Si litiga, si è felici di vedersi dopo una lunga giornata di lavoro, ci si preoccupa dei soldi e ci si ama per quello che si è.»

«È solo che... quest'ultima missione... mi sembra... *strana*» ammise Remi.

«Sono d'accordo» disse Wren. «Non sto con Bo da molto tempo, ma in passato, quando hanno dovuto andare in missione, hanno avuto più tempo per pianificare. Mi preoccupa che si ritrovino in una situazione per cui non erano pronti.»

«Non hanno avuto almeno ventiquattro ore di tempo?» chiese Alabama.

«No» rispose Wren. «Bo ha chiamato dal lavoro e ha detto che sarebbero partiti entro circa due ore. Non è nemmeno riuscito a tornare a casa per salutarmi.»

«È una cosa insolita» concordò Summer.

«È strano» disse Julie. «Sentite, non ho tutte le risposte solo perché sto con un ex comandante, ma in genere i capi cercano di dare ai loro uomini il tempo di parlare con le loro famiglie. Di salutarsi. Due ore significano o che da qualche parte sta accadendo qualcosa di molto grave, e non c'è stato il tempo per fare nient'altro che un aggiornamento sui dettagli e metterli su un aereo... o che qualcuno ha fatto un casino.»

Nella stanza calò il silenzio per un momento. Poi Caroline prese il telefono e iniziò a scorrerlo.

«Che succede, Caroline?» chiese Fiona.

«Sto solo guardando le notizie. Per vedere se è successo qualcosa da qualche parte.»

Tutte aspettarono e la osservarono fissare lo schermo. Infine, sollevò la testa e scrollò le spalle. «Solo perché non riesco a trovare nulla di importante, non significa che non stia accadendo.»

Le altre iniziarono a parlare tutte insieme, cercando di capire perché la squadra fosse stata mandata via così in fretta, rassicurando allo stesso tempo Wren, Josie, Remi e Maggie che i ragazzi stavano bene e sarebbero tornati presto.

Ma era stata l'affermazione perplessa di Wren a farle venire i brividi sulla nuca. E se...

No, era un pensiero assurdo. Non lo avrebbe fatto... vero?

Sì che lo avrebbe fatto.

La domanda era: Roman aveva *davvero* l'influenza e il potere di mandare una squadra di Navy SEAL in una missione per la quale non erano del tutto preparati? Era terrificante anche solo pensarci.

Istintivamente, abbassò lo sguardo sul telefono. Non riceveva chiamate da lui da quasi due settimane. Aveva sperato che si fosse stancato di tormentarla. Ma se non era così? Se la missione fosse stata il suo modo di dirle che lei e tutte le persone a cui teneva sarebbero *sempre* state sotto il suo controllo? Che avrebbe sempre dovuto guardarsi alle spalle e chiedersi se lui fosse lì, in attesa, in agguato, pronto a rovinarle la vita in qualsiasi modo desiderasse.

Rabbrividì.

«Maggie? Che ne pensi?»

Alzò la testa e guardò Cheyenne. «Scusa, non stavo ascoltando. Cosa penso di cosa?»

L'altra donna le rivolse un sorriso comprensivo. «Di non parlare più di lavoro, di farci una cioccolata calda e guardare un film.»

Maggie approvò con entusiasmo. Il pensiero che sette uomini potessero essere stati messi in una situazione pericolosa a causa sua le dava la nausea. Se fosse successo qualcosa...

Non poteva pensarci. Shawn e gli altri erano molto bravi

nel loro lavoro. Anche se – ed era un grosso se – Roman avesse qualcosa a che fare con la loro missione, i ragazzi sarebbero stati in grado di gestirlo. Ne era convinta, avendo sentito abbastanza storie da Remi, Wren e Josie riguardo a com'erano quegli uomini in azione.

Ma nonostante ciò, non riusciva a smettere di interrogarsi su Roman. Avrebbe davvero usato il suo potere per far spedire i ragazzi in un paese straniero?

Doveva stare molto attenta. In allerta. Forse aveva mandato via Shawn per poter arrivare più facilmente a lei. Avrebbe potuto nascondere di nuovo della droga nella sua macchina o in casa, o metterle qualcosa in un drink in modo che fallisse un test antidroga... c'erano molti modi in cui avrebbe potuto sabotarla per farle infrangere una delle regole della libertà vigilata. Quel pensiero le fece venire voglia di nascondersi sotto le coperte nel suo appartamento e di non uscire mai più.

Seguendo le donne che stavano andando in cucina per preparare una cioccolata calda, Maggie rabbrividì. E se Roman avesse preso di mira una di *loro*? Era già abbastanza brutto che lei avesse passato così tanto tempo dietro le sbarre, ma se lui avesse fatto qualcosa per far andare in prigione una delle sue amiche?

Non sarebbe stata in grado di sopportare una cosa del genere.

Era arrivato il momento di parlare con Shawn. Aveva già deciso di dirgli chi era il suo ex, ma doveva raccontargli *tutto*. Il prima possibile. Non aveva idea se lui e i suoi amici sarebbero stati in grado di proteggerla, ma almeno lo avrebbero saputo. Magari Shawn sarebbe riuscito a fare qualcosa per impedire a Roman di rovinare la vita a qualcun altro.

Ma il rovescio della medaglia era... che Roman avrebbe potuto rovinare la vita a *Shawn*.

No. Doveva credere a ciò che le aveva detto, cioè che poteva prendersi cura di sé stesso e che aveva amici in grado di aiutarla. Perché qualsiasi altra cosa usciva direttamente dai suoi peggiori incubi.

CAPITOLO NOVE

«Sul serio, che cazzo è questa storia?» chiese Smiley, mentre si riunivano nell'area cuccette che era stata loro assegnata sulla portaerei a propulsione nucleare attualmente di stanza nel Mar Mediterraneo.

Preacher si stava facendo la stessa domanda, e ovviamente anche i suoi compagni di squadra. Nell'ultima settimana si erano interrogati a vicenda su quella missione, ma era la prima volta che ne discutevano in gruppo.

«Perché diavolo siamo qui?» domandò Flash. «Non c'è alcuna minaccia imminente da parte di nessuno, e ci sono già due squadre SEAL a bordo di questa nave.»

Kevlar si acciglió. «Ho parlato con il nostro comandante e sta cercando di capire cos'è successo. Pensa che qualcuno abbia fatto casino e ci sia stato un fraintendimento. Pensava che fossimo venuti come supporto per le altre squadre, ma dato che non abbiamo fatto altro che starcene seduti qui, ha iniziato a fare domande. Sembra che la missione per cui dovevamo fare da supporto sia stata annullata, ma nessuno ha informato il comandante. In conclusione, *non dovremmo* essere qui.»

«Allora, quando torniamo a casa?» chiese Safe.

«È questo il punto... non lo so» spiegò Kevlar.

«Cazzo» imprecò Blink.

«È una stronzata» aggiunse Preacher.

«Lo so. Il comandante ci sta lavorando. Ma voi sapete come funziona, potrebbe succedere domani o tra un mese che si diano una svegliata e ci mandino a casa.»

«Sarà meglio che non sia un mese, cazzo» ringhiò Safe.

«Non possiamo chiamare Tex? Sicuramente può fare qualcosa per sistemare questo casino. Tra un paio di settimane ho un incontro con un detective a Las Vegas a cui non voglio mancare» disse Smiley.

«Ci penso io» dichiarò MacGyver, i cui pollici si stavano muovendo come fulmini sulla tastiera dello schermo del telefono.

«Non credo che dovremmo coinvolgere Tex» sostenne Kevlar. «Sono sicuro che la Marina capirà e risolverà la questione.»

Smiley sbuffò. «Sì, certo, come hanno *capito* di mandarci qui quando non siamo assolutamente necessari?»

«Ok, non hai tutti i torti» concesse Kevlar. «MacGyver, fammi sapere cosa dice.»

«Dice che ci sta lavorando.»

«Aspetta, *cosa*? Hai già contattato Tex, gli hai spiegato la situazione e lui ci sta lavorando?» chiese Flash.

«Sì» rispose con un sorriso.

«Porca miseria! Forse dovremmo fare i bagagli» suggerì Safe.

Preacher non ne era molto convinto, ma qualsiasi cosa il genio del computer fosse riuscito a fare per risolvere quella situazione di merda, sarebbe stata ben accetta. Erano su quella nave da troppo tempo.

Da quando era partito aveva inviato alcune mail a Maggie, e anche se lei aveva detto di stare bene, aveva percepito che c'era qualcosa che non andava. Non era sicuro di cosa, ma desiderava poterle parlare di persona perché riusciva a leggerla piuttosto bene quando erano faccia a faccia.

«Allora, credo che il pigiama party sia andato alla grande» disse Kevlar, cambiando argomento.

«Avrei pagato per essere una mosca in quella casa» commentò Flash ridendo.

Safe lanciò un cuscino all'amico. «Non so cosa pensi succeda in quelle occasioni, ma sono assolutamente certo che non è quello che hai in testa in questo momento.»

«Vuoi dire che non indossano tutte dei négligé succinti e non fanno battaglie con i cuscini?» chiese MacGyver, cercando di avere un'aria innocente, senza riuscirci.

«Non pensate mai più a Wren con un négligé» minacciò Safe.

Tutti risero. «Remi ha detto che hanno parlato del fatto di essere delle mogli o fidanzate dei SEAL, di quanto sentivano la nostra mancanza, e poi hanno bevuto troppa cioccolata calda zuccherata e guardato film. Preacher, a quanto pare Maggie ha vinto la gara a chi rimaneva sveglia più a lungo.»

Sorrise. Non aveva dubbi. La sua Maggie era una nottambula. «Hai sentito cos'ha fatto mentre le altre dormivano?» gli chiese.

«Ha messo le loro mani nell'acqua calda così che facessero pipì? Ha messo dei ragni di plastica in tutta la casa per far venire un infarto alle ragazze al loro risveglio? Puntato la sveglia sui telefoni di tutte?» chiese MacGyver.

Tutti ridacchiarono.

«Non sono cose un po' infantili?» domandò Flash.

«Ha preso i loro reggiseni, li ha immersi nell'acqua e li ha messi nel congelatore» rispose Preacher.

Kevlar, Safe e Blink sorrisero, chiaramente già a conoscenza dello scherzo, ma gli altri tre uomini rimasero a bocca aperta.

«Davvero?»

«Porca miseria, credo di amarla.»

Smiley per una volta fu all'altezza del suo soprannome e sorrise come un pazzo. «Sapevo che mi piaceva quella ragazza.»

«Sembra che si siano divertite» disse Blink.

«Si sa qualcosa del suo ex?» chiese Safe.

Preacher sospirò. «No. Ma sento che si sta convincendo a parlarmene.»

«Allora... ti ha detto che è un membro di alto rango della Marina. C'è qualche possibilità che questo misterioso stronzo abbia a che fare con il fatto che siamo su questa nave a girarci i pollici, mentre le nostre donne sono a casa a sentire la nostra mancanza?» domandò Kevlar calmo.

«Non esiste» disse Preacher. Ma la domanda lo rese comunque inquieto.

«Sarebbe impossibile, vero?» domandò Safe.

«Non ne ho idea. Potrebbe essere, se il suo ex è qualcuno abbastanza in alto nella scala gerarchica» rifletté Flash.

«Dovrebbe essere un capitano o qualcuno di grado superiore» sostenne Smiley.

«Molto probabilmente un ammiraglio» concordò MacGyver.

«Ma un ammiraglio potrebbe davvero prendere il rischio di compromettersi con lo spaccio di droga e tormentando una ex? Potrebbe davvero spingersi a tanto per farla finire in prigione come ha fatto quel tizio? E per cosa? Perché avrebbe dovuto fare una cosa del genere?» chiese Flash.

Anche Preacher si poneva le stesse domande.

«Non ne ho idea» rispose Kevlar. «Ma o c'è stato un errore mastodontico che ci ha fatti mandare qui, o dobbiamo almeno considerare che l'ex di Maggie ha molto più potere di quanto ci aspettassimo. A meno che qualcuno non sappia qualcosa su un'imminente dichiarazione di guerra di cui non siamo ancora a conoscenza, il che è improbabile.»

Il discorso si spostò sulle condizioni instabili di molti paesi dell'area. Preacher lasciò che le parole dei suoi amici entrassero da un orecchio e uscissero dall'altro. Non riusciva a smettere di pensare a chi potesse aver commesso un errore tale da far inviare la squadra SEAL su quella nave con così poco preavviso. O al fatto che forse non si trattava per niente di un errore. E se non lo era... quante probabilità c'erano che fosse davvero collegato a Maggie? Il suo ex aveva realmente *così tanto* potere nella Marina?

Se così fosse stato, avrebbero potuto essere entrambi in pericolo.

Era un'idea folle. Per quanto ne sapeva, il suo ex non lo conosceva, e non avrebbe nemmeno dovuto sapere che si frequentavano. Accidenti, quello che stavano facendo si poteva a malapena considerare frequentarsi.

Ma non appena ebbe quel pensiero, Preacher capì che stava mentendo a sé stesso.

I baci, le telefonate, le cene, tenersi per mano. Si stavano decisamente frequentando. E se quell'uomo lo aveva scoperto, perché avrebbe dovuto importargli?

Aveva troppe domande e nessuna risposta... e ciò lo faceva impazzire. Inoltre, ora che Kevlar aveva accennato alla possibilità che l'ex di Maggie fosse coinvolto in quell'assurda missione in cui non avrebbero dovuto essere mandati, non riusciva a smettere di pensarci, e quindi era ancora più ansioso di tornare nella California del Sud. Da Maggie.

Qualche giorno dopo il pigiama party, il telefono di Maggie squillò verso le dieci di sera, e per un attimo pensò che potesse essere Shawn. Che magari fosse tornato. Le mancava terribilmente, come non le era mai successo con nessuna cosa nella vita. Nemmeno il fatto che in prigione le era mancato mangiare da Del Taco o il sapore delle spezie sul cibo era *minimamente* paragonabile al vuoto nello stomaco che le provocava l'assenza di Shawn.

Ma quando guardò lo schermo, l'ansia nel vedere la temuta parola "Sconosciuto" le fece irrigidire i muscoli.

«Pronto?» rispose esitante.

«Ciao, Mags. Come stai?»

Chiuse gli occhi. Aveva davvero pensato che Roman si fosse arreso, che avesse finalmente voltato pagina. Ma ovviamente si era sbagliata.

«Non riattaccare» le ordinò, proprio quando stava per farlo. «Ti ho chiamata per dirti che se non vuoi che il tuo ragazzo venga spedito in posti peggiori di una nave in mezzo all'oceano, devi continuare a tenere la bocca chiusa.»

La sua peggiore paura si era appena realizzata.

«Perché...?» sussurrò.

«Perché posso» rispose, chiaramente divertito. «Questa volta li ho solo mandati in una finta missione, ma la prossima potrebbe essere in Iran. Pensi che a Blink potrebbe piacere rivedere quella cella dove erano ospiti lui e la sua ragazza? O forse in Corea del Nord... pensi che ai ragazzi piacerebbe? Credo che non passerebbero inosservati, eh? Magari verrebbero catturati e gettati nei campi di lavoro. Oppure ho sentito dire che la Russia è bella in questo periodo dell'anno.»

«Sul serio, Roman, *perché*? Mi hai già rovinato la vita! Perché lo stai facendo?»

«Te l'ho già detto, perché è divertente, e per assicurarmi che tu non faccia casini. Ho delle foto di te, stronza. Di te che ti sbaciucchi con quella mammoletta di SEAL nella sua macchina. Ho occhi e orecchie ovunque. Niente di quello che fai è un segreto per me. So tutto di te: che lavori in quel cazzo di negozio di abbigliamento, del tuo piccolo pigiama party a casa di Caroline Steel, della tua visita in quel condominio sulla Terza Strada. Se vengo a *sapere* che quel SEAL e la sua squadra stanno indagando su di me, sono praticamente morti. Mi hai sentito? Li farò partire così in fretta che nemmeno te ne accorgerai, e farò di tutto per assicurarmi che non tornino mai più.»

«Non dirò nulla! Lasciali in pace!» lo supplicò.

«O forse farò in modo che il tuo culo venga rimesso in prigione. È stato così divertente la prima volta vederti andare a fondo. Potrei fare una chiacchierata con la tua responsabile della libertà vigilata. Oppure potrei nascondere *ancora* un po' di droga nella tua macchina, non sarebbe difficile. O magari introdurmi nel tuo appartamento e spargere in giro un po' di armamentario, abbastanza per far revocare la libertà vigilata e aggiungere anni alla tua condanna. Non cercare di fottermi, Maggie. Ora che ti ho dimostrato cosa posso fare, sii intelligente per una volta nella vita.»

Non sapeva cos'altro dire.

«Cosa c'è di attraente, comunque?» chiese Roman.

Maggie avrebbe voluto riattaccare, ma non ci riuscì. Doveva continuare a farlo parlare, lasciare che continuasse a incriminarsi.

«Sanno tutti che i SEAL fanno schifo a letto, a loro interessa solo venire. Il loro ego è troppo grande per pensare a qualcosa di diverso dall'arrivare subito al traguardo. Ma sai una cosa? Ripensandoci, ha perfettamente senso che tu stia con lui. Voglio dire, nemmeno tu eri brava a letto. Sei stata la peggiore che ho avuto, e ne ho avute parecchie. Te ne stavi lì come un pesce morto.»

Ok, forse non aveva bisogno di sentire cos'altro aveva da dire.

«Facevi i peggiori pompini che io abbia mai...»

Maggie chiuse la chiamata e bloccò immediatamente il numero.

Poi andò all'app che aveva installato e si assicurò che la conversazione si fosse registrata.

Aveva parecchio materiale per far andare Roman in prigione, ma aveva paura di portarlo a qualcuno perché non aveva dubbi che non sarebbe stato arrestato immediatamente. Ci sarebbe stata un'indagine. Gli avrebbero chiesto della telefonata, probabilmente gliel'avrebbero fatta sentire. Ma se non fosse stato messo dietro le sbarre subito, lei sarebbe stata fregata. Lui avrebbe fatto di *tutto* per fargliela pagare. Non sarebbe stata al sicuro. Neanche lontanamente.

Maggie salvò con attenzione il messaggio in una cartella del telefono e se lo inviò anche via mail. Più tardi lo avrebbe salvato nel computer. Se le fosse *successo* qualcosa, se fosse scomparsa senza lasciare tracce, ci sarebbe stato un indizio riguardo a chi la stava perseguitando. Il *motivo* era un'altra storia. Nemmeno lei capiva esattamente perché Roman fosse determinato a rovinarle la vita. Credeva di essere stata una brava fidanzata, ma evidentemente aveva combinato qualcosa che lo aveva fatto arrabbiare. O forse gli piaceva avere potere sugli altri.

Non voleva credere che fosse proprio come diceva lui, che lo facesse semplicemente per divertimento.

Qualunque fosse la ragione, non aveva più importanza. L'unica cosa che contava era che non si era fatto problemi a creare difficoltà a Shawn e alla sua squadra, mettendo in pericolo le loro vite solo per tormentare lei.

Sentendosi in colpa, Maggie si sedette sul divano dell'appartamento di Adina e fissò il vuoto. Poi cominciò a metabolizzare alcune delle altre cose dette da Roman. Qualcuno aveva scattato delle foto di lei e Shawn che si baciavano in macchina. Doveva essere stato nel parcheggio del My Sister's Closet, pochi giorni prima della sua partenza. Un ricordo felice che ora era contaminato, adesso che sapeva che li stavano osservando.

L'avevano seguita anche quando era andata a vedere un appartamento che aveva pensato di prendere in affitto, e sapevano che era andata a casa di Caroline insieme alle amiche.

Si rese conto che stava mettendo in pericolo la vita di *tante* persone.

E poi le accadde qualcosa di sorprendente... dentro di lei cominciò a montare la rabbia.

Non aveva fatto nulla di male. *Nulla*. Anche se il giudice aveva creduto che la droga fosse sua, anche se aveva commesso la sua parte di errori in passato, non significava che si meritasse quello che le stava accadendo. E di *certo* non lo meritavano Shawn e i suoi amici.

L'unico modo per fermare tutta quella faccenda era fare esattamente ciò che temeva di più: raccontare a qualcuno quello che stava succedendo, chi era Roman e tutte le sue minacce.

E l'unica persona di cui si fidava abbastanza da poterlo fare era Shawn. Sarebbe stato difficile, perché dirglielo lo avrebbe messo subito in pericolo. Ma lui era un SEAL, non era un uomo qualunque senza connessioni. L'aveva detto lui stesso che conosceva delle persone. Persone che si sperava potessero proteggere non solo lei, ma anche tutti gli altri.

Se non avesse detto nulla, Roman non si sarebbe fermato. Probabilmente avrebbe mandato comunque Shawn e i suoi amici in uno di quei posti terribili che le aveva preannunciato, solo perché poteva. Non importava che lei non avesse detto a nessuno chi era. Almeno, se avesse raccontato qualcosa, se lo avesse smascherato per il criminale che era, altri avrebbero potuto essere preparati per ciò che lui avrebbe potuto combinare.

A quel punto era disposta a fare qualsiasi cosa per tenere al sicuro i suoi nuovi amici, anche se ciò avrebbe significato che lei non lo sarebbe stata. Avrebbe affrontato le conseguenze delle sue azioni, purché ricadessero su di lei.

Era terrorizzata da Roman e da ciò che poteva fare, ma aveva ancora più paura di ciò che avrebbe potuto infliggere agli altri. E proprio quello la fece decidere.

La cosa ironica era che se Roman non avesse minacciato

Shawn, se qualcuno non l'avesse seguita a casa di Caroline, lei avrebbe fatto esattamente quello che lui voleva. Avrebbe tenuto la bocca chiusa.

Ma ora che aveva coinvolto altre persone innocenti che non meritavano che uno psicopatico rovinasse la loro vita, Maggie aveva ritrovato il coraggio. Roman Robertson non avrebbe fatto del male a qualcun altro come aveva fatto con lei.

Si sarebbe assicurata che chiunque sapesse che razza di bastardo fosse. O sarebbe morta provandoci... il che era decisamente una possibilità.

CAPITOLO DIECI

C'ERA VOLUTA UN'ALTRA SETTIMANA, ma finalmente erano a casa. In realtà Preacher non sapeva cosa fosse successo, ma un giorno erano stati convocati nell'ufficio dell'ammiraglio sulla nave, che li aveva avvisati che sarebbero partiti il mattino seguente. A quel punto non aveva più avuto importanza se era stata opera di Tex o se qualcuno nella linea di comando si era reso conto dello spreco di risorse che comportava avere tre squadre SEAL a bordo che non facevano nulla... ma almeno erano stati mandati a casa.

Erano le quattro e mezza del mattino, e anche se Maggie stava dormendo – probabilmente era andata a letto solo da un paio d'ore – Preacher non esitò a telefonarle. Anche Kevlar, Safe e Blink avevano già chiamato le loro donne.

«Pronto?» rispose Maggie assonnata.

«Ehi, sono io» disse Preacher con un piccolo sorriso; suonava adorabile così intontita.

«Shawn?»

«Sì. Siamo a casa.»

«Davvero?» Ora era decisamente sveglia.

«Sì.»

«Stai venendo qui? Vuoi che venga io a casa tua? Stai bene? Gli altri stanno bene? Cosa vuoi che faccia?»

Preacher ridacchiò, e si stupì di quanto si sentì toccato dalla sua foga e dalla sua preoccupazione. Non gli era mai capitato di avere qualcuno che ci tenesse così tanto a lui. Quando erano tornati dalle missioni precedenti aveva invidiato il fatto che i suoi compagni di squadra chiamassero le loro donne, ma non si era aspettato di provare tanta gioia sentendo l'emozione nella voce di Maggie.

«Se ti va bene, verrei da te.»

«Va benissimo!» praticamente gridò. «Vuoi che prepari la colazione?»

«No. Voglio che tu rimanga a letto, tutta calda e assonnata. E quello che voglio *davvero* è unirmi a te sotto le coperte quando arriverò. Solo per dormire, in aereo non riesco mai a riposare.»

«Ok. Mi alzo e sblocco la porta. Shawn?»

«Sì?»

«Sono così felice che tu sia a casa. Ho un sacco di cose da dirti.»

«Anch'io. Sarò lì tra circa quindici minuti, ok?»

«Ok. A presto.»

«Sì, a presto.»

Preacher chiuse la chiamata e si rese conto di avere un sorriso sciocco sul volto. Era esausto, su quello non aveva mentito. Non riusciva a pensare a niente di meglio che accoccolarsi dietro a Maggie e addormentarsi con lei tra le braccia. L'aveva sognato. Aveva sognato lei.

Impiegò tredici minuti per arrivare al suo appartamento, dato che non c'era molto traffico a quell'ora del mattino. La porta di casa non era chiusa a chiave, come promesso, e anche se avrebbe voluto rimproverarla per quella mancanza di sicurezza, era troppo ansioso di vederla.

Si assicurò di chiuderla bene lui, e lasciò cadere il borsone sul pavimento dell'ingresso, poi si avviò verso la camera da letto. Fece un respiro profondo, aprì la porta e la vista che lo accolse gli tolse il fiato.

Era una delle sue fantasie che prendeva vita. Maggie aveva acceso una lampada sul comodino, che dava alla stanza un bagliore soffuso. Era sveglia, sdraiata al centro del letto matrimoniale, con le coperte tirate su fino a sotto il mento, e si alzò a sedere sorridendogli quando lui entrò. «Bentornato a casa.»

Preacher le si avvicinò, si chinò sul materasso e, con sua grande gioia, lei si sporse in avanti, offrendogli le labbra. Cosa di cui lui approfittò.

All'inizio il loro bacio fu tenero e dolce, ma si trasformò rapidamente in qualcosa di più. In un attimo Maggie gli stava strattonando la maglia, cercando di sfilargliela dalla testa. E lui non fu da meno. Tirò giù il piumone e poi le prese il viso tra le mani per tenerla ferma, mentre la baciava con forza, a lungo e profondamente. Il pensiero di dormire volò fuori dalla finestra.

Preacher aveva pensato molto a quel momento nel corso degli anni, a ciò che avrebbe provato quando sarebbe arrivato a perdere la verginità. Aveva fantasticato su come si sarebbero svolte le cose. Ciò che avrebbe detto e fatto, le emozioni che avrebbe potuto sperimentare. Ma nulla di quello che aveva considerato in passato si avvicinava a ciò che stava provando con Maggie.

Prima di rendersene conto, erano entrambi completamente nudi. Il cazzo gli gocciolava di liquido preseminale, ma l'unica cosa a cui riusciva a pensare era assicurarsi che lei fosse pronta a prenderlo. Poteva anche essere vergine, ma sapeva che il suo uccello era più lungo e grosso della media, e l'ultima cosa che voleva era farle del male.

Maggie si sdraiò, tenendosi aggrappata a lui, con le unghie conficcate nella sua pelle, cercando disperatamente di tirarlo più vicino; avevano smesso di baciarsi solo per il tempo necessario a togliersi i vestiti. Ma per quanto avrebbe voluto continuare a baciarla, aveva ancora più bisogno di vederla tutta.

Sollevò la testa e osservò la donna distesa sul letto. I suoi capelli neri erano scompigliati sul cuscino, aveva un piccolo segno su una guancia, probabilmente provocato da una piega della federa, e mentre lo stava fissando si leccò le labbra rosa e gonfie.

«Sei il miglior bentornato a casa che abbia mai ricevuto» le disse con riverenza. Poi fece scivolare lo sguardo lentamente lungo il suo corpo, memorizzando il momento. Era perfetta. Non nel senso stretto del termine. Aveva una cicatrice vicino alla clavicola, delle lentiggini sopra il petto, qualche piccolo neo qua e là, ma lui vedeva solo la sua pelle liscia e stupenda.

Spostò una mano sul suo seno come se l'avesse fatto un milione di volte. Glielo strinse delicatamente e adorò il modo in cui lei si contorse. Poi passò il pollice sul capezzolo, sorridendo quando si inturgidì subito sotto il suo tocco. Lo strinse delicatamente, amando come lei si inarcò e il gemito sorpreso che lasciò la sua bocca.

Era davvero reattiva. Avrebbe voluto giocherellare con le sue tette per tutta la notte, ma non sarebbe successo, aveva troppo bisogno di essere dentro di lei.

Lasciando andare a malincuore il capezzolo, fece scorrere la mano lungo la sua pancia fino ad arrivare tra le gambe. «Allargale per me» la esortò, con un tono che non riconobbe.

Lei rilassò immediatamente i muscoli delle cosce e le spalancò. Lo sguardo di Preacher rimase incollato alla sua fica. Avrebbe voluto abbassare la testa ed esaminarla più da vicino. Assaggiarla. Far scorrere la lingua tra le sue pieghe e guardarla venire sotto le attenzioni della sua bocca e delle sue dita.

Ma era troppo impaziente.

Per fortuna sembrava lo fosse anche Maggie, che si portò una mano tra le gambe e cominciò ad accarezzarsi.

Preacher sollevò gli occhi per incontrare i suoi.

«Ti voglio» gli disse lei con audacia. «Ma devo essere più bagnata. È... da un bel po' che non lo faccio.»

Gli piaceva che non avesse paura di dire ciò di cui aveva bisogno. Riportò l'attenzione tra le sue gambe e osservò come si stava dando piacere, prendendo mentalmente appunti.

Mise la propria mano sopra la sua, mentre lei cominciava a muovere il dito più velocemente sul clitoride. Quando iniziò a ondeggiare i fianchi, le scacciò via la mano e prese il controllo.

Ancora una volta, un gemito sorpreso le lasciò le labbra, e Preacher poté solo sorridere a quel suono.

«Sì... più forte, Shawn. Di più!»

Il clitoride era duro sotto il suo pollice, e mentre la accarezzava le infilò il mignolo nel sesso fino a dove riuscì ad arrivare.

Era così dannatamente calda e bagnata da infradiciargli il dito, e il suo cazzo pulsò per l'impazienza.

«Ah!» esclamò Maggie. Sollevò il sedere dal materasso e sembrò bloccarsi. Poi venne, tremando in modo quasi incontrollato sotto di lui. Aveva già visto delle donne raggiungere l'orgasmo, ma non era mai stato niente di simile. Se lei non lo avesse afferrato per tenerlo contro di sé, avrebbe potuto pensare che stesse soffrendo.

Maggie non avrebbe mai capito il dono che gli aveva appena fatto.

Lei riabbassò il sedere sul letto, e quando indietreggiò lievemente al suo tocco sul clitoride, Preacher capì il messaggio. Spostò la mano più in basso tra le sue gambe, e fu il suo turno di gemere. Era fradicia. Le infilò un dito dentro al corpo, poi due. La scopò delicatamente così, mentre lei si riprendeva dall'orgasmo. L'essenza del suo piacere gli ricoprì le dita, e le tirò fuori per portarsele sull'uccello.

Era duro come l'acciaio, e i suoi umori, insieme al liquido preseminale, crearono una lubrificazione più che sufficiente per essere sicuro di non farle male quando l'avrebbe penetrata.

Poi si irrigidì. *Cazzo.*

«Cosa c'è che non va?» gli chiese, sentendolo ovviamente teso.

«Non ho un preservativo» ammise. Era giunto il suo momento, l'occasione di perdere la verginità con la donna dei suoi sogni e, come un idiota, non aveva nulla con cui proteggerla.

«Non c'è problema» disse lei.

«Sì, invece.»

«Shawn, sei vergine, e io non faccio sesso da più di due anni perché sono stata in prigione.»

«Gravidanza» le ricordò.

Vide le sue guance arrossire. «Non è il momento giusto. E so che sembra la solita frase fatta, ma non lo è.»

Preacher esitò. Avrebbe dovuto fermarsi subito...

Maggie prese la decisione per entrambi quando gli afferrò il cazzo.

Lui grugnì e non riuscì a trattenersi dallo spingersi nella sua presa, facendola sorridere.

«È tutto ok, Shawn. Te lo prometto. Ti prego. Ho bisogno di te. Ti voglio. Voglio essere la tua prima volta.»

Muovendosi senza esitazione, Preacher si sistemò tra le sue gambe, allargandole con le ginocchia. Le sue pieghe brillavano nella luce fioca. Non poté impedirsi di toccarla di nuovo, di sentire quanto fosse calda e bagnata.

«Sei davvero sicura?» riuscì a chiedere.

«Sicurissima.»

«Se ci saranno conseguenze, farò ciò che è giusto. Voglio essere presente nella vita di mio figlio. Non sarò un padre assente.»

Sentì la sua fica stringersi contro le dita che non aveva resistito a rimettere dentro di lei.

«Va bene.»

«Ultima possibilità. Se dici di sì, ti scoperò. Non si potrà tornare indietro.» Preacher riusciva a malapena a pensare, mentre teneva lo sguardo incollato alla sua fica. Era ciò che desiderava; non solo fare sesso, ma che fosse con *lei*. Non si trattava solo di perdere la verginità, ma di essere il più vicino possibile a Maggie.

«Sì» gli disse con fermezza.

Preacher tolse le dita e si avvolse ancora una volta la mano intorno al cazzo, usando gli umori per lubrificarsi di nuovo. Poi si spostò in avanti allargandole ancora di più le gambe. Guardando in basso, quasi venne vedendo la punta del suo uccello toccare il monte di venere. Poteva percepire la peluria del suo pube contro quel punto sensibile, l'odore pungente di sesso e il suo respiro ansimante, e poteva vedere il modo in cui la sua pancia si contraeva per la trepidazione.

Tutti i suoi sensi erano sollecitati. Quel momento sarebbe rimasto impresso nel suo cervello per sempre... e non aveva nemmeno iniziato.

Infilò tra le pieghe la punta, e spinse.

Maggie trattenne il respiro quando Shawn entrò in lei. Per un attimo la fitta di dolore fu quasi opprimente. Era passato tanto tempo dall'ultima volta che aveva fatto l'amore, ma il disagio si dissipò quasi subito.

Era rimasta con lo sguardo incollato tra le proprie gambe, a guardare il cazzo sorprendentemente lungo e grosso di Shawn scomparire nel suo corpo. Ma lo strano verso che lui fece la portò ad alzarlo verso il suo viso.

La riverenza che vide nella sua espressione rese quel momento ancora più speciale. Era la sua prima volta, e lei non si era mai sentita più potente e sexy di così.

«Cazzo» mormorò lui. Si spostò un po' più avanti, spingendo la sua grossa erezione ancora più a fondo. Poi non si mosse più, rimase semplicemente piantato in profondità.

«Shawn?» gli chiese, preoccupata.

Fece un verso a metà tra un sì e un grugnito. Lei sorrise, e strinse deliberatamente i muscoli interni intorno al suo cazzo.

Lo sguardo di Shawn era fisso sul punto in cui erano uniti, ma lo sollevò subito quando la sentì stringersi intorno a lui. «Fallo di nuovo» le ordinò.

Lo fece.

«Porca puttana, è una sensazione incredibile!» mormorò.

«Puoi muoverti» sussurrò lei.

Shawn scosse la testa. Le sue pupille erano così dilatate che riusciva a malapena a vedere il verde dei suoi occhi.

«Ti sto facendo male?» le chiese.

«No.»

«Bene. Perché penso che potrei non andarmene mai più da qui. Sei così calda. E incredibilmente bagnata. Non ho mai... questo è... *cazzo*.»

Maggie non riusciva a smettere di sorridere. «Aspetta finché non inizierai a muoverti» gli disse.

Con sua sorpresa lo fece... poi il suo viso si contorse e lo sentì spingere i fianchi ancora una volta.

«Sei... sei appena venuto?»

«Sì» rispose senza il minimo imbarazzo. «È una sensazione bellissima. Stupenda.»

Era elettrizzata che lui avesse trovato il suo piacere, e anche un po' delusa, ma *era* la sua prima volta. Ci avrebbe preso la mano in poco tempo, ne era certa.

Lui si chinò e la baciò con dolcezza. Quando si staccò, c'era un luccichio... *strano*... nei suoi occhi. «Ora che ci siamo tolti il pensiero, sei pronta?»

«Per cosa?»

«Per essere scopata.»

Non riuscì a fare a meno di ridere. «Sì.»

La stupì vedere che era ancora duro quando uscì dal suo corpo fino alla punta. Poi la penetrò di nuovo con una lunga spinta.

«Ah!» esclamò, adorando la sensazione che le diede quando fu completamente dentro; era scivolato facilmente nel suo corpo dato che era ancora più bagnata dopo l'orgasmo di Shawn.

Contrasse la pancia quando lui cominciò a muoversi a un ritmo lento e costante. Il suo cazzo toccava posti dentro di lei che nessun uomo aveva mai raggiunto. Iniziò a penetrarla con ancora più foga, sostenendosi con una mano sul materasso accanto alla sua spalla, mentre l'altra era aggrappata alla sua coscia per tenerla aperta.

A ogni spinta le rimbalzavano le tette, e vedere il piacere nell'espressione di Shawn mentre la prendeva, era eccitante quasi quanto quello che stava facendo al suo corpo. Quasi.

Poi lui spostò la mano, portandola tra di loro, e continuando a spingere sollevò un po' i fianchi per far spazio alle dita e toccarle il clitoride.

«Shawn!» esclamò lei quando iniziò a strofinarglielo.

«Così. Vieni sul mio cazzo. Voglio sentirlo. È stato bellissimo sentirti stringere il mio dito e scommetto che mi strizzerai l'uccello. Oh! Ti sento contrarre. È fantastico!»

Non avrebbe mai pensato che Shawn fosse uno che parlava sporco, ma adorò la cosa.

Mentre l'orgasmo si avvicinava non poté far altro che aggrapparsi a lui, che la accarezzava con maestria. Era difficile credere che fosse la sua prima volta. Era il miglior amante che avesse mai avuto. Ormai nessun altro sarebbe stato alla sua altezza. Punto.

Quando lei raggiunse il culmine, Shawn stava ansimando e facendo smorfie come se lo stessero torturando, e mentre era persa nell'orgasmo lo sentì gemere: «Grazie, cazzo.» Poi le afferrò i fianchi con entrambe le mani, cercando di tenerle fermo il corpo che si contorceva per scoparla sul serio.

Poco dopo smise di muoversi, la strattonò contro di sé con una forza tale che Maggie aveva la sensazione le avrebbe lasciato dei lividi, per poi gemere ancora una volta e venire. Sentì il suo cazzo contrarsi mentre si svuotava dentro di lei.

«Porca puttana» le disse stupito, allentando lentamente la presa ferrea sui suoi fianchi. Poi cadde in avanti, fortunatamente senza schiacciarla. Nascose il naso nel suo collo e ansimò contro di lei, cercando di riprendere il controllo del proprio corpo.

Maggie non riusciva a smettere di sorridere. Fece scorrere le mani su e giù lungo la sua schiena leggermente umida, per aiutarlo a riprendersi dal secondo orgasmo della notte.

Quando lui si sollevò abbastanza da poterla guardare negli occhi, era ancora dentro di lei.

«Ciao» gli disse un po' timidamente.

«Grazie» replicò lui.

Maggie aggrottò la fronte. «Per cosa?»

«Sul serio me lo chiedi?» ribatté un po' stizzito.

Lei ridacchiò.

Un'espressione strana attraversò il viso di Shawn. «L'ho sentita» la informò. «La tua risatina, l'ho sentita sul cazzo e mi è piaciuto.»

A quello non poté fare a meno di ridere.

Anche lui accennò un sorriso. «Ho una confessione da fare.»

Quando non continuò, Maggie chiese: «Ah sì? Quale?»

«Mi piace fare sesso. Con te. Credo che tu abbia creato un mostro.»

Lei gli sorrise. «Anche a me piace farlo. Con te. Sei sicuro di non averlo mai fatto prima? Perché sei *davvero* molto bravo.»

«Sono sicuro. E sono stato ispirato.»

Era da tanto che Maggie non si sentiva così felice. La sua

vita era stata una merda per un bel po' di tempo, e c'erano ancora molte cose negative, ma in quel momento era contenta come non mai. «Tu sei a posto? La missione è andata bene?» gli chiese.

«Io sono a posto. La missione è stata una cosa assurda. Inesistente. Ci hanno mandato là e non c'era bisogno di noi. Intendo che non servivamo affatto. Ce ne siamo stati con le mani in mano ad aspettare che il nostro comandante risolvesse il problema e ci facesse tornare a casa.»

«Oh» disse Maggie, non del tutto sorpresa. Roman aveva praticamente detto la stessa cosa. Ma era anche un po' spaventata perché aveva sperato che le avesse mentito. Che non avesse avuto nulla a che fare con il loro dislocamento.

«Non voglio parlare di lavoro in questo momento» disse Shawn.

A lei andava benissimo. Non voleva pensare a Roman, alle sue minacce o a qualsiasi altra cosa che non fosse l'uomo che era ancora dentro il suo corpo. «Non vuoi? Cosa dovremmo fare allora? Dormire?»

«Mmm, forse. O magari potremmo pensare a qualcosa di meglio.»

In qualche modo, senza tirarsi fuori da lei, riuscì a farli girare e a metterla a cavalcioni su di lui. «Oh!» esclamò sorpresa. «Sei di nuovo duro.»

«Ho la sensazione che con te sarà la mia condizione normale. Ci sono molte posizioni che voglio provare. Voglio dire, dopotutto *sono* vergine.»

«Eri» replicò con un sorriso. «*Eri* vergine.»

«Vero. Fammi vedere come funziona. Questa volta, scopami *tu*.»

Venti minuti più tardi, Maggie non era sicura di chi avesse

scopato chi. Shawn aveva lasciato che fosse lei a dettare il ritmo per un po', poi l'aveva tenuta ferma mentre la prendeva da sotto, spingendosi dentro di lei più e più volte e ordinandole di strofinarsi il clitoride così da venire di nuovo intorno al suo cazzo. Quando alla fine lui aveva raggiunto l'orgasmo, gli era caduta sopra, esausta.

Ora erano entrambi sudati e non si era mai sentita così soddisfatta. Shawn si tirò fuori e lei sentì il suo sperma colare tra le gambe. «Dovrei alzarmi e fare una doccia.»

«No» le ordinò. «Voglio vivere l'esperienza completa.»

Maggie alzò gli occhi al cielo, ma non fece alcuna mossa per allontanarsi. La verità era che stava bene lì, a usarlo come cuscino.

«Ok, ma non dare la colpa a me se domattina sarai scomodo e tutto appiccicoso.»

«È già mattina» disse Shawn con una risatina.

Maggie la sentì riverberare attraverso il corpo, dato che era avvolta da lui. Era una sensazione... intima. Bella.

«Lavori domani... ehm, oggi?» le chiese dopo un attimo.

«Dovrei. Ma più tardi posso chiamare Julie e chiederle se le va bene se mi prendo il giorno libero. Sono sicura che capirà. Mi aveva già detto che potevo averlo quando sareste tornati a casa.»

«Ok. Anch'io ho il giorno libero.»

«Ottimo.»

«Già. Ottimo. Dormi, Maggie.»

———

Preacher era esausto. Il viaggio di ritorno dal Medio Oriente era stato lungo e il suo corpo non aveva idea di che ora fosse.

Ma non riusciva a dormire. Strinse Maggie a sé e chiuse gli occhi.

Fare sesso con lei gli aveva... cambiato la vita. Aveva già capito che lei era diversa, speciale, ma la connessione che avevano appena condiviso gli aveva dato più che ragione. Non si era mai sentito così con nessuna prima. E anche se non era mai andato fino in fondo con un'altra donna, aveva fatto abbastanza da sapere che il legame che avevano era più profondo di qualsiasi cosa avesse mai sperimentato... o previsto.

Voleva passare il resto della vita con lei. Tornare a casa dopo le missioni e trovarla nel suo letto, ad accoglierlo proprio come aveva fatto quella notte. Voleva ridere delle birichinate dei loro figli, organizzare i loro orari in base alle attività dei bambini. Voleva tutto ciò... con Maggie.

Il pensiero di avere dei figli con lei gli fece indurire di nuovo il cazzo, ma anche se non aveva dubbi che le fosse piaciuto quello che avevano appena fatto, non era sicuro che lei fosse della sua stessa idea.

Maggie era scivolata giù dal suo petto per riposare accanto a lui, e si era accoccolata al suo fianco, usando la sua spalla come cuscino. Preacher aveva tirato su il lenzuolo per coprire entrambi, ma poteva vedere la tenda creata dal suo cazzo nella stoffa al pensiero di riempirla ancora una volta con il suo sperma.

«Vacci piano» sussurrò a sé stesso. Non poteva rovinare tutto. Doveva rallentare. Maggie non era pronta ad avere figli. Il suo ex era ancora là fuori a cercare di crearle problemi, e la minaccia di tornare in prigione era sempre un pensiero costante per lei. Per non parlare del fatto che gli aveva detto più di una volta che voleva andarsene dalla California.

Sospirò e fece del suo meglio per allontanare le preoccupazioni dalla mente. Per godersi il presente. Il respiro caldo di Maggie contro la spalla non era qualcosa che aveva mai sperimentato. Non era mai andato a letto con una donna. In ogni senso del termine. Era piacevole.

Mentre stava sdraiato lì e la stringeva, chiuse gli occhi e rivisse il momento in cui era entrato per la prima volta nella sua fica calda e bagnata. Ora capiva perché gli uomini facevano cose stupide in merito al sesso. La sensazione del suo corpo che lo stringeva in una morsa era indescrivibile. Avrebbe dovuto essere imbarazzato per la velocità con cui era venuto la prima volta, ma non lo era. Il piacere era stato travolgente. Per fortuna non si era afflosciato ed era riuscito subito a scoparla per bene.

Pensando a quello che avevano fatto e a quanto era stato bello, il suo cazzo fu di nuovo pronto, ma cercò di ignorarlo. Maggie era probabilmente indolenzita e aveva bisogno di riposare.

Però più cercava di ignorarlo, più pulsava. La voleva di nuovo. Aveva bisogno di lei.

Ma si rifiutò di fare qualcosa mentre lei dormiva.

Non aveva idea di quanto tempo rimase sdraiato lì con l'uccello che fremeva per il bisogno di essere ancora una volta dentro al suo corpo, ma nel momento in cui Maggie si mosse contro di lui, agì.

La fece girare a pancia in giù, prese un cuscino e glielo mise sotto i fianchi, poi si accovacciò dietro di lei e la stimolò con le dita.

«Shawn?» disse assonnata.

«Puoi prendermi di nuovo?» le chiese, non riconoscendo la propria voce.

In risposta, lei sollevò il sedere.

«Stai ferma. Faccio tutto io.»

Vedendola così esposta davanti a lui... il culo rotondo e accogliente, la fica ancora bagnata da tutto lo sperma che le aveva riversato dentro, Preacher ringraziò la sua buona stella per averla portata nella sua vita.

Avanzò di un poco e la penetrò con una spinta lunga e lenta.

Gemettero entrambi.

Sapendo di dover mantenere un ritmo tranquillo, fece l'amore con la sua donna pensando solo a darle piacere.

Non passò molto che lei iniziò a dimenarsi. «Lascia che mi metta sulle ginocchia.»

Preacher la aiutò, e dovette convenire che quella posizione era ancora meglio. Portò una mano sotto di lei, trovò il suo clitoride e lo accarezzò, continuando a prenderla da dietro.

«Mi piace» dichiarò.

Sentì Maggie ridacchiare. «C'era da immaginarlo che saresti stato un uomo da pecorina» gli disse, a tempo con le sue spinte.

«Sono un uomo da Maggie» la corresse.

Aveva avuto intenzione di mantenere quell'amplesso delicato, ma quando lei cominciò a spingersi indietro, premendogli il suo morbido sedere contro le cosce, Preacher perse il suo ferreo autocontrollo.

Le tenne fermi i fianchi e la scopò con forza. Il rumore della loro pelle che sbatteva non fece che aumentare la carnalità del momento, e quando guardò in basso e vide il cazzo sparire nella sua fica e poi ricomparire, si eccitò ancora di più. Le sue tette ondeggiavano a ogni spinta e i gemiti che le uscivano dalla gola gli dicevano tutto quello che doveva sapere su quanto lei stesse godendo.

L'orgasmo di Maggie montò rapidamente, e iniziò a tremare molto prima di quanto si fosse aspettato. Ma il piacere scaturito da lei scatenò il suo e, senza pensare a ciò che stava facendo, si tirò fuori e schizzò lo sperma su tutto il suo splendido culo. Prima di finire la penetrò di nuovo, finendo di vuotarsi dentro di lei ancora una volta.

Poi le massaggiò il sedere e le sparse il suo seme su tutto il corpo. Marchiandola come sua.

«Porca puttana, Shawn» gli disse.

Non poteva essere più d'accordo con quell'affermazione.

CAPITOLO UNDICI

ERA QUASI MEZZOGIORNO QUANDO, dopo essersi alzati e aver fatto la doccia, lei e Shawn si misero a preparare la colazione. Maggie era indolenzita, ma in un modo bellissimo. Non avrebbe mai pensato che Shawn fosse un fanatico del sesso, ma non poteva dire di esserne turbata visto che si era assicurato ogni volta che lei raggiungesse l'orgasmo per prima.

Ogni cosa offensiva che Roman aveva detto sulla loro vita sessuale era stata spazzata via in una sola sessione con Shawn. Era ovvio che le scarse prestazioni che aveva avuto con il suo ex non erano minimamente dipese da *lei*.

Ora che erano diventati intimi, Shawn non riusciva a toglierle le mani di dosso. Le toccava la schiena, le faceva scorrere la mano sul braccio, la sfiorava in cucina, e lei ne amava ogni secondo. Quel tipo di vicinanza e il disperato bisogno di stare l'uno accanto all'altra era quello che aveva sempre sognato in un rapporto di coppia. Sapeva che non sarebbe stato sempre così, ma quello era un ottimo inizio.

Non si era aspettata di avere di nuovo una relazione con qualcuno, soprattutto dopo l'inconcepibile tradimento di Roman. Ma Shawn l'aveva colta di sorpresa. La sua sincerità e disponibilità l'avevano conquistata. Non che si sarebbero sposati l'indomani o altro, ma di certo si vedeva coinvolta in una relazione duratura con lui.

«Non hai dormito molto, sei sicuro di stare bene?» gli chiese, mentre erano seduti a tavola a mangiare i muffin e lo stufato di salsicce che avevano preparato come brunch.

«Stai dicendo che vuoi tornare a letto?» le domandò con un'espressione maliziosa.

Maggie alzò gli occhi al cielo. «No. Sono indolenzita. Ma sul serio, non hai riposato molto.»

La sua espressione spensierata scomparve in un attimo. «Ti ho fatto male?»

«No, per niente. Ma ti avevo detto che per me era passato un po' di tempo. E tu non sei piccolo.»

Il cipiglio non abbandonò il suo viso. «Mi dispiace.»

«Shawn» gli disse, mettendo una mano sulla sua. «Non mi sto lamentando. Sto solo dicendo che qualche ora di pausa per me non sarebbe male.»

«Giusto. Stasera potrai insegnarmi cosa ti piace quando ti leccherò. Poi magari mi masturberò e verrò sulla tua fica e sulla pancia. Questo dovrebbe concederti una pausa decente.»

Maggie si sentì arrossire. «Porca miseria, Shawn. Non avevo idea che dentro di te si nascondesse un uomo che parla sporco.»

«Nemmeno io. Sei tu che lo tiri fuori» replicò con un sorriso compiaciuto.

Lei non poté fare a meno di sorridere a sua volta, e non poté nemmeno impedire che le balenasse nella mente l'immagine di lui in ginocchio tra le sue gambe che si accarezzava.

«Cosa vuoi fare oggi?» le domandò, sempre sorridendo, come se sapesse esattamente a cosa stava pensando. «Io devo fare il bucato, ho un borsone pieno di roba sporca che probabilmente camminerebbe da sola se ne avesse la possibilità.»

E a quello, l'umore sereno di Maggie svanì. «Dobbiamo parlare» sbottò.

Shawn si voltò verso di lei. «Ok. Sai che ci sono sempre per te. Stanotte... anzi, stamattina, ha significato molto per me. *Tu* significhi molto per me. Non sono un uomo che salta da un letto di una donna a un altro, e questo già lo sai. Voglio una relazione esclusiva, Maggie. Voglio essere il tuo ragazzo, il tuo uomo. Farò tutto ciò che è in mio potere per stare al tuo fianco, per sostenerti ed essere il tuo punto di riferimento quando ne avrai bisogno.»

La stava uccidendo. Perché anche lei voleva tutto ciò che aveva detto, ma c'era un ostacolo molto concreto che impediva la possibilità di diventare una coppia ufficiale. E voleva parlargliene. Dirgli di Roman. «Lo desidero anch'io. Voglio essere la tua ragazza, e per l'esclusività non c'è nemmeno bisogno di dirlo.»

«Se non vuoi avere subito un bambino, uno di noi due dovrà fare qualcosa per la contraccezione» aggiunse lui con nonchalance, come se stessero parlando del tempo che avrebbe fatto quella settimana. Incontrò il suo sguardo e continuò. «Perché ho la sensazione che vorrò essere dentro di te ogni volta che me lo permetterai. Metterò il preservativo, se vuoi. Anche se... credo sia ridicolo da parte mia ammettere quanto mi piaccia venire dentro di te *e* su di te. Ok, è strano, vero? Posso dire dalla tua espressione che è così.»

Maggie non poté fare a meno di ridacchiare. «Un po'. Ma se tu sei strano, lo sono anch'io, perché mi piace sentire il tuo sperma che mi cola lungo le cosce quando mi alzo. E apprezzo che tu ti sia offerto di occuparti dell'anticoncezionale. Non tutti gli uomini lo farebbero, si aspetterebbero semplicemente che ci pensasse la donna.»

«Se dovessi rimanere incinta, la cosa riguarda entrambi» disse Shawn con fermezza. «Non dovrebbe dipendere solo dalla donna. Dimmi cosa vuoi, farò quello che decidi tu.»

«Posso prendere la pillola. O fare l'iniezione.»

«Ok. Se non funziona, troveremo un'altra soluzione. Nel frattempo, comprerò dei preservativi, così non dovremo astenerci mentre aspettiamo che tu prenda un appuntamento con un ginecologo.»

Che uomo. Come aveva fatto a essere così fortunata?

Un momento... non era fortunata. Non lo era affatto. Aveva passato due anni dietro le sbarre a causa della sua *sfortuna*. Soprattutto in amore. Quel pensiero la fece incupire.

«Hai finito?» gli chiese, indicando il suo piatto.

Shawn annuì e lei si alzò subito, prendendolo. Il cibo che aveva mangiato all'improvviso diventò un blocco nella pancia. Aveva bisogno di togliersi il peso di quella chiacchierata; prima Shawn avesse scoperto chi era il suo ex, prima avrebbe potuto contattare le sue conoscenze per vedere cosa si poteva fare per contrastare le minacce. E doveva sapere chi c'era dietro l'invio della sua squadra in quella missione inutile, e che all'orizzonte c'era la possibilità che venissero mandati in posti davvero orribili, semplicemente perché Roman era uno stronzo vendicativo.

Mise i piatti nel lavello e si voltò per tornare da Shawn... e sussultò quando si scontrò con lui. L'aveva seguita ed era proprio dietro di lei.

«Oh! Non ti avevo sentito.»

«*Sono* un SEAL» le disse con un sorriso che non raggiunse gli occhi. «Però non mi piace che all'improvviso sembri stressata.» Le prese la mano e la condusse al divano. Si sedette e la tirò giù accanto a sé; erano praticamente incollati dal ginocchio al fianco, l'aveva cinta con un braccio, posando la mano sul fianco opposto.

Maggie avrebbe preferito che ci fosse un po' di spazio tra loro per affrontare quella conversazione, ma allo stesso tempo amava essere così vicina a lui. Era proprio messa male, ma voleva solo chiudere la faccenda per poter andare avanti.

«Sono pronta a parlarti del mio ex.»

«Ok, e io sono pronto ad ascoltare senza giudicare» disse Shawn con calma.

Fece un respiro profondo, pregando che non le si ritorcesse contro, e iniziò a parlare.

«All'inizio pensavo che fosse un uomo fantastico. Era davvero gentile. Mi portava a mangiare nei posti più eleganti e costosi. Mi faceva davvero credere che gli importasse di me. Si presentava alla farmacia dove lavoravo con il pranzo. Mi faceva sempre dei complimenti. Ripensandoci, ora mi rendo conto che era esagerato. Troppe cose, troppo presto... e non posso credere di esserci cascata. Ma è successo.

E quasi all'improvviso... io dormivo a casa sua – lui non veniva mai da me – ed eravamo una coppia. O almeno così pensavo. Era molto possessivo, voleva sempre sapere dove fossi e quando sarei tornata a casa. All'epoca l'ho scambiata per protettività. Non mi sono resa conto che mi stava separando intenzionalmente dai pochi amici che avevo quando ha iniziato a dirmi che non erano brave persone o che pensava che parlassero di me alle mie spalle. Ero abbastanza adulta da non lasciarmi influenzare, da non credere alle sue stronzate, ma... volevo davvero avere una relazione. Volevo essere amata.

Quando qualche mese dopo gli ho detto che sarei andata a Los Angeles per lavoro – dovevo recarmi in un'altra farmacia – e lui mi ha chiesto se potevo portare qualcosa a un suo amico, ho accettato senza pensarci due volte. Non mi sono insospettita nemmeno quando non ha voluto dirmi cosa c'era nella borsa o quando, invece di metterla sul sedile posteriore insieme alla mia valigia, l'ha infilata sotto quello del passeggero.

Sono stata un'idiota totale. Ma, ancora una volta, non mi è mai passato per la testa che potesse essere coinvolto nel traffico di *droga*, data la sua posizione nella Marina. Di certo, non ho nemmeno lontanamente pensato che avrebbe negato tutto quando mi hanno *beccata* con la sua droga e che avrebbe detto alla polizia che ero una drogata, insinuando che rubavo pillole dalla farmacia.

Ha distrutto non solo la mia fiducia in me stessa, la mia convinzione di essere una donna competente e indipendente, ma anche la mia reputazione professionale e tutta la mia vita. Quando mi ha guardata dritto negli occhi, mentre testimoniava contro di me in tribunale, mentendo a me e a tutti i presenti, ho capito che non aveva un'anima. Tutto ciò che mi aveva detto e che aveva fatto per portarmi a letto, era stato solo parte del suo piano per usarmi. È stata solo una sfortuna che mi abbiano fermato per eccesso di velocità proprio la prima volta che mi ha indotto con l'inganno a consegnare della droga per lui. Credo che avesse pianificato di usarmi come suo inconsapevole corriere a lungo termine.»

«Chi è, Maggie? Ho bisogno di un nome.»

Era tesa come non ricordava di esserlo mai stata, e Shawn non era messo molto meglio. Era seduto dritto, con lo sguardo fisso nel suo, ma la sua mano sul fianco era delicata. La stava accarezzando ritmicamente con un dito, come per calmarla, per farle capire che ci sarebbe stato per lei, qualunque cosa fosse successa.

«Roman Robertson.»

Shawn sbatté le palpebre. «Cosa?»

«Roman Robertson. È il mio ex. Lo conosci?»

«Il *contrammiraglio* Robertson?»

Maggie si spostò, non riuscendo a interpretare il suo tono. «Sì, credo. Una volta mi ha detto il suo grado e l'ho cercato, ma non ho dimestichezza con la Marina, i gradi e tutto il resto, quindi non me lo ricordo.»

«Cazzo» disse Shawn. Poi si alzò e cominciò a camminare avanti e indietro.

Lei rimase immobile.

«Non può essere. Dev'esserci un altro Roman Robertson. Oppure sta impersonando il *vero* contrammiraglio. Hai mai visto il suo tesserino militare? Ti ha mai portata alla base?»

Deglutì a fatica. Non stava andando come aveva pensato.

No, non era vero. Purtroppo, quella conversazione stava andando *esattamente* come aveva temuto... prima di avere rapporti intimi con Shawn. Era stato il motivo per cui non aveva voluto dirgli chi fosse il suo ex. Perché aveva avuto paura che lui non le credesse. E ora il suo incubo si stava avverando. «No. E no.»

«Scommetto che questo stronzo ha letto il nome del contrammiraglio sul giornale o qualcosa del genere. Maggie, tesoro, il tuo ex dev'essere un altro uomo che si spaccia per il vero Roman Robertson.»

«No, non è vero. Mi ha detto che è stato lui il motivo per cui tu e la tua squadra siete stati mandati in missione così velocemente. Perché ha fatto in modo che accadesse. E che la prossima volta vi manderà in un posto orribile, come la Corea del Nord o la Russia, solo perché può farlo. Non vuole che tu torni a casa, Shawn. Me l'ha *detto*.»

«Tesoro, siamo SEAL. Ci mandano sempre in posti del genere. E spesso veniamo anche inviati con poco o nessun preavviso.»

Maggie lo fissò... e improvvisamente sentì freddo. Tanto freddo.

Shawn non le credeva.

Aveva dovuto sforzarsi seriamente per dirgli il nome del suo ex, e lui stava liquidando le sue parole a priori.

Fece molto male.

Abbassò lo sguardo e si sentì immediatamente chiudere in sé stessa, alzare le barriere dietro cui si era nascosta ogni volta che la sua vita era andata a rotoli. Era capitato più spesso di quanto avrebbe voluto ricordare. Era successo quando l'avevano beccata con quella droga e l'ufficiale si era rifiutato di credere che appartenesse al *contrammiraglio* Roman Robertson.

Ma ora era diverso. Non aveva provato quel tipo di dolore dalla notte in cui, all'età di sedici anni, aveva sentito i suoi genitori adottivi litigare a causa sua perché in quel periodo si era cacciata più volte nei guai. Erano state cose tipiche degli adolescenti. Una sera era uscita di nascosto e l'avevano beccata; aveva iniziato a tornare a casa dopo il coprifuoco; rispondeva spesso male. Anche a quell'epoca sapeva che erano comportamenti stupidi, ma la pressione dei coetanei che aveva subito a scuola per adattarsi, per essere "fica", l'aveva fatta agire in modi di cui non andava fiera. Ma invece di farla sedere e parlarne, i suoi genitori avevano iniziato ad accusarsi a vicenda.

Poi sua madre aveva detto a suo padre che era stato un errore adottarla, che l'avevano fatto per il motivo sbagliato, per aiutare il loro matrimonio, ma non aveva funzionato.

Avevano ammesso a vicenda di essersi *pentiti* di averla adottata.

Quelle parole la tormentavano ancora. Avevano stravolto tutto ciò che pensava di sapere sulla famiglia e sulla fiducia. Naturalmente, aveva capito che loro non erano felici perché litigavano in continuazione, ma sentirli dire apertamente che non gradivano affatto fare i genitori e che desideravano che lei non ci fosse era stato devastante.

L'aveva cambiata come persona. Era diventata più riservata, cauta quando si trattava di aprirsi con gli altri. Non appena diplomata, se n'era andata di casa e non si era più guardata indietro. Era significativo che nessuno dei due avesse mai fatto il minimo tentativo di tenersi in contatto con lei dopo la sua partenza.

Aveva conosciuto Roman quando era alla disperata ricerca dell'amore. E di certo non era andata a finire bene. Ma nonostante tutto quello che lui le aveva fatto passare, ed essere stata in *prigione,* Shawn era riuscito a distruggere completamente le barriere che aveva innalzato per anni. Si era fidata di lui, rapidamente e completamente. Aveva creduto davvero che forse, dopotutto, fosse degna di essere amata.

Invece, lui aveva smentito subito la sua storia... e ora si

sentiva come il giorno in cui aveva capito che i suoi genitori non la volevano intorno.

La notte scorsa avrebbe dovuto significare *tutto*. Per lei era così. Ma la completa incredulità di Shawn sul fatto che il suo ex potesse essere il contrammiraglio, le fece capire che per lui non aveva significato nulla. Era stata solo la prima tacca sul suo letto; Shawn aveva deciso che era arrivato il momento di liberarsi della sua fastidiosa verginità e per caso aveva trovato lei.

Era un colpo durissimo.

Pensò alla registrazione che aveva fatto. Avrebbe potuto dimostrargli che non stava mentendo. Che lui si sbagliava e che il suo ex era davvero il contrammiraglio che ovviamente conosceva. Per un momento, pensò di voler fare il possibile per far sì che le credesse, di voler lottare per la loro relazione.

Ma non *avrebbe dovuto* essere necessario, perché lui avrebbe dovuto crederle... giusto? Avrebbe dovuto fidarsi e desiderarla incondizionatamente.

Ma, d'altra parte, perché avrebbe dovuto? Nemmeno i suoi genitori l'avevano fatto.

Fu pervasa dalla rabbia al pensiero che Roman le stava di nuovo rovinando la vita. E sapeva che non si sarebbe fermato lì.

Non voleva che lui raggirasse un'altra vittima innocente come aveva fatto con lei. Aveva ingannato tutti. La Marina, le persone che lavoravano per lui, quelle con cui interagiva.

No. Doveva far sentire a Shawn la telefonata. Le minacce.

E lo avrebbe fatto, ma non in quel momento. Era troppo ferita. Troppo delusa da lui. Doveva aspettare di avere il tempo di rinforzare ancora una volta le sue barriere. Così, se non le avesse comunque creduto, anche se lei aveva prove solide della malvagità di Roman, non sarebbe stato *devastante* come ora.

«Maggie?» la chiamò.

Non aveva idea di cosa potesse aver detto mentre era bloccata nei suoi pensieri. Così si limitò a dire: «Ok.» Rifiutandosi di alzare lo sguardo, studiò il disegno sul tappeto sotto i piedi di Shawn.

«Tesoro, guardami.»

Non voleva farlo. *Davvero*, non voleva, ma alzò lo stesso la testa.

«Il contrammiraglio Robertson non è mai stato un SEAL, ma è comunque altamente decorato. Era un medico e ha partecipato ad alcune missioni estremamente atroci a fianco non solo dei SEAL, ma anche di altri team delle forze speciali. È molto rispettato e gli è stato chiesto espressamente di venire a Riverton per aiutare a gestire le squadre.»

«Ok» ripeté Maggie stizzita.

«Puoi dirmi qualcosa di più su quest'uomo? Che aspetto ha? Hai detto che sei stata a casa sua, ti ricordi l'indirizzo? Posso chiedere ai miei contatti di vedere cosa riescono a scoprire. A capire chi è *veramente* questo tizio e fargli smettere di molestarti.»

All'improvviso si sentì esausta, e desiderò che se ne andasse. Non poteva sopportare che lui cercasse di convincerla che si sbagliava.

«Devo pensarci un po' su. Non ricordo bene» mormorò, cercando di far sembrare convincente la bugia. Aveva bisogno che Shawn se ne andasse per potersi leccare le ferite. Avrebbe detto tutto quello che era necessario per farlo accadere, perché le sue emozioni erano attaccate a un filo. «Inoltre, probabilmente si è trasferito dall'ultima volta che sono stata lì. Sono stata *via* per due anni.»

«Cazzo. Già, buona osservazione. Ok, troveremo una soluzione. Non permetteremo che questo tizio continui a molestarti. E fidati, non può fare nulla a me o alla mia squadra. Non può infiltrarsi nel sistema della Marina. Ti ha detto quelle cose solo per farti credere di avere un potere su di noi che non ha.»

Shawn si sbagliava. Ma al momento era troppo devastata per cercare di convincerlo. Più tardi, quando si sarebbe sentita più forte, quando non sarebbe stata più così... emotivamente coinvolta, gli avrebbe parlato di nuovo facendo il possibile per fargli capire che non stava mentendo. Che il Roman Robertson che la minacciava, che *lo* minacciava, era la stessa persona che lui stimava tanto.

«Ok» ripeté ancora una volta. «Scusa, mi sono appena ricordata che oggi ho un appuntamento con la responsabile della libertà vigilata. Tra un'ora, in effetti. Devo prepararmi.»

«Oh... va bene. Posso andare a casa e iniziare il bucato. Ci vediamo più tardi?»

«Certo» disse Maggie. Avrebbe detto qualsiasi cosa pur di farlo andare via. Aveva bisogno di stare da sola. Per rafforzare di più le sue barriere. Shawn le aveva distrutte, e ora che ne aveva più bisogno erano completamente sparite.

Lui si avvicinò al divano dove lei era ancora seduta e le si inginocchiò davanti. «Risolveremo la situazione, tesoro. Te lo giuro.»

Ci volle ogni grammo di autocontrollo che aveva per non scoppiare in lacrime e urlargli contro che non c'era nulla da risolvere. Il Roman che lei conosceva era lo stesso uomo che conosceva *lui*, anche se non voleva ammetterlo. «Ok.» Le sembrava di essere un robot che ripeteva sempre la stessa parola, ma era tutto ciò che il suo cervello riusciva a far uscire in quel momento.

Shawn si sporse in avanti e la baciò brevemente, poi si alzò e si diresse verso l'ingresso. Maggie lo seguì e lasciò che la baciasse ancora una volta, poi chiuse la porta. Si appoggiò con la schiena al pannello e scivolò giù, fino a sedersi per terra e abbassare la testa sulle ginocchia.

Preacher rimase accigliato mentre tornava al suo appartamento. Non era dell'umore giusto per chiacchierare con la signora che possedeva la casa in cui aveva affittato una stanza, quindi si sentì sollevato quando vide che la sua auto non era nel vialetto. Salì in camera e iniziò a fare il bucato, poi si sedette sul bordo del letto e fissò il vuoto, mentre ripassava tutto quello che Maggie gli aveva detto.

Sentì montare la rabbia al pensiero che qualcuno si spacciasse per il contrammiraglio Robertson. Quell'uomo era una leggenda. Era stato all'inferno e ne era uscito, e ora aiutava a gestire il programma SEAL come ufficiale di alto rango. Non era possibile che fosse coinvolto nel contrabbando o nello spaccio di droga, e non riusciva a immaginare che quell'uomo trattasse qualcuno, specialmente la donna con cui usciva, come l'ex di Maggie aveva trattato lei.

Per una frazione di secondo, si chiese se tutto ciò che gli aveva detto fosse vero. Sì, Adina aveva garantito per lei... ma stava dicendo la verità sul fatto che la droga trovata nella sua auto non fosse stata veramente sua?

Non appena ebbe quel pensiero, lo scacciò. Maggie non

stava mentendo. Ci avrebbe scommesso la sua carriera di SEAL. Chiunque fosse il suo ex, era ovviamente intelligente, e sapeva come impersonare magistralmente gli altri. Come manipolare.

Doveva chiamare Kevlar. E magari Wolf. No... Dude. L'ex SEAL gli aveva chiesto di contattare lui se avesse avuto bisogno di aiuto, inoltre, conosceva bene il contrammiraglio perché a volte lavoravano insieme per organizzare sessioni di addestramento con i SEAL più nuovi.

Forse avrebbe chiamato anche Tex.

Tra tutti loro, sarebbero arrivati in fondo a quella storia. Avrebbero scoperto chi stava manipolando Maggie e messo fine alla faccenda una volta per tutte.

———

Maggie era seduta sul divano con le ginocchia piegate contro il busto, e stava ripensando a ciò che era accaduto quel giorno. Aveva mentito sull'incontro con la responsabile della libertà vigilata, ma non sul resto. Sapeva benissimo che il Roman Robertson che aveva frequentato era la stessa persona che Shawn conosceva. Doveva solo dimostrarlo.

Analizzando più volte la loro conversazione, ammise a malincuore di aver reagito emotivamente invece che razionalmente. Non avrebbe dovuto cacciare Shawn così in fretta. Avrebbe dovuto impegnarsi di più per convincerlo a crederle. In sua difesa, era stata spiazzata dal suo immediato rifiuto di accettare che stavano parlando della stessa persona. Ma era un uomo d'onore... Shawn, non Roman. Ovvio che sarebbe stato difficile per lui credere a qualcosa di così orribile su qualcuno che ammirava e rispettava. Se quando frequentava quell'uomo le avessero detto che era uno stronzo, probabilmente non ci avrebbe creduto nemmeno lei.

Aveva circuito tutti, ed era per quello che era riuscito a farla franca per così tanto tempo e per tutto ciò che aveva fatto. Non era stupido, sapeva come aggirare le regole, ma si sentiva anche intoccabile, e prima o poi avrebbe fatto un errore. Maggie doveva solo sperare che accadesse prima che la facesse finire di nuovo in prigione.

Si raddrizzò a sedere e prese il telefono. Doveva scusarsi con Shawn. Ammettere di aver mentito sull'incontro e chiedergli di tornare lì, o proporgli di vederlo da qualche altra parte. Quando avrebbero parlato di nuovo sarebbe stata più calma. Gli avrebbe fatto ascoltare la registrazione della telefonata così che sentisse le minacce, e magari lui avrebbe riconosciuto la sua voce.

Maggie avrebbe fatto il possibile per convincerlo che il contrammiraglio Roman Robertson non era un uomo da ammirare.

Premette sul numero di Shawn in rubrica e attese con impazienza che rispondesse. Rimase delusa quando sentì la segreteria telefonica. Fece un respiro profondo e gli lasciò un messaggio.

"Ciao, Shawn. Sono io, Maggie. Volevo scusarmi perché ho mentito sul fatto di avere un incontro con la responsabile della libertà vigilata. Avevo bisogno di un po' di spazio dopo che era stato ovvio che non mi credevi riguardo al mio ex. Ma ti capisco. So che è difficile. Credimi, anche per me è stata una sorpresa che un uomo così rispettato potesse essere un animale senza cuore. Ho una registrazione delle sue minacce... contro di me, contro di te e contro la tua squadra. Posso

darti l'indirizzo che aveva due anni fa e ti mostrerò anche le sue foto. È lui, Shawn, e sono preoccupata per te. E per me stessa, ora che te l'ho rivelato. Ha detto che se avessi parlato di lui a qualcuno, ne avrei pagato le conseguenze. Ti prego, richiamami. Grazie... ci sentiamo più tardi. Ciao."

CAPITOLO DODICI

Le si rimescolò lo stomaco mentre chiudeva la chiamata. Stava per dirgli che lo amava... ma sarebbe stata una pazzia, no? Era troppo presto. Davvero troppo presto. Bastava pensare a quello che era successo con Roman. Si era buttata a capofitto in quella relazione e di conseguenza era finita in galera.

Per fortuna si era fermata in tempo, ma la preoccupazione che aveva dentro non intendeva dissolversi, mentre aspettava che Shawn la richiamasse. Doveva convincerlo... per il bene di entrambi.

CAPITOLO DODICI

PREACHER AVEVA LA NAUSEA. **Non si sentiva così dal primo giorno dell'addestramento BUD/S. Aveva parlato con Kevlar, poi con Dude e infine con Tex. Ora stava camminando avanti e indietro in una delle sale conferenze della base, in attesa dell'arrivo del resto della squadra. Probabilmente non era il posto migliore per incontrarsi, soprattutto se l'ex di Maggie era *davvero* il contrammiraglio Roman Robertson, ma quella stanza era sicura. Doveva esserlo, considerando le missioni che erano state pianificate lì dentro.**

Tutti quelli con cui aveva parlato erano rimasti completamente scioccati nel sentire che il contrammiraglio era l'uomo che Maggie sosteneva fosse il suo ex. L'uomo che l'aveva pugnalata alle spalle e che ultimamente stava minacciando di farla tornare in prigione.

Preacher non voleva crederci. Non *poteva* crederci. Eppure, anche se tutti i suoi amici erano d'accordo con il suo scetticismo... un fastidioso dubbio persisteva.

Maggie era sembrata così sicura, e lui non riusciva a scrollarsi di dosso lo sguardo tradito e di pura delusione di quando le aveva detto che si sbagliava, suggerendo che il suo ex stesse in realtà impersonando il contrammiraglio.

E se lei avesse avuto ragione e *lui* torto?

Sarebbe stato uno scandalo enorme per la Marina... e tutte le missioni in cui i SEAL erano stati inviati – tutte, non solo quelle della *sua* squadra – sarebbero state esaminate per accertare che fossero state legittime. L'eventualità che il contrammiraglio avesse inviato le squadre in missione per i propri scopi avrebbe generato delle conseguenze di vasta portata e di lunga durata.

Per non parlare della droga e delle minacce a Maggie. Se era vero, se lui *era* il suo ex, chissà quante altre donne poteva aver raggirato o *stava* raggirando. Ingannando. Usando.

Da lì, il senso di nausea che provava.

La porta si aprì ed entrò Kevlar, seguito dal resto della squadra.

Smiley non ci girò intorno. «È vero? Il contrammiraglio Robertson è l'ex di Maggie?»

«È quello che dice lei» rispose Preacher.

«*Cazzo*» mormorò Blink.

«Non è positivo» aggiunse MacGyver.

«Proprio per niente» concordò Safe.

«Fate tutti un bel respiro. C'è la possibilità che qualcuno vada in giro spacciandosi per lui» disse Kevlar.

«Quante probabilità ci sono?» chiese Flash.

Il loro leader sospirò. «Il venti per cento?»

«*Cazzo*» ripeté Blink.

Il venti per cento.

Preacher strinse le labbra. Aveva fatto una cazzata.

Immensa. Maggie non si sarebbe mai più fidata di lui. Era appena arrivato a provare un senso di contentezza perché lei aveva abbassato le sue barriere, per non parlare di quella mattina... non si era mai sentito così vicino a un altro essere umano in tutta la sua vita. E aveva rovinato tutto.

«Hai parlato con Tex?» gli chiese Safe.

«Sì. Sta indagando» rispose Preacher. «Ho anche chiamato Dude per avere la sua opinione su questa situazione di merda.»

«E?» domandò Smiley.

«È rimasto sbalordito. All'inizio ha detto che era impossibile, ma credo che dopo aver riattaccato abbia riflettuto ancora un po' sulla situazione, perché mi ha richiamato per dirmi che pensava ci fosse la possibilità che fosse vero» disse con un sospiro.

«Cosa l'ha convinto?» incalzò Smiley.

«Non ne ho idea. Ha parlato di fare qualche telefonata, e ha detto che non pensava che Maggie avrebbe mentito su una cosa così seria. Soprattutto perché sarebbe facile smentirla o dimostrare chi era il suo ex.»

«Quindi che si fa?» chiese MacGyver.

«Credo di dover parlare di nuovo con Maggie, per ottenere quante più informazioni possibili. Poi andremo dai vertici della base e all'NCIS, e faremo avviare un'indagine» rispose Preacher.

«Nel momento in cui Robertson scoprirà che si sta indagando su di lui, Maggie sarà in pericolo» disse Blink.

«Avrà bisogno di qualcuno che la segua ventiquattro ore su ventiquattro» concordò Flash.

«E la sua responsabile della libertà vigilata dovrà essere

informata di ciò che sta accadendo, nel caso Robertson si vendichi cercando di incastrarla di nuovo» aggiunse Safe.

Preacher adorava quegli uomini. Amava che il loro primo pensiero fosse per Maggie, non a quanto era preoccupante che fossero stati mandati in missioni che forse erano state una farsa. A quello ebbe un pensiero improvviso. «Blink, quella missione in cui la tua squadra è caduta in un'imboscata... pensi che... potrebbe essere stato...» Non riuscì nemmeno a finire di esprimerlo.

Blink lo fissò, senza sbattere gli occhi, fedele al suo soprannome. «Se c'è lui dietro a quella disastrosa missione, lo ammazzo, cazzo.»

Preacher non lo biasimava. Aveva perso dei buoni amici in quell'operazione fallita, per non parlare del fatto che era stato rimandato in Iran con un'altra squadra SEAL... qualcuno stava cercando di sbarazzarsi anche di lui? L'unico altro testimone di tutto ciò che era andato storto nella missione precedente?

«Direi che questo avvalori la nostra ipotesi che siamo stati mandati di proposito su quella cazzo di nave quando non servivamo, no?» chiese Smiley a nessuno in particolare.

«Devo chiamare Maggie» insistette Preacher, avendo un bisogno quasi disperato di parlarle. Quella mattina si erano lasciati in modo non proprio positivo. Tirò fuori il telefono e rimase sorpreso di trovare un messaggio da parte sua; si era dimenticato di averlo messo in modalità "non disturbare" per la riunione. Ignorò l'accesa discussione dei suoi amici sull'eventuale responsabilità del contrammiraglio Robertson riguardo alla loro ultima missione e si portò il cellulare all'orecchio.

Non sorrise mentre ascoltava il messaggio, ma ne fu sollevato. Gli piaceva il fatto che anche se avevano avuto un disaccordo, lei non avesse esitato a scusarsi per avergli mentito per farlo andare via. Aveva avuto bisogno anche lui di fare la stessa cosa. L'esigenza di Maggie di liberarsi di lui era stata soprattutto colpa sua; se fosse stato un po' più aperto alla possibilità che il suo ex fosse chi diceva di essere, le cose non sarebbero degenerate fino a farle sentire il bisogno di mettere spazio tra loro.

Sapere che aveva registrato la telefonata di quell'uomo lo rendeva incredibilmente orgoglioso, e non riusciva a capire perché non avesse pensato *lui* di identificarlo dalle foto.

Toccò subito il suo nome, desideroso di dirle che anche a lui dispiaceva per come erano andate le cose e che insieme alla sua squadra l'avrebbero protetta quando sarebbe stata aperta un'indagine su Robertson. Ma la chiamata passò subito alla segreteria telefonica. Cosa alquanto strana, perché da quando la conosceva, che a dire il vero non era poi *così* tanto, lei aveva sempre tenuto il telefono acceso.

Preacher guardò l'orologio e si chiese se, dopotutto, avesse deciso di andare al My Sister's Closet per qualche ora. Stava per chiamare Julie e chiederle se Maggie era lì e se poteva parlarle, quando Kevlar gli domandò cosa gli aveva detto nel messaggio. Così spiegò alla sua squadra che aveva registrato una telefonata del suo ex e che era disposta a dargli l'indirizzo di dove viveva il tizio prima che lei venisse incarcerata.

Poi gli squillò il telefono. Guardò lo schermo con ansia e rimase deluso nel vedere che non era Maggie e che invece mostrava il nome di Tex.

«Ehi, Tex» rispose.

«Direi che la tua donna non sta mentendo» dichiarò lui, senza giri di parole. «Ammetto che all'inizio ero molto scettico. Voglio dire, un contrammiraglio non è esattamente una persona che sospetterei facesse lo spacciatore o mandasse in prigione una donna innocente. Ma più approfondivo l'indagine su quell'uomo, più scoprivo qualcosa.»

«Aspetta un secondo» disse Preacher, che mise il telefono in vivavoce mentre riferiva alla sua squadra ciò che aveva appena sentito. «Ok, vai avanti. Stiamo ascoltando tutti.»

«Bene, c'è voluto un po' di duro lavoro dato che alcune cose erano nascoste bene in profondità, ma ho scoperto che lo stimato contrammiraglio ha decisamente qualche scheletro nell'armadio. Per esempio, Roman Robertson non è il suo vero nome.»

«Porca puttana, sul serio?» chiese Kevlar.

«Sì» confermò Tex. «Non è nemmeno andato all'università subito dopo il liceo. Ha invece trascorso un periodo a Chicago... ed era sposato.»

«Davvero?» domandò Flash, con la fronte aggrottata. «Da quello che ho sentito è uno scapolo incallito. Lo è sempre stato.»

«Possiamo tornare a parlare del suo vero nome?» protestò Kevlar.

«È stato sposato per due anni. Poi sua moglie è sparita» proseguì Tex, lanciando quella bomba e ignorando Kevlar.

Preacher trattenne il fiato.

«Ma che cazzo?» Blink disse quello che stavano pensando tutti.

Tex continuò. «I rapporti dicono che hanno avuto una discussione e la mattina dopo Robertson si è svegliato e lei non era nel loro appartamento. Non c'era traccia di lei. La sua auto era nel parcheggio, la sua borsa, le chiavi, i soldi erano ancora nell'appartamento. La porta non era chiusa a chiave e non c'erano segni di un eventuale litigio. Robertson è stato considerato un sospettato, ma non è mai stato accusato perché non c'erano prove di un omicidio né che fosse coinvolto nella scomparsa della donna.

In seguito a quello si è trasferito sulla East Coast ed è andato al college» proseguì Tex. «Ho confrontato le impronte che la polizia aveva registrato al momento della scomparsa della moglie e quelle della Marina quando si è arruolato e, guarda caso... combaciano. Bartholomew Jones è diventato Roman Robertson.»

«Accidenti, cambierei anch'io il mio nome se fosse Bartholomew» disse Smiley ironicamente, sottovoce.

«Che altro?» chiese Safe.

«Presumi ci sia dell'altro?» domandò Tex.

«Un uomo non passa dall'essere un marito addolorato – ammesso che fosse preoccupato per la scomparsa della moglie – a dove si trova ora senza che ci sia un bel po' di roba nel mezzo» disse Safe con sicurezza.

«Hai ragione. Ho verificato la sua carriera navale, e ovunque fosse di stanza c'erano accuse di droga contro gli uomini che lavoravano sotto di lui. Ogni volta ne usciva pulito. Ho provato a cercare movimenti di denaro per vedere se aveva pagato qualcuno, ma è passato troppo tempo per saperlo con certezza. Per non parlare del fatto che probabilmente è abbastanza intelligente da usare i contanti, non fare assegni o trasferire elettronicamente i soldi per qualsiasi cosa malvagia voglia venga portata a termine.»

«Hai trovato qualcosa sulla situazione di Maggie?» chiese Preacher.

«Niente di concreto, ma uno dei poliziotti che l'hanno

fermata ha fatto un periodo in Marina. E indovinate chi era il suo ufficiale in comando...»

«Cazzo» ringhiò Blink.

Normalmente avrebbe sorriso sentendo lo stoico SEAL usare in continuazione la sua parolaccia preferita, ma non c'era nulla di lontanamente divertente in quella situazione.

«Immagino che usi i suoi subordinati come corrieri per spostare la droga da un posto all'altro, mentre lui raccoglie i profitti. Però con Maggie ha combinato un casino. Si è fatto coinvolgere personalmente, ha usato una delle sue ragazze come corriere ed è stata beccata. Probabilmente pensa che lei sia l'unica persona in grado di rovinarlo. I militari subordinati hanno da perdere quanto lui, quindi terranno la bocca chiusa, ma Maggie non ha motivo di tacere. Accidenti, ha provato a dire a tutti che la droga non era sua. Robertson probabilmente presume che continuerà a cercare di convincere qualcuno a crederle... e che alla fine ci riuscirà. Quindi non vuole rischiare che accada.»

«Cosa facciamo?» chiese Preacher, sentendosi travolgere dal senso di colpa. Maggie aveva cercato di convincerlo a crederle e lui l'aveva delusa. Oltre al fatto che non riusciva a pensare a cosa lui, o chiunque altro, avrebbe potuto fare per aiutarla, ora che sembrava certo che Robertson fosse davvero il suo ex. Non poteva starle accanto ogni minuto di ogni giorno, e aveva la brutta sensazione che chiunque avesse cercato di sostenerla si sarebbe trovato nel mirino del potente contrammiraglio. Inoltre, non voleva assolutamente che Wolf o altri membri della sua squadra, insieme alle loro mogli e famiglie, finissero sul radar di quell'uomo.

Più di quanto già non lo fossero.

Prima che Tex potesse rispondere, squillò il telefono di

Kevlar. Poi quello di Safe, di Smiley e del resto della squadra. Abbassando lo sguardo, Preacher vide una chiamata in arrivo anche sul suo schermo.

«Cazzo!»

Fu Kevlar a imprecare.

«Che succede?» tuonò Tex attraverso l'altoparlante.

Il loro leader aveva risposto alla telefonata, e tutti lo ascoltarono replicare in modo secco a chiunque fosse all'altro capo. «Sì, signore. Capisco. Adesso? Abbiamo tempo per andare a casa a parlare con le nostre famiglie? Sì, certo. Trenta minuti. Sono tutti qui, li informo io. Agli ordini, signore. Chiudo.»

Appena riattaccò, non aspettò che gli altri chiedessero informazioni e annunciò: «Stiamo per andare in missione. Adesso.»

«È lui» disse Preacher, provando un senso di malessere.

«Non lo sappiamo» obiettò Kevlar, ma il disagio era evidente nel suo tono.

«Col cavolo che non lo sappiamo» ribatté Preacher, alzando la voce.

«Me ne occupo io» annunciò Tex. «Se questa missione è una stronzata, la farò annullare. E se non posso farlo prima che siate partiti, vi riporterò a casa il prima possibile.»

«Ho bisogno che qualcuno protegga Maggie» disse Preacher.

«Mi occuperò anche di quello» promise.

Ma lui non si sentì rassicurato, solo impotente. E incazzato con il mondo. «Devo chiamarla.»

«Capisco. Non perdere la concentrazione» lo avvertì Tex. «Tieni la mente focalizzata sulla missione. Potrebbe essere la cosa più difficile che tu abbia mai fatto, date le circostanze, ma se non sarai vigile non potrò riportarti indietro dalla tomba.»

Preacher fece un respiro profondo. Safe, Blink e Kevlar erano al telefono, probabilmente a parlare con Wren, Josie e Remi. Gli altri tre compagni di squadra lo stavano fissando accigliati, con le braccia incrociate.

«Giusto. Lo so.»

«Mi occuperò di tutto io» ripeté Tex. «Se è stato Robertson a mandare la vostra squadra in missioni fasulle, è *finito*, cazzo. Se c'è lui dietro l'incarcerazione di Maggie, è spacciato. Continuerò a scavare, mi spingerò così a fondo che gli sembrerà di essere stato fottuto.»

Normalmente Preacher avrebbe almeno ridacchiato per le allusioni e la foga del solitamente composto Tex, ma al momento non ne aveva la forza.

«Chiamala. Dille di stare all'erta e anche che le telefonerò per farmi mandare una copia della registrazione» gli ordinò. «Fate attenzione. Mi farò sentire.»

Non appena l'uomo riattaccò, Preacher toccò il nome di Maggie e si portò il cellulare all'orecchio. Ancora una volta, la chiamata passò direttamente alla segreteria telefonica. Riattaccò, mentre il terrore gli faceva salire la bile in gola.

«Non risponde?» chiese Smiley accigliato.

«No.»

«Richiamala e lasciale un messaggio» gli ordinò MacGyver.

Preacher annuì, ma aveva un brutto presentimento.

"Maggie, sono Shawn. Io... cazzo. La situazione è incasinata. Ci mandano via di nuovo. Adesso. E tu non rispondi. Spero davvero che tu stia bene. Mi dispiace tantissimo per stamattina. Avrei dovuto

ascoltarti. Ti credo. Ci sono persone che se ne stanno occupando. Un certo Tex ti contatterà. È letteralmente l'uomo più intelligente che conosca, e se c'è qualcuno che può aiutarci, è lui. Vorrà la registrazione di cui mi hai parlato. Puoi mandargliela tranquillamente, lo giuro. Sii prudente, ok? Ho un brutto presentimento, e quando un SEAL dice così, non è mai una cosa positiva. Continuerò a cercare di contattarti, per favore, rispondi. Anche se sei ancora arrabbiata con me, ho bisogno di sapere che stai bene. È troppo presto per questo, ma fanculo. Mi sto innamorando di te, Maggie. E se ti succedesse qualcosa... Ok, devo andare. Ma appena torno, ci chiuderò in una stanza – la tua, la mia, non ha importanza – e risolveremo la questione."

Chiuse il messaggio, non volendo lasciare un saluto. Gli sembrava troppo definitivo, troppo simile a un maledetto presagio.

Non si era accorto che tutti gli altri avevano lasciato la stanza per raccogliere l'equipaggiamento per la missione, tranne Smiley.

«Se è lui, non la passerà liscia» promise il suo amico.

Preacher avrebbe voluto annuire, essere d'accordo con lui, ma temeva che si sbagliasse. Robertson la stava già passando liscia... con *qualunque* cosa stesse facendo. Il contrammiraglio stava separando Maggie dalla sua rete di supporto... lui e il resto dei SEAL. Sì, c'era comunque la squadra di Wolf, ma lei non li conosceva altrettanto bene come Kevlar, Safe e gli altri. Non era sicuro che avrebbe chiamato Dude o Wolf se fosse successo qualcosa.

«Ci sta sottovalutando» disse Smiley. «Sta per scoprire cosa succede quando si fa arrabbiare un'intera comunità di Navy SEAL letali. Quando torneremo, entreremo in azione... ci assicureremo che ogni SEAL, in servizio attivo o in pensione, sia coinvolto. Come ha detto Tex, è finito. Ricordati le mie parole.»

Su quello Preacher non aveva dubbi. Sperava solo che succedesse prima che riuscisse a rovinare più vite di quelle che aveva già rovinato. Tipo quella di Maggie.

———

Maggie gemette mentre cercava di girarsi, e si rese conto quasi subito di non potersi muovere. Era sdraiata su un fianco con le mani legate dietro di lei, cosa che rendeva estremamente scomoda la posizione in cui si trovava, e aveva qualcosa di avvolto intorno alla testa e sopra la bocca. Mosse la mascella su e giù... nastro adesivo. Era quello che le tirava la pelle. Cosa ancora peggiore, era al buio. Riusciva a vedere piccoli bagliori di luce che passavano attraverso quelle che evidentemente erano delle fessure, e ciò le fece capire che si trovava in una sorta di cassa. Ma per il resto, era buio pesto.

Stranamente, era anche tutto silenzioso.

Piegando la testa verso la spalla, sentì qualcosa nell'orecchio. Merda... qualcuno le aveva messo dei tappi? Presa dal panico, cercò freneticamente di strofinare le orecchie sulle spalle, sulle assi sotto di lei... qualsiasi cosa pur di rimuovere ciò che le era stato infilato dentro. Ma fu inutile.

Sostanzialmente era cieca, sorda e muta.

Qualsiasi cosa stesse accadendo non era positiva. Non lo era affatto.

Aggrottando la fronte, con la testa che le pulsava, Maggie cercò di ricordare come diavolo fosse finita in una *cassa*... si trovava nel suo appartamento quando qualcuno aveva bussato alla porta. Aveva pensato che fosse Shawn, che era andato lì per parlare ancora un po', che aveva ricevuto il suo messaggio ed era corso da lei.

Invece, si era trovata davanti un estraneo. Un uomo che non aveva mai visto prima. Grande e grosso, molto più alto e pesante di lei. L'aveva afferrata per il collo non appena gli aveva aperto la porta. Non aveva avuto il tempo di reagire, di dargli un calcio nelle palle, l'unica cosa che era riuscita a fare era stato afferrargli le mani per cercare di far passare l'aria fino ai polmoni. Ma non ce l'aveva fatta.

Doveva essere svenuta... e ora era lì... ovunque *fosse*.

All'improvviso, la cassa cominciò a oscillare. Maggie andò quasi in iperventilazione. Era difficile respirare solo dal naso e con il nastro adesivo sulla bocca. Non riusciva a vedere attraverso le assi e non sentiva nulla di ciò che accadeva intorno a lei.

La cassa ondeggiò per diversi minuti, finché il movimento si interruppe improvvisamente, poi sembrò cadere non troppo delicatamente. Una fitta di dolore partì dall'anca e si riverberò in tutto il corpo. Gemette, ma il verso risuonò solo nella sua testa, a causa dei tappi antirumore infilati nelle orecchie.

La scatola si scuoteva, mentre quelli che poteva solo immaginare fossero altri contenitori venivano posizionati sopra e intorno a essa. Iniziò a metabolizzare la realtà della situazione; era praticamente morta. Non poteva muoversi, non poteva mangiare, non poteva chiedere aiuto. Non c'era modo di andare in bagno. Dopo tre giorni senz'acqua, sarebbe semplicemente morta disidratata.

Poteva Roman essere arrivato a tanto per farla tacere? Probabilmente sì. Aveva decisamente le connessioni necessarie. Non aveva nemmeno dovuto sporcarsi le mani, gli era bastato ordinare a qualcuno di rapirla e ficcarla in quella cassa. Chissà dove sarebbe finita alla fine del viaggio.

Le balzò alla mente il viso di Shawn e provò un immenso dolore. Non avrebbe mai saputo quanto significasse per lei. Le loro ultime parole erano state dette con irritazione e frustrazione... almeno da parte sua. Lui era letteralmente la cosa migliore che le fosse capitata, e non avrebbe mai avuto la possibilità di dirglielo.

Le si riempirono gli occhi di lacrime, che caddero sulle assi di legno sotto di lei. Era la fine. Sarebbe stata solo un'altra donna scomparsa. La gente si sarebbe chiesta dove fosse andata. La sua responsabile della libertà vigilata avrebbe pensato che fosse scappata, magari in Messico. Ci sarebbero stati mandati di cattura, ma non sarebbe mai stata trovata.

Shawn avrebbe probabilmente pensato che lo aveva lasciato e si era nascosta, dato che non le aveva creduto riguardo a Roman.

Be'... forse, o forse no. Gli aveva *inviato* quel messaggio. Magari avrebbe trovato il suo computer e la registrazione della telefonata. Forse ci sarebbe stata un'indagine approfondita e alla fine il bastardo sarebbe stato dichiarato colpevole. Ci sarebbe stato un documentario "true crime" su tutto quello che era successo... e sarebbe finito con un cliffhanger, perché anche se Roman fosse stato condannato, cosa difficile senza il suo corpo come prova, lei non sarebbe stata ritrovata.

Volendo ridere in modo isterico ai pensieri ridicoli che le frullavano per la testa, Maggie sospirò. Qualunque cosa Roman avesse in serbo per lei, probabilmente non sarebbe stata una morte lenta e relativamente indolore per disidratazione. No, sarebbe stata un inferno.

Cercando di ignorare i dolori in tutto il corpo – il collo, dove quell'omone l'aveva strangolata, l'anca, le spalle per il fatto di avere le braccia tirate indietro da tanto, il cuoio capelluto e il viso perché entrambi erano stati tirati dal nastro adesivo, e molti altri punti in cui era sicura di avere dei lividi causati dal maltrattamento – Maggie chiuse gli occhi.

Forse, se avesse dormito, una volta svegliata quell'incubo sarebbe finito.

CAPITOLO TREDICI

«È UNO SCHERZO, VERO?» chiese MacGyver a nessuno in particolare.

La "missione" in cui erano stati inviati consisteva nel volare dall'altra parte del mondo, salire in un elicottero e sganciare casse di armi in luoghi strategici, in modo che le forze ucraine potessero raccoglierle e usarle contro quelle russe che tentavano di occupare il loro Paese.

Non che i SEAL non avessero mai fatto quel genere di cose, ma di solito erano incaricati di farlo nel mezzo di una zona di guerra, dove scaricavano armi e munizioni per i soldati americani che erano bloccati e avevano bisogno di rinforzi. Da quello che Preacher aveva capito, l'esercito russo era a chilometri di distanza da quella particolare zona di lancio e non vi si sarebbe avvicinato per almeno un paio di giorni.

In definitiva, non era un compito particolarmente pericoloso, avrebbe potuto farlo qualsiasi plotone. Non aveva senso, e le cose che non avevano senso facevano impazzire i campanelli d'allarme di ogni SEAL.

Doveva esserci qualcosa di sbagliato, e normalmente Preacher avrebbe pensato che avessero passato loro informazioni errate e che stessero per cadere in un'imboscata. In teoria, avevano tutto il tempo per effettuare il lancio. La piccola città poco lontana dal loro obiettivo era già stata pesantemente bombardata. La maggior parte dei civili era fuggita dall'area e le informazioni dicevano che le truppe russe inviate per stanare gli eventuali dispersi rimasti non avevano fretta. Che era il presunto motivo per cui stavano sganciando armi in quel posto. La zona avrebbe dovuto essere sicura per far sì che i soldati ucraini potessero arrivare e andarsene prima che giungesse il nemico.

Forse le forze russe erano più vicine di quanto avessero comunicato loro. Magari era quello il brutto presentimento che lo tormentava.

«È un diversivo» mormorò Smiley. «Ci hanno incaricato di fare questa stronzata per distrarci da qualcos'altro.»

«Già. Per farci uscire dal nostro cazzo di Paese, in modo che Robertson potesse arrivare a Maggie.»

Preacher lanciò un'occhiata a MacGyver. Il suo amico sembrava incazzato quanto lui. Gli fu difficile deglutire a causa del groppo in gola. La squadra aveva parlato molto durante il viaggio in aereo e tutti erano stati d'accordo sul fatto che Maggie fosse in pericolo. Odiavano essere dovuti partire così all'improvviso, e tutti erano estremamente preoccupati perché non era riuscito a contattarla prima del decollo.

Sentendo la preoccupazione e la rabbia di MacGyver, Preacher capì veramente il significato dell'amicizia. Sì, aveva provato le stesse cose per ciò che era successo a Remi, Josie e

Wren, ma ora era diverso, perché era coinvolto personalmente; la *sua* donna era in pericolo e lui non poteva fare niente.

«Allora lasciamo queste casse e torniamo in California, cazzo» disse Smiley con fermezza.

Preacher lo desiderava più dell'aria che respirava, ma non era così semplice. Erano alla mercé del governo. Andavano dove dicevano loro di andare e facevano quello che veniva loro ordinato. Non potevano decidere di disobbedire a un ordine e salire su un aereo, un aereo di proprietà degli Stati Uniti, per tornare in California.

«Arrivo alla zona di lancio tra sessanta secondi.»

La voce di uno dei piloti nelle orecchie lo fece trasalire. Guardò fuori dal portellone aperto dell'elicottero e scrutò il terreno, sorvegliando l'area in cui stavano per lasciar cadere le casse. Smiley e MacGyver erano con lui, mentre Safe, Blink e Flash erano in un secondo elicottero. Kevlar era rimasto a terra, a monitorare la missione in un luogo sicuro nell'Ucraina occidentale.

Preacher fece del suo meglio per concentrarsi sul compito da svolgere. La rabbia gli ribolliva appena sotto pelle, ma ricordare l'avvertimento di Tex di non perdere la testa lo aiutò a focalizzarsi su ciò che doveva essere fatto in quel momento.

Avevano sei casse da scaricare. Il piano prevedeva che l'elicottero rimanesse in volo stazionario a circa un metro e mezzo da terra, mentre i SEAL le spingevano fuori dal portellone, su dei terreni agricoli deserti appena fuori dalla città. L'obiettivo era evitare che si rompessero una volta atterrate, in modo che le forniture all'interno rimanessero protette. I soldati ucraini della zona sarebbero andati a raccogliere le armi per poi dileguarsi in città e prepararsi ad affrontare i russi.

Quella situazione gli sembrava totalmente sbagliata, ma a quel punto Preacher voleva semplicemente portare a termine il lavoro e riattraversare i confini. Prima avrebbero finito, prima avrebbe potuto cercare di ricontattare Maggie.

«Trenta secondi.»

Smiley e MacGyver erano impegnati a spostare le casse vicino al portello aperto, preparandole per essere rilasciate.

«Quindici secondi.»

L'elicottero iniziò ad avvicinarsi al suolo a velocità sostenuta; anche se le forze ostili non erano visibili i piloti non volevano restare lì più a lungo del necessario.

«Via, via, via!» gridò il pilota.

Senza esitare, Preacher si spostò di lato e aiutò MacGyver a buttare fuori la prima cassa, che rimbalzò sulla superficie erbosa. Smiley stava già spingendo avanti quella successiva e Preacher lo fece a sua volta con un'altra.

In breve tempo riuscirono a scaricare cinque casse e ne rimase una.

«Questa è molto più leggera delle altre» commentò MacGyver in cuffia, mentre la spingeva verso il portello aperto.

A Preacher non importava. L'unica cosa che voleva era chiudere con quello stupido incarico e tornare in California del Sud.

Dopo ogni cassa caduta i piloti avevano spostato l'elicottero in avanti di qualche metro, in modo che non atterrassero l'una sull'altra. Guardò con distacco l'ultima cadere tra le lunghe erbacce sottostanti; il mezzo aveva cominciato a rialzarsi in aria non appena scaricata.

Ma la cassa, invece di rimbalzare o di rotolare per qualche metro fino a fermarsi, si aprì all'impatto con il suolo... e ciò che vide gli fece gelare il sangue.

Non ebbe il tempo di dire nulla ai piloti. Si tolse le cuffie, afferrò la corda di sicurezza che era stata preparata in precedenza nel caso avessero avuto bisogno di evacuare all'improvviso l'elicottero, e balzò fuori dal portello, lanciandosi velocemente verso il terreno sottostante.

Più che vederlo, percepì il mezzo fermare la sua ascesa, ma tutta la sua concentrazione era rivolta all'ultima cassa e al suo contenuto; non avrebbe potuto essere più scioccato neanche se qualcuno gli avesse detto che aveva vinto alla lotteria... quando non giocava nemmeno.

Era Maggie.

L'avrebbe riconosciuta ovunque, e non solo perché indossava gli stessi indumenti della mattina in cui avevano discusso, quando lui aveva lasciato il Paese per quella cazzo di missione.

Era una cosa impossibile. Eppure, i suoi occhi non lo stavano ingannando.

Maggie era stata messa in quell'ultima cassa, e al momento giaceva immobile a terra tra l'erba alta.

A Preacher sembrava di correre al rallentatore, di non riuscire a raggiungerla abbastanza velocemente. Il cuore gli batteva forte nel petto e l'adrenalina lo faceva tremare. Era morta? Robertson l'aveva uccisa e aveva scelto quel modo per sbarazzarsi del suo corpo, facendo fare il lavoro sporco a lui e alla sua squadra? Quel pensiero gli fece venire da vomitare.

Doveva arrivare da lei. Non pensava ad altro. Nemmeno ai nemici che potevano essere in avvicinamento, all'elicottero che si librava sopra la sua testa o a MacGyver che stava urlando il suo nome dietro di lui.

Maggie era l'unica cosa che contava.

———

Maggie gemette. Era così confusa. Negli ultimi due giorni aveva passato l'inferno. Almeno... pensava fossero stati due giorni; in quella cassa buia era stato impossibile misurare il tempo. Era stata spostata un paio di volte, ma anche con i tappi nelle orecchie era stata in grado di sentire il forte e inconfondibile rumore di un elicottero.

Non aveva idea di cosa stesse accadendo o di dove si trovasse, ma quando all'improvviso le sembrò che la cassa in cui era stata rinchiusa fosse senza peso per alcuni secondi, lanciò un urlo sorpreso da dietro il nastro adesivo.

Il dolore provocato dall'atterraggio fu intenso, e per un attimo perse i sensi. Ma quando aprì gli occhi rimase sorpresa di riuscire a vedere. La cassa si era aperta.

Delle mani la afferrarono e il suo istinto di sopravvivenza la fece reagire. Anche se le sue erano sempre legate dietro di lei lottò, e usò le gambe per dare calci a chi la stava sovrastando, per poi girarla su un fianco, inginocchiarsi...

Dopo giorni di buio la luce improvvisa quasi la accecò, ma Maggie si costrinse a guardare per capire in che genere di situazione orribile era stata improvvisamente gettata, e si bloccò.

Non era possibile che stesse vedendo ciò che credeva di vedere. *Chi* credeva di vedere.

Shawn.

«Ma che cazzo!»

Non lo sentì, ma riuscì a leggere le sue labbra. Lui

cominciò a strattonare il nastro adesivo intorno alla bocca e, facendolo, le tirò i capelli, così cercò di allontanarsi.

Poi un altro paio di mani si posò su di lei. Guardando di fianco come meglio poté, Maggie vide MacGyver. Non aveva idea di dove fossero, né di come Shawn e il suo amico l'avessero trovata, ma ne sarebbe stata eternamente grata.

Però si sentì travolgere dal panico. Probabilmente tutto ciò faceva parte della strategia di Roman! Qualunque cosa avesse pianificato non era positiva. Shawn era in pericolo. A causa *sua*. Cercò di dirgli di scappare. Di lasciarla lì e andarsene, ma quel maledetto nastro adesivo glielo impedì.

MacGyver era già riuscito a toglierle dai polsi quelle che si rivelarono essere delle fascette, e il sollievo che provò per essere libera fu travolgente quanto doloroso; lo scorrere del sangue nelle vene delle braccia fu simile alla sensazione che le aveva dato cadere sull'osso del gomito: atroce.

La bocca di Shawn si muoveva come se le stesse parlando, ma quei maledetti tappi le rendevano impossibile sentire qualsiasi cosa stesse dicendo. Si girò sulla schiena, gemendo per quanto fu piacevole, e sollevò una mano per togliersi prima un tappo e poi l'altro.

«Ma che cazzo!» esclamo questa volta MacGyver.

«Tappi per le orecchie» mugugnò Maggie dietro al nastro adesivo, anche se lui poteva benissimo vedere di cosa si trattava.

«Maggie! Stai bene? Come diavolo fai a essere qui?»

Lei scosse la testa e contemporaneamente rispose: «Non ancora, ma se mi dai un paio di minuti per riprendermi, starò bene.» In realtà fu quello che *cercò* di dire, ma il nastro adesivo aveva reso le sue parole incomprensibili.

«Tieni» disse MacGyver, porgendo qualcosa a Shawn.

Era un coltello dall'aspetto inquietante e con la lama seghettata. Se chiunque altro si fosse avvicinato al suo viso con quell'affare avrebbe ricevuto un calcio sulle palle, ma era Shawn a tenere in mano quell'arma letale, così Maggie chiuse gli occhi, lasciandogli fare il lavoro.

Sentì il nastro adesivo allentarsi intorno al viso, poi lui la avvisò: «Questo farà male.»

Annuì, ma non aprì gli occhi. Negli ultimi due giorni aveva fatto il possibile per cercare di inumidire il nastro per allentarlo sulle labbra, ma ovviamente non era stato d'aiuto per l'adesivo sulle guance.

Shawn cercò di agire in fretta, ma non si era sbagliato, staccarlo dal viso fece un male cane.

«Maggie?» chiese timoroso.

«Shawn» sussurrò. Aveva la bocca asciutta e un po' di nausea per la mancanza di acqua e di cibo. Ma era viva. Era l'unica cosa che contava.

«Cazzo!» disse lui. Respirava a fatica e aveva gli occhi sbarrati, mentre le prendeva il viso tra le mani tremanti.

Poi posò le labbra sulle sue. Fu un bacio delicato, ma che testimoniava la vita.

Shawn si tirò indietro e prese subito qualcosa dalla cintura. «Ecco, bevi questa.»

Acqua.

Maggie non l'avrebbe mai più data per scontata. Cercò di non ingurgitarla, ma ne fece fuoriuscire comunque un po' dagli angoli della bocca, mentre beveva con disperazione quel liquido salvavita più velocemente del dovuto.

«Piano» la avvertì, allontanandole la borraccia.

Lei emise un piccolo lamento.

«Lo so. Te ne darò dell'altra tra un secondo. Prima devi lasciare che si assesti.»

«Preacher, arriva qualcuno» disse MacGyver.

Maggie gli lanciò un'occhiata e lo vide indicare sopra le loro teste. Guardò per la prima volta al di là di Shawn e notò un elicottero in lontananza, che stava andando velocemente verso di loro. Un secondo elicottero, che si librava nell'aria molto più vicino, all'improvviso virò bruscamente a sinistra, guadagnando altezza e dirigendosi nella direzione opposta.

«Ma che cazzo? Pensavo che non sarebbero arrivati prima di un paio di giorni.»

«Direi che le informazioni che avevamo erano sbagliate. Non che sia sorpreso. Dobbiamo andare» incalzò MacGyver.

«Riesci a stare in piedi?» le chiese Shawn.

«Sì» gli rispose, senza sapere se fosse vero o meno. Ma se lo sguardo che MacGyver stava rivolgendo all'amico era un'indicazione, non aveva scelta. Se avesse dovuto, se ne sarebbe andata da quel posto, ovunque fosse, facendo la ruota.

Un forte crepitio risuonò intorno a loro, e i due uomini indietreggiarono e si rannicchiarono, come se cercassero di nascondersi da qualsiasi cosa avesse prodotto quel rumore.

«Dobbiamo allontanarci dalle casse» disse MacGyver, che ora suonava quasi calmo, mentre qualche istante prima era sembrato decisamente ansioso.

«Nemici o amici?»

«Non lo so. Ma penso che più ci allontaneremo da queste casse meglio sarà. Preferisco non mettermi tra due cani e l'osso che entrambi vogliono.»

«I russi dovevano essere a giorni di distanza» ripeté Shawn.

La testa di Maggie girava a destra e a sinistra tra i due

uomini, come se stesse assistendo a una partita di tennis. Poi si rese conto di ciò che Shawn aveva detto.

I *russi*? Ma che diavolo?

«Dobbiamo nasconderci» aggiunse lui. «La squadra tornerà quando la situazione si sarà calmata.»

«Smiley e gli altri si arrabbieranno per il fatto che siamo stati lasciati qui» disse MacGyver, con l'aria di chi stava semplicemente discutendo su dove andare a pranzo.

«Torneranno non appena potranno. Non possono rischiare un incidente internazionale, e sanno che possiamo cavarcela da soli» ribatté Shawn. Poi abbassò lo sguardo su di lei. «Forza, dobbiamo metterti in piedi e farti muovere.»

Maggie cercò di alzarsi e si accorse subito di essere estremamente debole e malferma. Se non fosse stato per il suo braccio intorno alla vita, sarebbe caduta di faccia.

«Russi?» gli chiese, mentre pregava di recuperare un po' di forza.

«Sì. Siamo in Ucraina. Dai, fai qualche passo e vedi se aiuta.»

Per poco gli occhi non le uscirono dalle orbite. «Come... cosa... non capisco.»

«Ne parleremo quando saremo al sicuro, perché in questo momento *non* lo siamo affatto.»

Il forte crepitio si ripeté, e questa volta Shawn le mise una mano sulla nuca e la esortò ad abbassarsi con loro.

«Dovrai portarla in braccio» disse MacGyver.

«Già.» Lui si girò e le disse: «Sali.»

Maggie lo fissò. Le cose si stavano muovendo troppo in fretta, non capiva nulla di quello che stava succedendo. Era in Ucraina? La *Nazione*?

MacGyver non le diede il tempo di elaborare ulteriormente, la prese sotto le braccia e la mise sulla schiena di Shawn come se fosse stata una bambina. D'istinto, lei strinse le gambe intorno alla sua vita e le braccia intorno al collo, e Shawn portò una mano sotto il suo sedere per tenerla su.

«Via!» disse con urgenza a MacGyver.

Il suo amico partì, con loro due al seguito.

Il crepitio, che ora si rese conto erano spari, riecheggiava sempre di più intorno a loro. Le sembrò una corsa infinita, e dovette chiudere gli occhi mentre veniva sballottata sulla schiena di Shawn. L'acqua che aveva bevuto minacciava di risalire, ma si rifiutò di vomitargli sulla spalla e sul petto.

Dopo un po' il rumore degli spari si attenuò, ma continuarono a correre. Maggie aprì gli occhi e vide che si stavano avvicinando a quella che doveva essere una città. Be', quella che *una volta* era stata una città. Ora era per lo più un cumulo di macerie. Nelle zone periferiche, ovunque guardasse, c'erano case ed edifici distrutti. Auto bruciate si trovavano in mezzo a quelle che un tempo erano state delle strade. L'odore di morte e distruzione era denso nell'aria.

Una volta entrati in quello che doveva essere stato il centro abitato vero e proprio, non si fermarono, anche se non stavano più correndo. MacGyver li guidò oltre i cumuli di pietre e detriti, mentre si addentravano sempre più nel cuore di qualunque fosse stata quella città.

A Maggie di tanto in tanto sembrava di vedere qualcuno nascondersi dietro a una finestra rotta di un edificio mezzo distrutto o girare intorno a un muro quasi sgretolato, ma non poteva esserne certa. Nessuno si avvicinò a loro, ma, cosa forse più importante, nessuno li minacciò in alcun modo.

Stava per implorare di essere messa a terra – aveva i piedi

intorpiditi e le veniva ancora da vomitare – quando MacGyver raggiunse quello che sembrava solo un altro cumulo di pietre.

«Aspetta qui» disse all'amico, poi si infilò sotto un enorme pezzo di compensato e sparì.

Shawn la mise lentamente in piedi, e Maggie in quel momento avrebbe voluto inginocchiarsi e baciare il suolo, ma lui si girò, le avvolse un braccio intorno alla vita e la attirò contro il suo petto. Lei seppellì il naso nello spazio tra la sua spalla e la testa, tenendosi aggrappata con la stessa forza con cui lui la stava stringendo con una mano dietro la sua testa e una presa ferrea intorno alla vita.

«Cazzo, Maggie. *Cazzo*.»

«Sembri Blink» mormorò contro di lui.

Più che sentirlo, lo percepì sbuffare per poi scostarsi e dirle: «Mi dispiace. Avrei dovuto crederti senza esitare.»

Lei scosse la testa. Aveva avuto molto tempo per pensare a quello che era successo in California. «No, avevi un sacco di ragioni per dubitare di quello che dicevo.»

«Be', sappi che ora ti credo. Ti crediamo tutti.»

«Siamo davvero in Ucraina?»

«Sì.»

«Sono ancora confusa su questa situazione.»

«Anch'io. Ma ne parleremo e la capiremo, non appena MacGyver ci troverà un posto sicuro dove rintanarci.»

«Va bene.»

Le tolse la mano da dietro la testa e le porse di nuovo la borraccia. «Tieni, bevi ancora po' d'acqua» la esortò.

Maggie avrebbe voluto tranguggiarla di nuovo, ma le balzò alla mente una cosa. Guardandosi intorno, si rese conto che non avrebbero trovato un rubinetto che erogasse acqua potabile una volta che la borraccia fosse stata vuota... e anche lui avrebbe avuto bisogno di bere. Probabilmente più di lei, visto che la situazione era decisamente fuori dalla sua portata. Quello era il mondo di Shawn, e non era mai stata così grata di avere qualcuno al suo fianco come in quel momento. Non aveva idea di come mai lui fosse lì, ma non aveva intenzione di lamentarsi della sua fortuna.

Dopo aver bevuto un lungo sorso, che non soddisfece affatto la sua sete, cercò di restituirgli la borraccia.

«No, finiscila» le disse, scuotendo la testa e cercando di riportargliela alle labbra.

«Ma anche tu hai bisogno di bere.»

«Lo farò. Dopo che *tu* sarai a posto.»

Lei si guardò intorno in modo teatrale. «Non vedo fontanelle che ci permettano di riempire la borraccia qui intorno» gli disse con sarcasmo.

Con sua sorpresa, lui sorrise. Poi tornò subito serio. «Dio, avrei potuto perdere tutto questo. Perdere *te*.»

Maggie deglutì a fatica. Non desiderava altro che scoppiare a piangere per sfogare un po' dello stress accumulato negli ultimi giorni, ma doveva rimanere forte. «Sul serio, Shawn, non berrò tutta l'acqua senza lasciartene neanche un goccio. Tra me e te, è necessario che *tu* sia il più forte, io sono completamente inutile qui.»

«No, non lo sei. E non resteremo qui a lungo. Kevlar e gli altri si organizzeranno per venirci a prendere. Inoltre, possiamo trovare dell'acqua. Ho delle pastiglie per purificarla nel giubbotto. È tutto ok. Bevi.»

Con un sospiro, fece come le aveva ordinato. Aveva una sete tremenda. E se lui pensava che presto sarebbero stati salvati, gli avrebbe creduto.

Proprio mentre stava finendo l'acqua, MacGyver riapparve, spaventandola a tal punto che sarebbe caduta a terra se non fosse stata ancora circondata dal braccio di Shawn.

«Calma, è solo MacGyver.»

«È libero. Andiamo» disse loro.

Maggie era ancora malferma, ma con l'aiuto di Shawn riuscì a scavalcare i detriti e a trascinarsi dietro al suo amico, finché non raggiunsero una piccola area sicura tra le rovine di un edificio.

«Non è il Ritz, ma ce lo faremo andare bene» annunciò lui. «Ho anche racimolato un po' di roba mentre cercavo questo posto.» Indicò una pila di oggetti in un angolo.

Shawn ridacchiò e si voltò verso Maggie. «Ecco perché si chiama MacGyver. In qualche modo riesce a creare gli strumenti più incredibili dal nulla. Vieni, siediti. Poi parleremo.»

Un tempo quelle due parole le avrebbero fatto paura, ma ora? *Voleva* parlare. Ne aveva bisogno. Doveva trovare delle risposte riguardo a come diavolo fosse finita in quella cavolo di Ucraina, nel bel mezzo di un conflitto di cui aveva solo letto sui giornali.

Ma in fondo lo sapeva già. Roman Robertson. Aveva fatto esattamente quello che aveva minacciato di fare: fregare lei e Shawn nello stesso momento. Poteva solo sperare che questa volta le cose sarebbero andate diversamente. Che lei e l'uomo di cui cominciava a credere di essere innamorata non sarebbero stati vittime delle manipolazioni e dei piani immorali e crudeli di un uomo malvagio.

CAPITOLO QUATTORDICI

Preacher non riusciva a smettere di toccare Maggie. Continuava a fissarla, incapace di credere che fosse davvero lì con lui. Quando aveva visto il suo corpo immobile cadere fuori da quella cassa, aveva quasi avuto un infarto, e agito senza pensare, cosa per la quale la sua squadra e Tex gli avrebbero fatto il culo più tardi. Ma per niente al mondo sarebbe volato via con quell'elicottero, lasciando Maggie a terra.

Per una frazione di secondo aveva pensato che fosse morta, che Robertson avesse ottenuto la vendetta definitiva sulla sua ex, ma poi lei si era mossa ed era stato travolto da una nuova paura. Se Robertson aveva il potere di fare una *cosa del genere*, di rapire Maggie, spedirla dall'altra parte del mondo e far sì che il suo nuovo fidanzato si liberasse involontariamente del suo corpo, cos'altro avrebbe potuto fare?

Ma quella era una domanda per un'altra volta. Ora dovevano uscire da quel casino, poi lui e gli altri avrebbero affrontato il problema del contrammiraglio Robertson.

Il nastro adesivo usato per farla stare zitta era ancora appiccicato ai suoi capelli e le pendeva da entrambi i lati della testa. Vederlo lo ripugnava e gli faceva venire da vomitare. Ma per il momento fece del suo meglio per ignorarlo. Lei era viva, ed era tutto ciò che contava.

Come? Non ne aveva idea. Era stata strangolata – aveva notato i lividi a forma di dita sulla gola – immobilizzata, imbavagliata e chiusa in una cassa, le avevano messo dei tappi nelle orecchie per non farle sentire nulla di ciò che accadeva intorno a lei, e poi era stata spinta fuori da un cazzo di elicottero. Avrebbe dovuto morire. Ma non era successo. Lei era molto più forte di quanto Robertson pensava. Non solo per essere sopravvissuta a due anni dietro le sbarre per un crimine che non aveva commesso, ma anche per aver resistito al suo piano malato di scaricarla nel bel mezzo di una dannata zona di guerra.

Roman Robertson avrebbe sofferto. Preacher giurò mentalmente di fare tutto il necessario perché ciò accadesse. Anche a costo di rovinarsi la reputazione e di essere cacciato dai team SEAL e dalla Marina. Quell'uomo avrebbe pagato per quello che stava facendo, cioè distruggere la vita delle persone solo perché poteva farlo.

«Ti senti bene?» chiese con dolcezza MacGyver a Maggie.

Le avevano dato delle barrette proteiche e aveva bevuto dell'altra acqua. Ora le sue guance avevano un po' di colore, e anche se doveva essere esausta era ancora troppo silenziosa per i suoi gusti.

«Sì, sto bene» rispose.

Preacher avrebbe voluto sbuffare. Aveva la sensazione che l'avrebbe detto anche se avesse avuto un braccio attaccato solo a un tendine. Loro due... erano molto simili.

«Cos'è successo, Maggie?» le domandò MacGyver, sporgendosi un po' in avanti e tenendo la voce bassa nel caso ci fossero persone in giro che avrebbero potuto sentirli. A quel punto, non avevano idea se chi si trovava ancora nella zona fossero amici o nemici. Era meglio non dare nell'occhio e non attirare l'attenzione.

Preacher la sentì fare un respiro profondo, dato che era incollata al suo fianco e percepiva ogni suo movimento. Poi lei parlò.

«Ero seduta sul divano a commiserarmi. Mi stavo rimproverando per essermi comportata in modo infantile a causa del disaccordo avuto con Shawn, quando hanno bussato alla porta. Ho pensato che fossi tu» gli disse, sollevando gli occhi verso di lui. «Sono corsa ad aprire senza guardare. Cosa veramente stupida.»

«Non avevi motivo di pensare che fosse qualcun altro.»

«Già. Il tizio mi ha afferrata per la gola e sono svenuta. È andata semplicemente così, davvero.»

Suonava disgustata di sé stessa.

«Non capisco come Roman sapesse che ti avevo parlato di lui. Voglio dire, erano passate solo poche ore. Nella telefonata che ho registrato ha detto delle cose che mi hanno portata a pensare che ci fossero delle persone che mi tenevano d'occhio, che mi seguivano, ma è possibile che in qualche modo abbia messo delle cimici a casa mia?»

«È possibile» rispose Preacher, sentendosi morire. «Ma credo che sia stata colpa mia.»

«Tua?»

«Sì. Ho fatto qualche telefonata dopo essermene andato dal tuo appartamento. Penso che possa averlo scoperto così.»

«Pensi che Dude o Tex abbiano avvisato Robertson?» chiese MacGyver.

«No. Non lo farebbero mai. Ma anche se Dude è stato discreto nelle indagini che ha fatto, le voci corrono» disse Preacher.

Maggie sospirò di nuovo. «Credo che non abbia molta importanza. Alla fine lo avrebbe scoperto comunque.»

Non era d'accordo. Robertson si sarebbe trovato in un mare di guai quando la Marina avesse iniziato a indagare su di lui, ma se Preacher fosse stato un po' più accorto, quell'uomo non avrebbe mai messo le mani su di lei così rapidamente.

«Comunque, mi sono svegliata in quella cassa. Non potevo gridare per cercare aiuto a causa del nastro adesivo, né sentire se c'era qualcuno nei paraggi per via dei tappi nelle orecchie. Non avevo idea di dove fossi o di cosa stesse succedendo.»

«Finché la cassa non si è rotta» disse MacGyver. «Meno male che è successo, altrimenti ce ne saremmo andati.»

Preacher rabbrividì disgustato. «Era esattamente ciò che il bastardo voleva accadesse. Nessuno avrebbe mai scoperto quello che aveva fatto, Maggie sarebbe stata solo un'altra donna scomparsa. E Robertson avrebbe provato un piacere malato e perverso nel sapere che avevo fatto il lavoro sporco per lui.»

Sentì la mano di Maggie stringergli il braccio, ma non era pronto a farsi consolare. «E adesso?» chiese lei.

Entrambi gli uomini la guardarono.

«Voglio dire, il suo piano è fallito. Io sono viva e voi avete capito che è un grandissimo stronzo ed estremamente malvagio. Quindi... adesso che si fa?»

«Aspettiamo che la nostra squadra ci venga a prendere, poi

cè ne torniamo negli Stati Uniti e lo facciamo congedare con disonore» rispose MacGyver con foga.

Con grande sorpresa di Preacher, Maggie ridacchiò. «Giusto. Lo fai sembrare così facile.»

«Non lo sarà» replicò in tono cupo. «Sarà spiacevole. Forse potrebbe venire coinvolto anche il programma di protezione testimoni per quanto ti riguarda.»

Preacher si aspettava che Maggie andasse fuori di testa. Lui stesso non si sentiva molto lucido al momento.

Ma, con sua grande sorpresa, lei si limitò a dire: «Credo che questa cosa non sarà approvata dalla mia responsabile della libertà vigilata.»

Non fu immediato, ma dopo un attimo MacGyver scoppiò a ridere. Fu una risata quasi silenziosa, ma decisamente divertita.

Maggie gli sorrise, poi si girò a guardare Preacher. «Farò di tutto per fargliela pagare per le sue malefatte. Non per avermi mandata in prigione; ho scontato la mia pena e non posso tornare indietro e *annullarla*, quindi il danno è fatto, ma per quello che sta facendo alla Marina. Quante altre squadre SEAL ha mandato in posti in cui non avrebbero dovuto essere o senza che avessero un supporto adeguato? Il suo abuso di potere non conosce limiti. Io per lui sono stata una passeggiata, ma manipolare persone che si sono arruolate per servire il loro Paese, per dare la propria vita se necessario, non è giusto. Accidenti, non sta facendo una partita a *Risiko*, sta giocando con persone vere, con vite vere. Dev'essere fermato.»

Non aveva torto. Ma Preacher voleva che quell'uomo pagasse per il tempo che Maggie aveva trascorso dietro le sbarre. Lei non aveva trasportato consapevolmente quella droga e di certo non aveva pianificato di venderla. Aveva perso la sua carriera, gli amici, l'appartamento, l'auto e due anni della sua vita. E per cosa? Per il divertimento di Robertson? Non era assolutamente accettabile.

«Sono d'accordo» disse Preacher dopo un po'.

«Anch'io» confermò MacGyver.

Maggie sbadigliò e si accasciò pesantemente addosso a lui.

«Perché non provi a dormire?» le suggerì.

«Siamo al sicuro?» chiese, guardandosi intorno con occhi stanchi.

«Al momento, sì» rispose MacGyver.

«Non credo che questo sia molto rassicurante, ma sono troppo esausta per preoccuparmene» replicò in tono piatto. Non impiegò molto a rilassarsi completamente contro di lui.

Preacher alzò lo sguardo sull'amico e disse a bassa voce: «Dimmi che hai con te la radio.»

«No. Non avevamo intenzione di scendere a terra. Non ce n'era bisogno.»

«Dannazione» imprecò.

«Non importa. Ci troveranno. Se mi vedrò costretto, troverò i pezzi per costruire una cazzo di radio.»

Ciò lo fece sorridere. Non dubitava che il suo amico sarebbe stato in grado di farlo.

«Inoltre, ho il localizzatore. Tex li condurrà dritti da noi.»

Provò un senso di sollievo. Si era dimenticato dei localizzatori. «Io non ho il mio perché non siamo riusciti a tornare a casa a prepararci.» Dopo quello che era successo a Blink, aveva nascosto uno dei suoi localizzatori nell'elastico di un paio di boxer. Non che i nemici non potessero denudarlo completamente, ma Blink era stato un esempio perfetto di come di solito non accadesse. Naturalmente, quei boxer erano a casa in un cassetto... inutili.

«Ho iniziato a portare con me uno dei miei ogni maledetto giorno» spiegò MacGyver con un'alzata di spalle. «Sono paranoico? Sì, ma ora ne sono dannatamente felice.»

«Anch'io» concordò Preacher.

I due rimasero in silenzio per diversi minuti, poi MacGyver disse: «È pazzo.»

Non dovette chiedere di chi stesse parlando.

«Metterla in quella cassa e fare in modo che fossimo noi a lanciarla fuori? Che *tu* la lanciassi fuori? È malato, cazzo.»

«Lo distruggeremo» ringhiò Preacher a denti stretti.

«Conosco alcuni ragazzi. Vivono nell'Indiana. Gestiscono un'attività del tutto legittima, ma fanno lavori su commissione. Se necessario, li contatterò. Si occuperanno di Robertson una volta per tutte.»

Il pensiero che ci fosse un assassino che ripuliva dalla "spazzatura" era allettante, ma lui non era un uomo che lavorava infrangendo la legge. Nessuno di loro lo era. C'erano delle regole da seguire per le cose che facevano, e assumere qualcuno per piantare una pallottola nella testa di Robertson non era qualcosa con cui si sentiva a suo agio.

Preacher guardò Maggie dormire e vide di nuovo il nastro adesivo che pendeva dai suoi capelli. Molto probabilmente sarebbe stato necessario tagliarli.

La sua convinzione vacillò.

Fece un respiro profondo e disse: «Credo che questa trovata sarà la sua rovina. Ha pensato fosse una mossa intelligente liberarsi di Maggie in un modo che *credeva* non sarebbe stato scoperto da nessuno, ma è stato troppo presuntuoso. Averci mandato in questa missione insulsa sarà la sua fine.

Pensava che lei sarebbe morta, e probabilmente sperava che i russi si sarebbero occupati anche di noi. Ma non è successo. E avrà quel che si merita, MacGyver.»

«Ok. Ma se qualcosa comincia ad andare storto e ci sarà la possibilità che possa cavarsela solo con una stronzata di punizione, chiamo la Silverstone.»

«D'accordo» disse Preacher senza esitare. Codice etico personale o meno, sapeva nel profondo che solo l'idea che un uomo come Roman Robertson se ne andasse in giro libero di rovinare la vita degli altri era aberrante. Senza contare che ciò avrebbe messo quella di Maggie in estremo pericolo. Il fatto che fosse sopravvissuta a ciò che lui aveva progettato era un motivo sufficiente per fare tutto il possibile per eliminarla. Finché quell'uomo non fosse stato fermato, sarebbe stato sempre una minaccia.

Tra i due amici calò di nuovo il silenzio. Preacher non aveva per niente sonno. Gli scricchiolii dell'edificio fatiscente sopra le loro teste non lo facevano sentire esattamente al sicuro, ma potevano solo aspettare. Kevlar e gli altri sarebbero arrivati presto, sperava.

All'improvviso si sentì un fruscio provenire da dove erano entrati.

Sia lui sia MacGyver si misero a sedere più dritti.

Spostò Maggie in modo da farla sdraiare invece di farsi usare come cuscino, e notò che non si mosse nemmeno. Incazzandosi di nuovo al pensiero di quanto doveva essere stata esausta, estrasse il coltello KA-BAR dal fodero al suo fianco. MacGyver fece la stessa cosa, mentre si preparavano ad affrontare chiunque stesse per entrare nella stanza. Si spostarono silenziosamente ai lati dell'ingresso, pronti a sottomettere qualsiasi minaccia potesse apparire.

Rimasero sorpresi quando tre bambini attraversarono a carponi la porta improvvisata.

Preacher afferrò il più grande, mettendogli un braccio intorno al petto e sollevandolo da terra. MacGyver fece lo stesso con il secondo, e li trascinarono al centro della piccola stanza.

Immediatamente si scatenò il caos. I ragazzini iniziarono a dibattersi, e la bambina, quella che non era stata afferrata e che non poteva avere più di cinque anni, non esitò a correre verso Preacher per prenderlo a calci e pugni.

La cosa veramente strana fu che tutto si svolse in totale silenzio. Era ovvio che quei ragazzini sapessero di non dover rivelare la loro posizione a chiunque potesse trovarsi nelle vicinanze.

«Calmatevi» ordinò Preacher con fermezza, ma a bassa voce, e sorprendentemente lo fecero. Muovendosi piano, entrambi misero a terra i due ragazzi. La bambina che aveva tentato di proteggere gli altri due con tanta foga corse verso di loro, che subito l'abbracciarono e poi la spinsero alle loro spalle, mentre guardavano male i due uomini.

Preacher mise via il coltello nello stesso momento di MacGyver, poi si accovacciò. «Ciao» disse, chiedendosi se capivano almeno un po' la loro lingua.

«Perché siete qui?» chiese il più grande. Parlava un inglese stentato e con un forte accento, ma fu colpito dal fatto che lo conoscesse.

«Siamo venuti per riposare e per nasconderci dai cattivi.»

«Questo posto *nostro*» disse l'altro.

«Mi dispiace, non lo sapevamo. Possiamo condividerlo?» chiese Preacher.

Il più grande guardò lui, poi MacGyver e di nuovo lui. I

suoi occhi si riempirono di lacrime, ma le asciugò con rabbia con il braccio. «No. Andiamo noi.»

«Aspettate!» esclamò Preacher. Ora che aveva osservato meglio il trio, in tutta coscienza non poteva lasciarli andare via. Erano sudici, coperti di terra e di sporco. I loro vestiti erano strappati e le scarpe erano praticamente delle ciabatte. Avevano lo sguardo vuoto da soldati temprati che avevano visto troppo odio e morte. Gli si strinse il cuore.

«Rimanete» disse MacGyver. «Vi prometto che non vi faremo del male.»

Il bambino più giovane guardò Maggie. «Hai fatto male a ragazza.»

«Cosa? No. Non è ferita. Sta dormendo» protestò.

Preacher odiava che la pensassero in quel modo, ma non era poi così sorpreso. La guerra aveva devastato la città e quei ragazzi avevano visto cose che non avrebbero mai dovuto vedere. Si avvicinò a lei e le scosse delicatamente la spalla. «Maggie? Svegliati, tesoro.»

Lei aprì subito gli occhi, come se fosse stata abituata a svegliarsi all'istante, e suppose che fosse così. Abbassare la guardia dietro le sbarre era probabilmente una cosa pericolosa da fare. Anche mentre si dormiva.

«Cosa c'è che non va?»

«Niente. Abbiamo ospiti.»

I suoi occhi si concentrarono sui tre bambini. «Oh!» sussurrò.

«Vedete? Sta bene. Non è ferita» ripeté MacGyver. Si era seduto per terra, e teneva le mani alzate come per dimostrare di essere disarmato. «Non abbiamo cibo, ma c'è dell'acqua. È pulita. Ne volete un po'?»

I ragazzi sembrarono scettici, ma la bambina tirò la maglia

di quello più grande e disse qualcosa in ucraino, a cui lui annuì.

MacGyver sorrise e si chinò in avanti per posare la borraccia per terra di fronte a loro, poi si raddrizzò.

Il secondo ragazzino fece un passo e la prese così velocemente, che se Preacher non fosse stato lì a guardare non se ne sarebbe nemmeno accorto. Invece di bere l'acqua, porse la borraccia alla piccola. Lei gli sorrise come se lui fosse stato tutto il suo mondo e se la portò alle labbra.

«Come vi chiamate?» chiese MacGyver con dolcezza.

«Da dove arrivano?» Maggie sussurrò a Preacher.

«Non lo so. Sono apparsi e basta.»

«Il mio nome è MacGyver. Be', il mio vero nome è Ricardo. Alcune persone mi chiamano Ricky.»

«Tre nomi?» domandò il più giovane.

Lui sorrise. «Già. Ma puoi scegliere quello che ti piace di più.»

«Ricky» disse la bambina.

MacGyver sorrise. «E Ricky sia. E tu come ti chiami?» le chiese.

«Yana.»

Il ragazzo più grande le disse qualcosa in tono duro, e lei si accigliò e abbassò la testa.

«Va tutto bene» continuò MacGyver. «Non vi farò del male. A nessuno di voi. Yana è un nome bellissimo.»

Preacher rimase in silenzio, mentre il suo amico faceva del suo meglio per conquistare la fiducia dei tre bambini molto schivi.

«Quanti anni hai, Yana?»

Lei alzò quattro dita, poi guardò gli altri due come se

volesse essere rassicurata di aver azzeccato l'età o che fosse giusto interagire ancora con lui.

«Lei quattro. Io otto. Mio fratello sette» rispose il più grande

«E come dovrei chiamarvi?» gli chiese.

Per un attimo il ragazzino aggrottò le sopracciglia, poi disse: «Io Artem. Lui Borysko.»

«È un piacere conoscervi entrambi. Come ho detto, io sono Ricky e i miei amici laggiù sono Maggie e Preacher... ehm... Shawn.»

Tre paia di occhi guardarono verso di loro.

«Oh mio Dio, sono adorabili» sussurrò Maggie.

«Il tuo inglese è molto buono» lo lodò MacGyver. «Dove l'hai imparato?»

«A scuola» rispose Artem, non nascondendo l'espressione derisoria per quella che evidentemente riteneva una domanda stupida.

«Giusto» ribatté MacGyver con una risatina.

«Questo posto nostro» ripeté Borysko.

«Mi dispiace molto se siamo venuti qui senza chiedere se andava bene, ma avevamo paura degli spari e Maggie aveva bisogno di un posto dove riposare. Era ferita. Ce ne andremo se volete... ma possiamo condividere la stanza per un po'?»

Preacher non aveva mai visto quel lato del suo compagno di squadra. Parlava a bassa voce, mantenendo l'attenzione sui bambini.

Lo sguardo di Artem passò da MacGyver a dove erano seduti Preacher e Maggie, poi di nuovo a MacGyver. «I russi le hanno fatto male?»

«No. È complicato.»

Entrambi i ragazzini aggrottarono la fronte, confusi.

«Scusate, ehm... è difficile da spiegare» disse, cercando di usare delle parole che potessero capire.

Yana tirò la maglia di Borysko e disse qualcosa in ucraino.

Suo fratello tradusse. «Il suo inglese non buono. Non andava a scuola quando sono arrivate le bombe. Stiamo cercando di insegnarle.»

«Bene» li lodò. «Dove sono i vostri genitori? Mamma e papà.»

Si accigliarono di nuovo.

«Morti» rispose Artem rigidamente. «È arrivata una bomba e la casa è caduta.»

«Oh no» sussurrò Maggie.

Preacher aveva osservato la conversazione, e il modo distaccato in cui Artem aveva pronunciato la parola "morti" gli aveva spezzato il cuore. La guerra era un inferno, lo sapeva meglio della maggior parte delle persone, ma lui era un adulto, e si era arruolato per fare quello che faceva. Ma quei bambini, e gli altri civili innocenti che si trovavano nel fuoco incrociato delle guerre che si combattevano in giro per il mondo per i conflitti di potere, erano innocenti. Quei tre fratelli erano il simbolo delle conseguenze dell'avidità e del bisogno di controllo e di dominio dell'uomo.

«Mi dispiace tanto. Mia madre e mio padre sono ancora vivi. Abitano a circa un'ora da casa mia. Ho due fratelli e due sorelle» disse MacGyver ai bambini. «Io sto nel mezzo, ma quando avevo circa la vostra età ho fatto del mio meglio per proteggere le mie sorelle.»

Continuò a parlare, raccontando storie di quando era giovane, dicendo qualsiasi cosa potesse tranquillizzare i ragazzini. Sembrò funzionare. Preacher notò i loro muscoli cominciare a rilassarsi. Le loro spalle non erano più ingobbite, e sembrava che i bambini si sporgessero verso MacGyver invece di allontanarsi.

«Questa cosa mi spezza il cuore» mormorò Maggie. «Che ne sarà di loro quando ce ne andremo?»

Preacher deglutì a fatica. «Speriamo che qui intorno ci sia qualcuno disposto ad accoglierli.»

«Ma se così non fosse? Non avrebbero già dovuto farlo?»

«Non lo so. La guerra fa cose strane alle persone. Le rende più... egoiste. Non è proprio il termine migliore, ma quando il cibo scarseggia e i posti in cui rifugiarsi mancano, è nella natura umana tenersi stretto quello che si ha e non spartirlo con gli altri.»

«Ma sono bambini» sussurrò lei con una certa ferocia. «La piccola ha solo quattro anni! Come si può non aiutarli?»

«Non sto giustificando il comportamento di nessuno, sto solo cercando di spiegarlo» ribatté con calma.

Maggie annuì e gli si accoccolò addosso. «Lo so» mormorò contro il suo petto. «È solo che odio che si trovino in questa situazione.»

«Anch'io» replicò. E non stava mentendo. Qualcosa in quei ragazzi lo aveva toccato. I due più grandi avevano ovviamente preso sul serio il compito di proteggere la loro sorellina, e il modo in cui avevano combattuto in silenzio per non attirare l'attenzione, era ... sbagliato. In tutti i sensi.

«Possiamo portarli con noi?» chiese Maggie.

Gli si strinse lo stomaco. Avrebbe voluto farlo, ma sapeva che non potevano. Molte volte lui e la sua squadra avrebbero voluto salvare i bambini che incontravano nelle loro missioni. Però facevano quello che potevano, lasciando cibo e acqua, perché portarli negli Stati Uniti andava decisamente contro la politica militare, e poteva comportare una punizione severa.

«Sono sicuro che staranno bene» rispose. Le parole suonarono deboli alle sue stesse orecchie, ma non aveva una risposta valida per farla sentire meglio.

Sentì un suono strano e guardò MacGyver e i bambini. In qualche modo il suo amico era riuscito a farli sedere tutti e tre intorno a lui e ora stavano giocando a tris nella terra. C'erano tre partite in corso contemporaneamente, e MacGyver stava facendo del suo meglio per stare al passo con tutte e tre.

Il suono che Preacher aveva sentito era la risatina della piccola Yana.

Quei bambini avevano sofferto, stavano *ancora* soffrendo, eppure erano riusciti ad abbassare abbastanza la guardia da fare un semplice gioco nella terra con un estraneo, in un edificio bombardato, nella città in cui probabilmente erano cresciuti e di cui ora erano rimaste solo macerie. I loro genitori erano morti e chissà quanti altri adulti che avevano conosciuto erano stati uccisi.

Era per quello che le faide non finivano mai veramente. *Quella* guerra sarebbe finita, come accadeva con tutte, ma le cose che quei bambini avevano visto e fatto sarebbero rimaste dentro di loro. L'odio si sarebbe inasprito, e nel giro di un decennio o più le tensioni sarebbero ritornate, ed era probabile che Artem e Borysko, e forse anche Yana, sarebbero stati tra i primi ad arruolarsi per combattere.

Era uno schifo.

«Ti va di giocare a tris?» chiese Preacher a Maggie, con il disperato bisogno di mostrare a quei bimbi un mondo migliore, anche se si trattava solo di fare quel semplice gioco per un po'.

«Sì» rispose, guardandolo con tristezza. Non si stupì che fossero sulla stessa lunghezza d'onda. Lei aveva appena avuto un'esperienza terribile, eppure tutta la sua preoccupazione e la sua attenzione erano rivolte a quei bambini, non alla sua situazione. Lo impressionava sempre di più, e il desiderio di passare il resto della vita con lei al suo fianco aumentò.

Si avvicinarono ai quattro e chiesero se potevano unirsi a loro. I ragazzini sembrarono diffidenti, ma alla fine si rilassarono abbastanza da lasciarli giocare.

Dopo circa mezz'ora, Preacher fece una pausa e guardò Maggie. A un certo punto Yana le era andata in braccio e si era addormentata, quindi lei era appoggiata a una lastra di cemento e dormiva e la piccola le si era rannicchiata contro con la testa posata sul suo petto.

In quel momento un pensiero gli balenò nella testa: Maggie che stringeva la loro bambina nello stesso modo. La visione fu così reale da togliergli il fiato. Lo desiderava. Davvero tanto.

Il brontolio dello stomaco di Borysko fece sì che MacGyver e Preacher guardassero il bambino, che sembrò non fare caso a quell'evidente sintomo della fame. Era chiaro che ci fosse abituato.

E ciò fu un'altra cosa che lo fece arrabbiare.

MacGyver, ovviamente, doveva pensarla allo stesso modo, perché chiese: «Cosa mangiate qui?»

Artem lo guardò. Sembrava che quel ragazzo avesse vissuto mille anni dalla morte dei genitori. Aveva assunto il ruolo di protettore dei suoi fratelli e ciò lo stava logorando. Come avrebbe potuto non essere così?

«Quello che troviamo» rispose semplicemente.

«Ti va di farmi vedere?»

Preacher aprì la bocca per protestare, per dire al suo amico che non era il caso di aggirarsi per la città distrutta, soprattutto perché il rumore degli spari non si era ancora attenuato da quando si erano rifugiati tra le macerie dell'edificio.

Artem studiò MacGyver, poi annuì. Si rivolse al fratello e disse qualcosa in ucraino. Borysko scosse la testa e i due ebbero una piccola discussione. Ma Artem evidentemente vinse, perché si alzò e disse a MacGyver: «Seguimi.»

«Ok» acconsentì.

I due uscirono dalla stanza e Preacher sperò che non avessero fatto un grosso errore. Artem avrebbe potuto essere una spia dell'esercito russo, o condurre MacGyver in una trappola. Ma scosse la testa. Il bambino aveva otto anni, e non avrebbe fatto nulla che potesse mettere in pericolo il fratello e la sorella. Ne era completamente certo. Il suo compagno di squadra se la sarebbe cavata. Avrebbe trovato qualcosa da mangiare per tutti loro, e sperava che per allora Tex avrebbe fatto il suo dovere e mandato la squadra SEAL a prenderli.

Guardare Maggie e Yana dormire profondamente gli provocò di nuovo una stretta al cuore. Per la prima volta nella sua carriera, Preacher non era sicuro di *voler* essere salvato. Tornare in California avrebbe significato avere a che fare con Robertson, il che sarebbe stato un nuovo girone dell'inferno. Per quanto credesse a tutto ciò che lei diceva di quell'uomo, perseguirlo non sarebbe stato facile, e nell'attesa che le mani della giustizia si muovessero, Robertson sarebbe stato un pericolo per tutti loro. Era riuscito a rapire Maggie e a spedirla dall'altra parte del mondo, chissà cos'avrebbe fatto una volta scoperto che i suoi piani erano stati neutralizzati.

Inoltre, c'erano quei bambini. Ovviamente se la stavano cavando bene da soli, ma il pensiero di lasciarli in quella parte distrutta del Paese, senza degli adulti che si occupassero di loro... lo turbava profondamente.

Si spostò vicino a Maggie e le mise un braccio attorno alle spalle, attirandola contro di sé, in modo che usasse lui come cuscino invece del cemento duro.

Borysko guardò i tre per un momento, poi si sdraiò per terra accanto a loro, con una mano sotto la testa e l'altra appoggiata sul piede della sorella. Era chiaro che volesse mantenere un legame con lei anche nel sonno.

Dopo aver chiuso gli occhi per riposare un po', Preacher non riuscì comunque a smettere di rivedere nella mente Borysko allungare la piccola mano sporca verso sua sorella.

In qualche modo, avrebbe fatto qualcosa per quella piccola famiglia.

CAPITOLO QUINDICI

Maggie guardò il loro gruppetto e scosse la testa meravigliata. Non aveva idea di quanto tempo avesse dormito mentre MacGyver e Artem erano via, ma quando Shawn l'aveva svegliata, i due erano appena tornati con le mani piene di cibo: due lattine ammaccate e due razioni MRE. Aveva chiesto dove avessero trovato quella roba, ma MacGyver aveva scosso la testa, facendo capire che non ne avrebbe parlato... non davanti ai bambini.

Artem aveva guardato Maggie accigliato e aveva svegliato Yana, prendendola per mano e conducendola dall'altra parte della stanza. Era chiaro che non fosse stato particolarmente contento della rapidità con cui lei si era fidata degli americani.

Ora i tre ragazzi erano inginocchiati davanti a una razione, e se il modo in cui si infilavano il cibo in bocca era un'indicazione, avevano molta fame.

Vedere la loro disperazione e il piacere che provavano per quel pasto fece sparire in un attimo la *sua* fame.

«Lo so» le disse Shawn a bassa voce. «Ma devi mangiare, hai bisogno di nutrienti. Anche tu ne sei stata privata.»

Ne era consapevole, ma era comunque molto difficile mangiare quando le sembrava letteralmente di rubare il cibo dalla bocca dei bambini.

Anche se Yana le si era addormentata in braccio, era evidente che i ragazzini fossero più attratti da MacGyver che da lei e Shawn. Il SEAL era fantastico con loro. Non li trattava con sufficienza, e chiedeva il loro parere su argomenti che spaziavano dalla situazione con i russi ai loro cibi preferiti.

E nonostante Artem fosse ancora diffidente e cauto, era chiaro che fosse successo qualcosa quando lui e MacGyver erano andati a cercare cibo. Il legame era evidente per lei. Artem sembrava più rilassato con quell'uomo e teneva lo sguardo incollato a lui ogni volta che uno dei suoi fratelli non stava parlando.

All'improvviso si udì una forte esplosione, troppo vicina al luogo in cui erano rintanati.

Artem fu in piedi all'istante, con la mano della sorella nella sua e Borysko al suo fianco.

MacGyver raccolse rapidamente il cibo non consumato e lo infilò nelle tasche dei pantaloni cargo.

«Dobbiamo andarcene» disse Shawn inutilmente. «Maggie, prendi Yana. MacGyver, tu stai davanti. Artem, tu sta dietro di lui, poi Maggie, Borysko e io chiudiamo la fila.»

Lei avrebbe voluto protestare, ma erano i SEAL gli esperti in materia. Non sapeva nulla di come eludere le bombe in arrivo o sconfiggere i nemici inaspettati che avrebbero potuto incontrare.

Con sua grande sorpresa, Artem annuì e portò Yana da lei

e Shawn. Disse qualcosa alla bambina, che annuì e le tese le braccia.

Ancora una volta, si sentì sciogliere il cuore. Non che la bambina fosse andata da lei a chiedere protezione, lo aveva fatto perché glielo aveva detto il fratello, eppure, era comunque stupita della fiducia che le stava dimostrando.

MacGyver porse ad Artem il suo coltello KA-BAR. In qualsiasi altra situazione, Maggie avrebbe protestato per il fatto che avesse dato un'arma così letale a un ragazzino, ma quello non era un sobborgo degli Stati Uniti.

Artem prese il coltello e annuì al SEAL. Lo teneva nella sua piccola mano, e lei aveva la sensazione che non avrebbe esitato a usarlo, cosa che la fece sentire di nuovo inquieta. Nessun bambino avrebbe dovuto sentirsi costretto a usare la violenza per proteggere sé stesso o la propria famiglia.

Uscirono dal nascondiglio, che inizialmente aveva dato l'impressione di essere sicuro, ma che ovviamente non lo era se il rumore delle esplosioni che si avvicinavano sempre di più era un'indicazione.

Fu inquietante non incontrare nessuno mentre sgattaiolavano fuori dalle macerie dell'edificio e percorrevano le strade della piccola città. Di tanto in tanto il rumore degli spari riecheggiava intorno a loro, facendola trasalire ogni volta.

Doveva ammettere che quella situazione la terrorizzava. Nonostante MacGyver e Shawn fossero lì, non potevano di certo impedire a un proiettile di colpirla o di attraversare i loro corpi. In quel momento, odiò Roman un po' di più, e già lo odiava con ogni fibra del suo essere. Era stato *lui* a far sì che si trovassero in quella posizione. Era malvagio fino al midollo. Doveva aver considerato che lei avrebbe potuto non morire in quella cassa, quindi il suo piano era stato di scaricarla lì, nel mezzo di una zona di guerra, viva, legata e incapace di proteggersi.

Se fosse stata trovata da quella gente, avrebbe potuto essere aggredita sessualmente, picchiata, venduta, uccisa sul colpo... le possibilità erano infinite. Desiderava tanto essere salvata, ma allo stesso tempo non voleva tornare in California, perché Roman sarebbe stato ancora più determinato che mai a torturarla, una volta scoperto che era ancora viva; avrebbe dovuto sbarazzarsi di lei una volta per tutte, quindi sarebbe stata praticamente morta non appena avesse rimesso piede a Riverton.

Cominciò a tremare di paura, per la situazione in cui si trovava al momento e per ciò che l'attendeva a casa. Non poteva vincere. Forse avrebbe dovuto chiedere a Shawn di lasciarla in Turkmenistan o un posto del genere. In un luogo dove nessuno l'avrebbe trovata. Non che volesse vivere all'estero o stare lontana da lui ora che aveva finalmente incontrato un uomo con cui sentiva di poter passare il resto della vita, ma non voleva nemmeno morire.

«Mag ok?» le sussurrò Yana, accarezzandole la guancia mentre procedevano.

Incontrò lo sguardo della piccola e fece un respiro profondo. «Sì, ok» le rispose, non sentendosi affatto così, ma per quella bambina doveva esserlo. «Yana ok?» le chiese.

Lei annuì. L'espressione seria del suo viso era triste. Quella bambina avrebbe dovuto ridere e sorridere, non essere trasportata lungo vie piene di macerie, schivando gli spari.

All'improvviso quelle strade furono piene di soldati russi, che individuarono subito il gruppetto e puntarono i fucili contro di loro, urlando qualcosa che lei non riuscì a capire, ma che suppose fosse qualcosa come: "Stop".

«Correte!» urlò Shawn, e tutti quanti scapparono per mettersi in salvo.

Era difficile correre con la piccola in braccio, ma sapeva che se non l'avesse fatto sarebbero tutti morti o li avrebbero catturati, perché nessuno dei fratelli avrebbe lasciato Yana, di sicuro non l'avrebbe fatto nemmeno Shawn, ed era ovvio che MacGyver aveva legato con la famigliola e non avrebbe abbandonato *nessuno* di loro. Quindi era come se lei fosse l'unica che doveva tenerli lontano dalle mani dei russi... il che era ridicolo. Di tutti i membri del loro piccolo gruppo, lei era la meno attrezzata per gestire la situazione.

Ma fece del suo meglio.

Per poco non inciampò su un detrito, ma per fortuna Shawn fu improvvisamente al suo fianco, la prese per il gomito e la aiutò a rimanere in piedi mentre scappavano.

Proprio quando pensava che sarebbero riusciti a sfuggire agli uomini che li inseguivano, imboccarono una strada completamente bloccata dalle macerie di un edificio bombardato in passato. Non c'era modo di aggirarle e non potevano tornare da dov'erano arrivati perché sentivano avvicinarsi le urla dei soldati.

«Su!» ordinò MacGyver, girandosi per afferrare Borysko per la vita e sollevarlo verso l'alto, su un piccolo pianale di cemento a circa un metro e mezzo dal suolo.

Senza dire una parola, Shawn prese la piccola Yana dalle braccia di Maggie e la porse al fratello. E prima che se ne rendesse conto, MacGyver sollevò Artem e lo mise accanto agli altri due.

«Tocca a te» disse Shawn a Maggie, chinandosi e incrociando le mani. «Metti il piede qui, ti aiuto a salire.»

Avrebbe voluto ribattere che era una follia, ma il

tempismo era un fattore essenziale. Non c'era spazio per le esitazioni. Si afferrò alla sua spalla per stare in equilibrio, mise un piede sulle sue mani e praticamente volò in aria. Prima di rendersi conto di come fosse successo, era sul pianale con i bambini.

Ebbe solo pochi secondi per chiedersi come avrebbero fatto Shawn e MacGyver a salire con loro, perché i soldati russi apparirono alla fine della strada, gridarono qualcosa e poi iniziarono a correre verso di loro.

«Shawn!» urlò Maggie, ma era troppo tardi. I soldati li avevano raggiunti, e iniziarono a colpire i SEAL con le armi, urlando.

«Andate via!» riuscì a gridare Shawn un attimo prima di venire colpito in faccia dal calcio di un fucile, per poi cadere a terra pesantemente... e rimanere immobile.

Maggie era come paralizzata per lo shock e l'orrore. MacGyver stava lottando con tutte le sue forze, ma otto contro uno non era di certo un combattimento equo, ed era ovvio che da un momento all'altro sarebbe stato messo al tappeto come il suo compagno.

«Vieni!» le disse Artem con urgenza, tirandole la mano. Il pianale su cui si trovavano era la parte rimasta di un muro caduto, che a un certo punto formava una sorta di rampa discendente che spariva nell'oscurità del lato opposto. Riuscì a scorgere un groviglio di acciaio e cemento che, evidentemente, un tempo era stato una sorta di abitazione.

Non voleva andarsene. Voleva rimanere dov'era per vedere se Shawn si sarebbe rialzato. Ma poi uno dei soldati la guardò, e Maggie vide la sua espressione piena di rabbia trasformarsi in un attimo in lussuria quando si rese conto che era una donna. Il tizio disse qualcosa agli altri uomini e tutti alzarono lo sguardo su di lei.

A quello si voltò e si abbassò, nascondendosi alla loro vista. La sua cattura non avrebbe portato a nulla di buono. Per quanto ogni molecola del suo corpo le urlasse di aiutare Shawn, sapeva di non avere alcuna possibilità contro otto uomini. L'istinto di sopravvivenza prese il sopravvento.

Yana era sorprendentemente veloce per la sua età, e i piccoli spazi in cui dovettero infilarsi non crearono problemi ai tre bambini, ma per lei furono difficili da oltrepassare. Il suo corpo veniva graffiato, mentre si faceva strada tra il ferro del cemento armato e gli ostacoli che li circondavano, ma Artem sembrava sapere cosa stava facendo e dove stava andando. O era già stato lì, o aveva un senso innato per uscire dai cumuli di macerie.

Non sapeva per quanto tempo si accovacciarono, strisciarono e serpeggiarono attraverso l'edificio distrutto, ma all'improvviso si ritrovarono su una strada disseminata di macerie.

«Vieni» ripeté Artem, abbassandosi per prendere in braccio la sorellina. Lui e Borysko iniziarono a camminare, senza voltarsi per vedere se lei li stava seguendo.

Maggie fece un respiro e singhiozzò, e si rese conto che a un certo punto doveva aver iniziato a piangere. Non aveva idea di quando fosse successo, sapeva solo che il suo viso era bagnato dalle lacrime e le sembrava che il suo cuore fosse stato spezzato in due.

«Shawn» sussurrò, senza riuscire a muovere i piedi. Era paralizzata come lo era stata quando aveva visto i soldati iniziare a picchiare i due uomini. Era stato orribile. Una cosa violenta e carica di odio. Aveva visto delle risse quando era in carcere, ma non era stato niente di simile a quello a cui aveva assistito poco prima.

Aveva quasi pensato che i fratelli sarebbero spariti per le strade della città senza di lei, ma con sua grande sorpresa, Artem ebbe una breve conversazione con Borysko, il quale le si avvicinò e le prese la mano. «Vieni» disse, ripetendo le semplici istruzioni del fratello.

«Shawn… Ricky» mormorò Maggie, usando il nome con cui i bambini chiamavano MacGyver.

«Li prendiamo dopo. Prima la sicurezza.»

Bastarono quelle parole per far lavorare di nuovo i muscoli di Maggie. *Li prendiamo dopo*. Non aveva idea di cosa potessero fare tre bambini e una donna, chiaramente fuori dal suo elemento, per salvare due Navy SEAL da un gruppo di soldati russi, ma voleva così tanto avere fiducia nel ragazzo che gli permise di tirarla in avanti, mentre si dirigevano verso un altro nascondiglio.

CAPITOLO SEDICI

«Cazzo» gemette Preacher, rotolando su sé stesso.

«Sembri proprio Blink» disse MacGyver accanto a lui.

Aprì gli occhi – no, uno solo, perché l'altro era troppo gonfio – e vide il suo compagno di squadra sdraiato a terra accanto a lui. Erano in una stanza molto simile a quella in cui si erano rintanati prima, ovviamente in un altro edificio che era stato bombardato, ma era meno protetta dalle intemperie. Notò anche due soldati russi di guardia fuori, con i fucili pronti.

«Maggie? I bambini?» chiese Preacher. L'ultima cosa che ricordava era di averla vista guardarli con un'espressione colma di orrore da sopra il pianale di cemento su cui l'aveva issata.

«Per quanto ne so, sono scappati» rispose il suo amico.

Fu pervaso da un senso di sollievo, seguito da determinazione e rabbia. Quello non era un posto in cui tre bambini o Maggie avrebbero dovuto andare in giro, inoltre, sarebbe stato anche più difficile per loro rimanere nascosti con le truppe russe che pattugliavano la città.

Si chiese se le casse di armi che avevano scaricato fossero state davvero per gli ucraini, come tutti avevano pensato, o se Robertson fosse stato pagato per lasciarle ai russi. In tal caso, avrebbe aggiunto il tradimento a tutti gli altri suoi crimini.

Al momento non importava. Lui e MacGyver dovevano andarsene da lì. L'ultima cosa che volevano era essere trasportati in Russia. Le unità delle forze speciali non stavano combattendo in quel conflitto. Sì, gli Stati Uniti stavano aiutando in altri modi, tipo fornendo armi e addestramento ai soldati ucraini, ma se i media fossero venuti a conoscenza che sul posto c'erano dei Navy SEAL, le cose avrebbero potuto mettersi male per tutti i soggetti coinvolti.

«Qual è il piano?» chiese.

Il suo amico fece una risatina, che si trasformò subito in un gemito. «Merda, speravo che ce l'avessi *tu* un piano» rispose MacGyver.

«Hai ancora il localizzatore?»

«Sì. Ho ancora tutto addosso. Controllo.»

«Bene, quindi Tex, e di conseguenza la squadra, sanno ancora dove siamo.»

«Ma non dove si trova Maggie.»

Preacher si acciglò. Aveva ragione. Lei poteva essere letteralmente ovunque, e per niente al mondo l'avrebbe abbandonata lì. Il fatto che si fossero separati rendeva le cose più difficili, ma una volta arrivati i soccorsi, probabilmente si sarebbe scatenato un putiferio tale da attirare la sua attenzione, e avrebbero potuto andarsene da quel posto.

«I bambini» disse MacGyver in tono basso e desolato.

Preacher chiuse gli occhi. La loro situazione aveva turbato

anche lui, ma evidentemente aveva avuto un impatto maggiore sul suo taciturno amico.

«Non possiamo lasciarli qui.»

«Non possiamo *portarli via*» replicò Preacher. «Non sono cittadini americani. Sarebbe praticamente un rapimento.»

«Hai visto quanto sono magri, e non hanno nessuno che si occupi di loro.»

«Possiamo fare in modo che Tex informi uno dei suoi contatti, per far sì che li trovi e li porti al sicuro.»

MacGyver sbuffò. «E poi? Entrano nel sistema? *Quale* sistema? Guardati intorno, questo Paese è distrutto. E chi sono le persone che soffrono di più? I bambini. Nessuno li adotterà. Soprattutto non tutti e tre. Inoltre, ho la sensazione che Artem preferirebbe arrangiarsi a vivere tra le macerie di edifici bruciati, piuttosto che essere separato da suo fratello e sua sorella.»

«Cosa vuoi che ti dica? Che li porteremo con noi? Sai che non finirebbe bene. Non è che possiamo "rubare" i bambini dai paesi in cui veniamo inviati.»

«Non voglio rubarli, ma solo che siano al sicuro. Che abbiano cibo nella pancia, che Artem non debba essere un adulto a soli otto anni. Voglio che Yana possa giocare senza avere paura.»

Preacher strinse le labbra. Voleva le stesse cose, ma si trovavano in una situazione impossibile. Non avrebbero nemmeno dovuto essere lì in quel momento. Il loro compito doveva essere quello di scaricare le casse, poi ritornare nell'Ucraina occidentale e lasciare il Paese. D'altra parte, molto probabilmente la loro missione era stata una stronzata fin dall'inizio, un modo per Robertson di sbarazzarsi della sua ex ragazza e di usare la squadra SEAL per fare il lavoro sporco.

«Se li portassimo con noi, quale sarebbe il tuo piano per il futuro?»

Passarono due minuti buoni in silenzio e Preacher pensò che il suo amico si fosse addormentato o non lo avesse sentito. Ma poi MacGyver parlò.

«Li voglio tenere» disse, con una voce così bassa che fu quasi un sussurro. «So che è una cosa stupida. Nessuno darà a uno scapolo di trentatré anni, per di più operatore delle forze speciali, la custodia di tre orfani. Ma c'è qualcosa in loro che non riesco a scrollarmi di dosso.»

Non si sbagliava. Le probabilità che i tre fratelli venissero affidati a lui erano una su un milione, e ciò nel caso fossero arrivati negli Stati Uniti. Probabilmente glieli avrebbero portati via una volta giunti in Germania per cambiare aereo.

«Dovrei trovare una tata. Qualcuno che possa accudirli mentre sono al lavoro. Potrei fare uno di quei matrimoni finti... sai, per facilitare le cose. Troverò una persona che ha bisogno di un'assicurazione sanitaria o qualcosa del genere e la sposerò. Lei avrà i benefici della Marina e io avrò qualcuno che mi aiuterà con i bambini.»

«È un piano terribile» disse Preacher con una piccola risata. Ma quando il suo amico non rise, capì che non stava scherzando.

«Non riesco a pensare a nessun altro modo» continuò MacGyver. «Inoltre, non è che altrimenti le donne bussino alla mia porta. Sono troppo... nerd.»

Preacher non poté fare a meno di ridere. «Sei un SEAL, non sei un nerd.»

«Lo sono, e mi va bene. È da un po' che non vieni a casa mia, ma è piuttosto incasinata, piena di parti di computer, fili e altra roba elettrica che ho comprato online e nei mercatini.

Mi piace smontare e rimontare la roba. Accidenti, lo sai che il mio soprannome è dovuto alle cose che riesco a creare quando ne abbiamo bisogno.»

«Ok, ma non c'è niente di male in questo.»

«Lo so. E mi piace quello che sono... ma a quanto pare non è ciò che vogliono le donne.»

Preacher sbuffò, poi gemette. «Vuoi sapere cosa vogliono le donne?» chiese. «Vogliono essere amate. Vogliono sapere che l'uomo con cui stanno è affidabile. Che ci sarà quando avranno bisogno di lui. Tutto qui. Il resto è un bonus.»

«Chi ti ha fatto diventare un esperto di donne?»

«Maggie» rispose con convinzione. «Guarda. Sono l'ultima persona che può predicare su qualcosa, a prescindere dal mio soprannome, ma su questo ho ragione. Vuoi adottare quei bambini? Se sei convinto, sai che tutti noi faremo il possibile per aiutarti, ma non sposare una ragazza solo perché pensi che ti farà apparire migliore agli occhi dei servizi sociali. È un modo sicuro per far sì che la situazione finisca estremamente male.»

«Già...» disse MacGyver quasi distrattamente.

«Aspetta... hai già in mente qualcuno?»

«Forse.»

«Davvero? La conosco?»

«No.»

«Come si chiama?»

«Addison.»

Preacher aspettò che dicesse altro, e quando non lo fece, chiese: «Tutto qui? Non mi dici altro?»

«È tutto qui» confermò MacGyver. «Abbiamo altre cose di cui preoccuparci in questo momento. Dobbiamo capire come sfuggire ai soldati russi, trovare Maggie e i bambini, incontrarci con la squadra e uscire da questa città distrutta, poi convincere le autorità americane a far entrare Artem, Borysko e Yana nel Paese. Se riusciremo a fare tutto questo, *allora* potrò iniziare a preoccuparmi di come far sì che restino con me.»

«Giusto. Ma non ho intenzione di lasciar perdere. Voglio sapere di più su questa Addison; dove l'hai conosciuta e perché pensi che possa farsi coinvolgere in questo stupido piano.»

«Sei irritante» disse MacGyver.

«Ma mi vuoi bene» ribatté Preacher, semplicemente per essere *più* irritante.

La porta improvvisata della stanza in cui erano tenuti fu spinta di lato ed entrarono tre russi. Uno puntò il fucile contro di loro e gli altri due si avvicinarono a dove erano sdraiati. Urlarono qualcosa e li tirarono in piedi.

Poi li costrinsero a uscire e a marciare lungo la strada.

Preacher guardava di qua e di là cercando di memorizzare la direzione in cui stavano andando. Era difficile, considerando che le macerie e gli edifici crollati sembravano tutti uguali da una strada all'altra, ma se lui e MacGyver avevano qualche possibilità di uscirne vivi, dovevano essere pronti a fuggire.

Non sarebbe stato facile. Aveva un male cane ovunque e il suo compagno di squadra non era in condizioni migliori. I soldati al loro fianco, che li tenevano in una presa salda, li stavano aiutando a stare in piedi, mentre li portavano a forza in un altro luogo. Ma Maggie era lì da qualche parte, e aveva bisogno di lui per uscire da quella situazione. Se fosse stato ucciso, non aveva dubbi che la sua squadra l'avrebbe tirata fuori da quel posto, ma anche lui era motivato ad andarsene da lì; voleva passare il resto della *vita* con lei, e non poteva farlo se Robertson avesse vinto.

Preacher odiava perdere, e quella era una battaglia da cui era determinato a uscirne vincitore.

———

Maggie era sdraiata a pancia in giù su una lastra di cemento e stava fissando la strada sottostante. Artem era accanto a lei. L'aveva condotta lì dopo che Yana e Borysko si erano addormentati in un angolino che avevano trovato e trasformato in un posto confortevole.

Si sentiva esposta e fuori dal suo elemento, ma faceva il possibile per seguire le indicazioni di Artem. Sembrava molto più vecchio dei suoi otto anni. Aveva dovuto crescere in fretta. Troppo in fretta. Ciò la rendeva triste, ma doveva ammettere che al momento era contenta che lui fosse lì. Se fosse stata da sola, sarebbe stato un disastro. Lui aveva trovato dell'acqua e del cibo tra le macerie di quello che un tempo doveva essere stato un condominio, e ora la stava aiutando a cercare Shawn e MacGyver.

«Dove sono tutte le persone?» sussurrò, mentre scrutavano i dintorni.

«Al sicuro. A ovest. Lontano da qui.»

«Perché non sei andato anche tu?» Aveva la faccia tutta sporca e i capelli unti e arruffati. «Questa è casa. Mamma e papà sono qui.» Indicò la città, verso ovest. «Nessun altro posto dove andare.»

Le si spezzò di nuovo il cuore. «Ma saresti al sicuro se te ne andassi.»

«Mi portano via Yana. Niente famiglia. Non è sicuro. Insieme siamo al sicuro.»

Avrebbe voluto ribattere che in quel momento non erano affatto al sicuro. Che vivevano in condizioni insalubri, raccattando cibo e nascondendosi dai soldati russi, ma non aveva idea di cosa avrebbe potuto fare per aiutare i bambini. Riusciva a malapena a badare a sé stessa. Si sentiva totalmente un pesce fuor d'acqua.

«Troviamo Ricky e Shawn. Aiutami.»

Annuì. Era ancora un po' confusa riguardo a cosa avrebbero potuto fare tre bambini e una donna per aiutare due Navy SEAL tenuti prigionieri da un gruppo di soldati, ma a quel punto non aveva letteralmente nulla da perdere. Senza Shawn e MacGyver era praticamente morta. Roman avrebbe vinto, ed era l'ultima cosa che voleva.

Era passata dal non voler più tornare in California al fantasticare sull'espressione che avrebbe avuto il suo ex quando si sarebbe avvicinata a lui e gli avrebbe detto: «Indovina un po'? Non sono morta!»

«Lì! Guarda, Mag. Soldati.»

Obbligandosi a concentrarsi, Maggie guardò dove il ragazzino stava indicando. Aveva ragione. C'erano persone che si muovevano tra le macerie qualche strada più in là. Era difficile capire se Shawn e MacGyver fossero con loro, ma Artem non sembrava avere quel problema.

«Ricky e Shawn ci sono. Li portano in chiesa. Bene. Possiamo farli uscire.»

Maggie avrebbe voluto scuotere la testa e dirgli che era pazzo. Che non c'era modo di far scappare i SEAL da sotto il naso dei russi, ma Artem stava già indietreggiando dalla sporgenza inclinata. Lo seguì rapidamente, facendo attenzione a tenere la testa bassa. L'ultima cosa che voleva era che la individuassero e le sparassero.

Una volta tornati a terra, seguì il ragazzo mentre si dirigeva verso il punto in cui aveva lasciato il fratello e la sorella.

L'ingresso dello spazio in cui si erano rintanati era così piccolo che lei ci passava a malapena attraverso quel buco nel cemento armato. Naturalmente, i ragazzi non avevano problemi. Se Shawn o MacGyver fossero stati con loro, non ci sarebbero passati affatto.

«Li prendiamo il giorno dopo» le disse Artem, quando fu di nuovo seduta a gambe incrociate, appoggiata a una delle pareti.

«Come, scusa?» gli chiese.

I trenta minuti successivi trascorsero con Artem che le spiegava il suo piano in un inglese stentato e lei che cercava di dissuaderlo. Ma alla fine capì che non aveva altra scelta che assecondare il ragazzo. Lui conosceva la città come le sue tasche. Se diceva che il suo piano avrebbe funzionato, doveva credergli.

Il suo ruolo era facile: avrebbe fatto da esca.

Deglutendo con forza, cercò di non vomitare. Non che avesse molto nella pancia, ma le stava passando per la testa tutto ciò che sarebbe potuto andare storto. Se si fosse persa o non fosse stata abbastanza veloce, i russi l'avrebbero catturata, e se aveva pensato di essere nella merda fino al collo in una prigione americana, sapeva che quello non era stato *nulla* in confronto a come sarebbe stato marcire in una cella russa.

Ma Artem sembrava convinto che il suo piano avrebbe funzionato perfettamente; mentre lei distraeva i soldati, lui, Borysko e Yana si sarebbero intrufolati attraverso un tunnel che avevano trovato mentre cercavano cibo, e avrebbero fatto uscire Shawn e MacGyver. Poi si sarebbero incontrati tutti ai margini della città, in un'area che lei riconobbe essere vicina al punto in cui era atterrata la sua cassa quando era stata spinta fuori dall'elicottero.

In quella parte del Paese c'erano molti terreni agricoli. La città in cui si trovavano doveva essere stata la più grande della zona, non come quelle dalle sue parti, ma sufficiente a far sì che i cittadini avessero tutto ciò che serviva. La chiesa nel centro era uno dei pochi edifici ancora in piedi... anche se era un'affermazione discutibile. Era distrutta per metà, ma l'altra fungeva apparentemente da punto di riferimento per i soldati. Ed era lì che avevano portato Shawn e MacGyver.

«Il giorno dopo ti mostro dove camminare. Dove portare i soldati» le disse Artem. In qualsiasi altra situazione Maggie avrebbe trovato adorabile il fatto che continuasse a dire "il giorno dopo" invece di "domani", ma in quel momento era pervasa dal terrore.

«Ok.»

Yana e Borysko si erano svegliati mentre Artem le stava spiegando il piano, e la bambina finì per sedersi al suo fianco. Le accarezzò la mano e le disse qualcosa nella sua lingua madre.

«Ha detto che è ok» tradusse Borysko. «Artem, ci tiene al sicuro.»

Maggie sorrise a Yana. «Grazie.»

«Prego.»

Il fatto che le avesse risposto nella sua lingua fu sorprendente e allo stesso tempo adorabile.

«Puoi parlarci di America?» le chiese Borysko.

Maggie si sforzò di trovare qualcosa da raccontare, qualcosa che non facesse sembrare la loro situazione ancora più squallida di quanto già non fosse. E quando vide i tre visi impazienti che la guardavano, si rese conto di quanto fossero davvero piccoli. A causa del ruolo che Artem aveva avuto nel tenerla al sicuro, aveva temporaneamente rimosso il fatto che fossero solo bambini.

«Vivo a Riverton, in California. È proprio vicino all'oceano. Il tempo è bello quasi tutto l'anno. Non fa troppo caldo né troppo freddo.»

«Ricky vive lì?» chiese Artem.

«Sì. Lui e Shawn, e anche i loro amici vivono lì.»

«E c'è un negozio di mangiare?» domandò Borysko.

La domanda la rattristò di nuovo, ma mantenne il sorriso sul volto mentre rispondeva. «Sì, ci sono molti negozi che vendono cibo. E posti che vendono legna, martelli, vestiti e tutto ciò di cui chiunque potrebbe aver bisogno.»

«Costa tanti soldi» disse Artem accigliato.

«Be', sì. Alcuni negozi sono più costosi di altri, ma ci sono anche alcuni posti più economici. Io lavoro in un negozio che dà vestiti a chi ne ha bisogno.»

«Senza soldi?» chiese il ragazzino a occhi spalancati.

«Sì, gratis» confermò Maggie. «Ma solo a chi ne ha davvero bisogno. Gli altri pagano. È così che il negozio può restare aperto.»

«E la scuola?» chiese Borysko.

«Sì, ci sono le scuole. Per i bambini della tua età, ma anche per quelli più grandi e gli adulti.»

«Vanno tutti?»

«Sì. Può andarci chiunque.»

«Mi piace la scuola» disse Borysko con tristezza.

«Pericolo sulla strada?» domandò Artem.

«Mi dispiace, non capisco cosa vuoi sapere.»

«Qui, pericolo fuori casa. Lì, pericolo camminare sulla strada?»

«Oh, be'… sì, credo che possa essere pericoloso camminare in giro, ma in genere solo in certe zone. La maggior parte dei posti è sicura, soprattutto durante il giorno. Ci sono persone cattive come ce ne sono ovunque, suppongo.»

«Mette in prigione?» chiese Borysko.

«Cosa?»

«Mette in prigione i cattivi?»

Il cuore di Maggie mancò un battito. Non voleva davvero parlare della prigione, perché la riguardava un po' troppo da vicino, e non era sicura di doverlo fare, per tutto ciò che quei bambini avevano già passato e stavano *ancora* passando. Ma se Borysko aveva posto quella domanda, doveva essere perché era preoccupato per qualcosa.

«L'America è un bel posto in cui vivere» disse. Non sapeva quanto Yana potesse capire, ma la stava fissando e ascoltando attentamente, come se effettivamente riuscisse a comprendere ogni sua parola. «Ma ci sono persone cattive ovunque. E sì, se qualcuno infrange la legge potrebbe andare in prigione.» Non riusciva a credere di star parlando proprio di quello, ma aveva bisogno che i ragazzi sapessero che nonostante gli Stati Uniti fossero un grande Paese, non erano esenti dai pericoli. «*Tu* prigione?» chiese Artem con gli occhi spalancati. Non c'era modo che quel ragazzo sapesse che ci era stata, non ne aveva parlato davanti a lui, ma non voleva nemmeno raccontare bugie. Probabilmente a quei ragazzini avevano mentito fin troppo spesso. «In realtà, sì. Sono stata in prigione. Un uomo con cui uscivo ha messo della droga nella mia macchina. La polizia mi ha fermata e l'ha trovata, e ha pensato che fosse mia. Nessuno mi ha ascoltato quando ho detto che non lo era.»

Artem annuì solennemente. «Come qui. Polizia cattiva.»

«No» disse Maggie in tono deciso. Non era *quella* la lezione che voleva che i ragazzi imparassero. «La polizia non è cattiva. È lì per aiutare. Ma il cattivo, l'uomo con cui uscivo, è una persona molto importante. Quindi tutti gli hanno creduto. La droga *era* nella mia macchina, quindi non avevano motivo di credere a me piuttosto che a quell'uomo molto importante. Quello che sto cercando di dire, è che non importa dove vivi, ci sono dappertutto persone cattive. Potrebbero sembrare buone, ma a volte non lo sono. Devi essere intelligente, appoggiarti a coloro di cui ti fidi per stare al sicuro.» Stava sbagliando tutto, lo sapeva, ma non aveva idea di come spiegarlo abbastanza bene da superare le differenze culturali.

«Come Shawn e Ricky» disse Borysko con fermezza.

«Sì, come loro» concordò.

«Noi intelligenti» aggiunse Artem. «Sei al sicuro.»

Le si riempirono gli occhi di lacrime. «So che lo siete e che mi proteggerete. Grazie.»

«Prego» rispose Yana con un sorriso.

Il suo desiderio di essere inclusa nella conversazione la fece sorridere, e la abbracciò.

«Un giorno vado in America» disse Artem con fermezza. «Aiutare la gente che la polizia non crede.» Per qualche ragione, Maggie pensò che lo avrebbe fatto. Era certa che un giorno sarebbe arrivato negli Stati Uniti e avrebbe aiutato chiunque fosse stato in difficoltà, come lo era stata lei.

«Il giorno dopo liberiamo Ricky. E Shawn» aggiunse con decisione. «Dormi, così puoi correre.» Maggie non era stanca. Aveva sete e fame ed era troppo agitata per ciò che avrebbe dovuto fare l'indomani, per pensare di dormire. Ma annuì comunque e si stese sul pavimento duro e sporco. Artem si occupò dei suoi fratelli per un po', poi la stanza diventò silenziosa.

«Mag?»

Voltò la testa e vide il ragazzino guardarla. «Sì?» sussurrò.

«Porta Yana quando vai?»

«Cosa?»

«Porta Yana quando vai?» ripeté. «Qui non sicuro per i bambini. America più buona.»

Maggie non aveva idea di cosa dire. Era ovvio che Artem amasse la sua sorellina, che avrebbe fatto tutto il possibile per tenerla al sicuro. E in quel momento, l'unico modo in cui lui pensava di poterlo fare era mandarla il più lontano possibile da quel posto.

Avrebbe voluto poterlo rassicurare, dirgli che avrebbe portato con sé sua sorella, ma non aveva idea di cosa le riservasse il futuro. Di certo non era legale portare un bambino fuori da quel Paese, soprattutto quando lei non avrebbe dovuto essere lì. Ma non se la sentiva proprio di dire qualcosa del genere al ragazzino che stava facendo tutto il possibile per sopravvivere.

Così annuì semplicemente.

A quanto pareva, per Artem fu sufficiente. Le fece un solenne cenno di assenso in risposta, poi si girò su un fianco, dandole le spalle.

Maggie non era una che di solito piangeva, ma sembrava che ultimamente avesse pianto più di quanto ricordasse di aver mai fatto in tutti i suoi trentacinque anni. Anche in prigione non si era concessa di diventare troppo emotiva, per il suo benessere. Ma ora le lacrime le scorrevano lungo le tempie e nei capelli, mentre fissava il soffitto crepato. Pianse per sé stessa, per la preoccupazione per Shawn e MacGyver, per il piano dell'indomani che sicuramente sarebbe andato storto in un modo o nell'altro, e per i bambini che dormivano intorno a lei. Avrebbe voluto attirarli tutti e tre a sé, tenerli stretti e dire loro che sarebbe andato tutto bene. Ma non sapeva se sarebbe stato così. Con un po' di fortuna, se ne sarebbe andata presto, sarebbe tornata alla sua vita in California, e loro sarebbero rimasti bloccati lì, in quella città distrutta a cercare di sopravvivere, a cercare cibo e acqua. Era qualcosa di insopportabile. Ma cosa poteva farci?

Niente. E faceva schifo.

Mentre stava sdraiata lì, Maggie si ripromise di fare tutto il possibile per aiutare Artem, Borysko e Yana. Shawn aveva quell'amico genio del computer, forse avrebbe potuto fare qualcosa, trovare qualcuno che potesse andare lì e portare via i bambini. Almeno in un posto più sicuro. Magari avrebbe potuto trovare una casa famiglia per loro. Non aveva idea se quel concetto esistesse lì, soprattutto nel mezzo di una guerra, ma doveva esserci qualcosa che si poteva fare.

Sentendosi meglio, anche se non benissimo, Maggie chiuse gli occhi. Non appena lo fece, pensieri su Shawn si insinuarono nella sua mente. Stava bene? Aveva visto le percosse che aveva ricevuto, ed erano state terribili. Lui e MacGyver sarebbero stati in grado di camminare il giorno seguente? Aveva così tante domande e preoccupazioni, e nessun modo per alleviare l'ansia.

Non era nemmeno sicura se sarebbe riuscita a fare da esca. Non era brava a correre, e non aveva armi. Se uno dei soldati avesse deciso di spararle, non avrebbe potuto farci niente. Il consiglio di Artem di non correre sempre dritta lungo una strada, ma di usare invece il labirinto di edifici crollati a suo vantaggio, era ottimo. Però era comunque preoccupata di finire in un vicolo cieco, com'era successo mentre scappavano dai russi.

Troppe cose potevano andare male, ma lei avrebbe fatto tutto il necessario per aiutare a liberare Shawn. Lo amava. Era proprio un bel momento per avere quell'illuminazione, ma non si sarebbe tirata indietro. Lui non era stato altro che un sostegno per lei, non gli era importato che fosse una pregiudicata, l'aveva difesa, presentata ai suoi amici e fatta sentire la persona più importante della sua vita.

E ora era prigioniero dell'esercito russo per colpa sua. Avrebbe dovuto rimanere in quell'elicottero e chiamare rinforzi non appena l'aveva vista in quella cassa. Invece, non aveva esitato a correre al suo fianco. Era qualcosa che la toccava profondamente e che dimostrava che tipo di uomo fosse Shawn. Uno che voleva accanto *per sempre*.

«Resisti» sussurrò. «L'aiuto sta arrivando.»

Se lei e i bambini ci fossero riusciti, sarebbe stata una storia per i posteri. Una che, non aveva dubbi, Shawn avrebbe raccontato con orgoglio a chiunque avrebbe voluto ascoltarla. La storia di quando era un prigioniero di guerra e una donna senza alcuna esperienza militare e con tre bambini piccoli, aveva salvato lui e il suo compagno di squadra Navy SEAL. Non si sarebbe vergognato. No, sarebbe stato orgoglioso di lei.

Maggie voleva che ciò accadesse. Voleva renderlo orgoglioso. Voleva dimostrare di essere più della criminale che l'aveva etichettata la società. Sentì aumentare la determinazione dentro di sé, mentre le lacrime si asciugavano. Non avrebbe avuto letteralmente nulla da perdere l'indomani, ma aveva una vita di felicità al fianco di Shawn da guadagnare.

Sbuffò silenziosamente. Era una stupida. Non c'era alcuna garanzia che lui la pensasse allo stesso modo. Sì, sembrava che ora provasse i suoi stessi sentimenti, ma era ben consapevole di come la vita sapeva sabotare le cose quando tutto stava andando alla grande. Lei ne era la prova vivente. Ma nonostante ciò, avrebbe fatto tutto il necessario per liberare Shawn e MacGyver, per tenere al sicuro Artem, Borysko e Yana e vivere un altro giorno per farla pagare a Roman per le sue azioni malvagie. Metteva grande pressione, ma era sopravvissuta a due anni di prigione per un crimine che non aveva commesso, quindi poteva farlo. *Doveva* farlo. Non c'era altra scelta.

CAPITOLO DICIASSETTE

«Dobbiamo andarcene da qui» disse Preacher sottovoce.

«Già» concordò MacGyver.

Il giorno precedente li avevano fatti praticamente marciare attraverso la città distrutta fino alla chiesa in cui si trovavano in quel momento. Metà dell'edificio era ridotto in macerie, mentre l'altra metà era rimasta miracolosamente in piedi. Lui e MacGyver si trovavano in quella che era stata la navata centrale. I banchi erano sui lati e sparsi in giro, le vetrate erano in mille pezzi, ma per il resto il posto era intatto. C'era un soldato annoiato che li sorvegliava, mentre gli altri erano all'esterno o nel vestibolo, il piccolo spazio appena fuori dall'area di culto.

C'erano delle finestre da cui sarebbero potuti scappare, ma senza armi con cui difendersi avrebbero sparato loro prima che riuscissero ad arrivare fuori. Preacher cercò di escogitare un piano, ma gli faceva male dappertutto, l'occhio era ancora gonfio e la notte precedente non aveva dormito molto.

E non riusciva a smettere di pensare a Maggie. Si chiedeva dove fosse, se stesse bene e come diavolo avrebbe fatto a trovarla una volta arrivato il suo team.

Non aveva dubbi che *sarebbe* arrivato. Voleva solo cercare di evitare un combattimento, se possibile. L'ultima cosa di cui avevano bisogno era di coinvolgere in qualche modo gli Stati Uniti in quel conflitto più di quanto già non lo fossero. Causare la Terza Guerra Mondiale per colpa delle sue azioni era qualcosa che non voleva contemplare.

«Ce la facciamo a sottometterlo?» chiese al compagno, indicando con la testa la loro guardia, che non poteva avere più di diciotto anni. Era risaputo che venivano reclutati molti civili russi, era possibile che quel ragazzo non avrebbe voluto arruolarsi nell'esercito, ma non avesse avuto scelta. D'altra parte, era altrettanto possibile che fosse orgoglioso di servire il suo Paese.

«Sì, ma poi? I suoi amici fuori sentiranno casino e accorreranno. E anche se riuscissimo a prendergli l'arma, non credo che sarà sufficiente per affrontare un intero plotone.»

«Non puoi fare qualcosa alla MacGyver per tirarci fuori da qui?» gli domandò, non proprio scherzando.

«E cosa? Vuoi che costruisca una macchina del tempo? Un teletrasporto come in *Star Trek*? Francamente, mi piacerebbe teletrasportarmi su una spiaggia dei Caraibi, ma dato che è impossibile, mi accontenterei di un posto qualsiasi che non sia questo dannato edificio.»

«Un teletrasporto andrebbe bene» ribatté serio.

«Sei proprio strano» borbottò MacGyver.

Preacher non poté fare a meno di sorridere. *Era* strano, ma dato che i suoi amici lo erano quanto lui, non gli importava molto. «Pensi che ci daranno da mangiare oggi?»

«No, considerando che ieri non l'hanno fatto. Inoltre, sono piuttosto magri, la cosa più intelligente da fare per loro è tenersi tutto il cibo che hanno.»

Preacher non obiettò. Sperava solo che se qualcuno si fosse avvicinato, avrebbero potuto in qualche modo sopraffarlo e rubargli il fucile. Senza alcuna arma, erano decisamente in svantaggio. La loro eccezionale abilità nel combattimento corpo a corpo non sarebbe stata d'aiuto se si fossero presi una pallottola prima di potersi avvicinare abbastanza a qualcuno da metterlo al tappeto.

«Bene. Allora rimaniamo in attesa?»

«A quanto pare.»

«Odio dover aspettare» borbottò Preacher. «Non posso fare a meno di chiedermi dove diavolo sia Maggie. Cosa stia facendo. Se sia spaventata a morte e nascosta in qualche edificio diroccato.»

«Anch'io» disse MacGyver. «Quei ragazzi hanno passato l'inferno, e vedere che venivamo picchiati probabilmente non ha aiutato.»

Entrambi tacquero. Gli inquietanti scricchiolii dell'edificio sembravano forti nel relativo silenzio della chiesa. I soldati stavano parlando tranquillamente, appena fuori dalla loro vista, e quello di guardia, che si trovava nella navata con loro, sospirava spesso come se fosse stato irritato perché gli avevano affidato un incarico così noioso.

«Spero che Maggie sia stata abbastanza intelligente da allontanarsi il più possibile da qui» disse Preacher dopo un momento. «Andare verso ovest sarebbe la cosa migliore da fare. Incontrerebbe sicuramente delle persone che potrebbero aiutarla, magari qualcuno che parla inglese e che può metterla in contatto con le autorità degli Stati Uniti.»

«È una donna intelligente» disse MacGyver. «E non ho dubbi che sia lontana da qui...e che abbia portato i bambini con sé.»

Cosa diavolo stava facendo? Maggie si accovacciò dietro a un grosso mucchio di mattoni e fissò la chiesa dall'altra parte della strada. Artem e i suoi fratelli l'avevano lasciata lì circa dieci minuti prima. Loro sarebbero andati sul retro dell'edificio e si sarebbero intrufolati in un labirinto di detriti di cemento, ferro e vetri rotti fino ad arrivare dietro la navata; prima che sorgesse il sole avevano visto che Shawn e MacGyver stavano dormendo lì dentro.

Spettava a lei fornire la distrazione necessaria per far sì che i bambini facessero uscire i due uomini dalla chiesa e li portassero al sicuro. Si sarebbe incontrata con loro alla periferia della città, vicino a uno dei tanti campi disseminati su quell'area rurale. Non aveva idea di cosa sarebbe successo in seguito, ma non poteva impensierirsi per quello. Al momento aveva già abbastanza cose di cui preoccuparsi.

Tipo perché diavolo aveva pensato che quel piano avrebbe funzionato e come avrebbe fatto a distrarre tutti. Contò di nuovo i soldati, nella vana speranza che il numero non fosse alto come *l'ultima* volta che li aveva contati, cioè un minuto prima. Non era cambiato... i sei uomini si trovavano appena dentro le porte rotte della chiesa.

Non riusciva a vedere Artem o Borysko, ma sapeva che stavano aspettando che lei facesse la sua parte prima di muoversi. Ma non riusciva a far funzionare le gambe. Avrebbe potuto sgattaiolare via e tornare dove si erano nascosti la sera prima. Non era coraggiosa, non era tagliata per quel genere di cose.

Ma l'alternativa era che Borysko facesse da esca... o peggio, che lo facesse Yana. E ciò non sarebbe successo, non finché avrebbe avuto fiato in corpo. No, doveva farlo lei.

Fece un respiro profondo e guardò alle sue spalle la via di fuga che lei e Artem avevano individuato in precedenza; avrebbe dovuto oltrepassare il cumulo di mattoni dietro cui si stava nascondendo, correre lungo la strada, passare sotto la lastra instabile di cemento, attraversare un caotico labirinto di macerie, prendere un'altra strada, poi entrare e uscire dal maggior numero di edifici, nascondendosi all'occorrenza dentro o sotto una delle tante auto bruciate.

Avrebbe fatto qualsiasi cosa per non farsi prendere.

Il cuore le martellava nel petto, l'adrenalina le faceva girare la testa e le provocava la nausea. Ma era una questione di adesso o mai più.

Quindi fece un altro respiro profondo e si alzò in piedi.

———

Uno dei soldati fuori dalla porta gridò qualcosa, e Preacher si raddrizzò per guardare in quella direzione. Anche la loro guardia stava osservando i suoi compagni, invece degli uomini che avrebbe dovuto sorvegliare.

Il rumore di passi sul terreno e le grida all'esterno si allontanarono sempre di più. Se ne stavano andando! A quanto pareva stavano inseguendo qualcuno, e al momento non aveva importanza nemmeno se fosse stato un ippopotamo rabbioso a condurli lontano dalla chiesa. L'unica cosa che contava era che stessero lasciando il posto incustodito.

Lui e MacGyver non avevano un piano, ma non si sarebbero lasciati sfuggire quell'opportunità. Si diressero rapidamente e in silenzio verso la guardia. Dato che la sua attenzione era rivolta alla porta, non si accorse nemmeno dell'arrivo di MacGyver alle sue spalle finché non si ritrovò con un braccio intorno al collo.

Preacher gli afferrò il polso, assicurandosi che non avesse la possibilità di sparare. L'ultima cosa che volevano era che l'eventuale trambusto facesse tornare indietro i soldati per indagare.

Il suo amico non ci mise molto a far perdere conoscenza al giovane, e mentre lo faceva cadere a terra Preacher gli tolse il fucile. Il ragazzo sarebbe rimasto svenuto abbastanza a lungo da permettere loro di andarsene da lì. Ma come? Probabilmente i soldati sarebbero tornati presto, e lui non voleva essere sorpreso a scappare.

Come se condividessero il cervello, entrambi si voltarono verso il retro della navata, in direzione dell'altare in rovina. Doveva esserci una via d'uscita da quella parte.

«Ricky! Qui!»

Preacher si voltò e vide un visetto sporco sbucare da dietro un enorme trave d'acciaio. Era caduta dall'edificio accanto alla chiesa, perforando il muro e lasciando un grosso buco e vetri ovunque.

«Artem?» disse MacGyver incredulo.

«Sì. Andiamo! Qui.»

Lui non esitò. Si mise in ginocchio e strisciò dietro la trave d'acciaio. «Dove sono Borysko e Yana?»

«E Maggie» aggiunse Preacher, mentre seguiva l'amico.

«Qui. Vieni. Andiamo.»

Non era il momento di fare domande, ma il pensiero che

Maggie fosse con loro e al sicuro fu quasi travolgente. Il ragazzo li guidò attraverso un labirinto di macerie e detriti. In alcuni punti non era nemmeno sicuro se ci sarebbero passati. Ma in qualche modo ci riuscirono, e quando riemersero all'esterno la chiesa non si vedeva da nessuna parte. Il ragazzo li aveva guidati attraverso un percorso intricato di rovine che li aveva portati ad almeno un isolato di distanza. Era stato geniale e dannatamente pericoloso. Ma, d'altra parte, vivevano nel mezzo di una zona di guerra, quindi quel pensiero era un po' ridicolo.

Con suo grande sollievo, Borysko e Yana apparvero dal nulla. Erano salvi.

«Corri» disse Artem.

«Maggie?» chiese di nuovo Preacher, preoccupato di non vederla da nessuna parte.

«Lei dopo. Noi scappiamo.»

Non gli piacque quella risposta. Proprio per niente. Dove diavolo era?

Poi gli balzò alla mente un pensiero. Cos'aveva spinto i soldati a correre via dalla chiesa in quel modo...?

No. Non poteva averlo fatto.

Fu pervaso dal terrore.

«Artem, dov'è Maggie?» gli chiese in tono duro.

«Calma» lo avvertì MacGyver. Aveva preso in braccio Yana e la teneva contro il petto, mentre teneva l'altra mano sulla spalla di Borysko. I bambini erano al sicuro e il suo compagno di squadra era ovviamente sollevato, ma Maggie era ancora là in giro da qualche parte. Preacher non si sarebbe calmato, non finché non avesse saputo dove si trovava.

«Scappata. Soldati corrono da lei. Non si lascia prendere dai cattivi. Niente prigione.»

Si sentì girare la testa. Artem aveva confermato il suo peggior incubo. Maggie aveva fatto da esca per attirare i soldati lontano dalla chiesa.

No. No, no, no!

Poi non ebbe modo di dire altro perché Artem si mise a correre, guidandoli attraverso la città distrutta in cui aveva imparato a destreggiarsi così bene. Preacher avrebbe voluto gridare per sfogare la sua rabbia e la sua preoccupazione. Voleva tornare indietro e trovare Maggie. Era possibile che i russi l'avessero già catturata, che la stessero già picchiando come avevano fatto con lui e MacGyver.

Ma non poteva rischiare di farsi prendere di nuovo perché ciò non l'avrebbe aiutata. Si era sacrificata per liberarlo e lui non poteva ignorarlo. La cosa lo toccò profondamente. Si sarebbe aspettato quel tipo di sacrificio dai suoi compagni di squadra, e lui avrebbe fatto lo stesso per loro. Ma Maggie non era un soldato. Non era un SEAL. Aveva già passato l'inferno, eppure, era stata disposta a fare tutto il necessario per salvarlo.

Mentre correva fu pervaso dalla determinazione. Non appena avesse avuto la possibilità di scoprire qual era stato il piano, sarebbe tornato indietro per trovarla, l'avrebbe rimproverata per aver fatto una cosa così sconsiderata... e poi l'avrebbe baciata con forza per lo stesso motivo.

Maggie era esausta. Nella sua vita precedente era stata tutt'altro che un'atleta. Quel giorno aveva passato ore a sfuggire ai soldati. Erano stati molto più tenaci di quanto lei o

Artem avessero pensato. Erano stati davvero determinati a catturarla.

Aveva fatto del suo meglio per nascondersi, ma ogni volta che riusciva a trovare un posto per riprendere fiato, quegli uomini non erano mai stati troppo lontani. Maggie pensava fosse perché lasciava delle impronte o qualcosa del genere, ma anche quando si era arrampicata su un edificio che era sembrato stesse per crollare da un momento all'altro, o aveva zigzagato tra cavi elettrici, che fortunatamente non erano stati sotto tensione, per entrare in un altro edificio, i soldati avevano continuato a trovare le sue tracce.

Era disidratata, terrorizzata e cominciava a pensare che sarebbe stato più facile lasciarsi catturare. Ma appena ebbe quel pensiero, lo scacciò. Gli uomini che le davano la caccia erano *arrabbiati*, non aveva idea di cosa stessero dicendo, ma era ovvio che non fossero contenti che lei fosse riuscita a fuggire.

Pur desiderando di dirigersi a ovest, verso il campo dove avrebbe dovuto incontrarsi con gli altri, Maggie era andata invece verso est. L'ultima cosa che voleva era che i soldati si imbattessero per caso in Shawn, MacGyver e i bambini. Ma stava esaurendo i posti dove nascondersi e tremava per il bisogno di acqua e di cibo.

«È uno schifo» sussurrò, solo per sentire qualcosa di diverso dai minacciosi scricchiolii e rumori delle rovine intorno a lei... e dalle parole rabbiose in russo che venivano urlate mentre le davano la caccia.

Qualcosa le colpì il braccio e trasalì, rimanendo pietrificata. Successe di nuovo. Poi ancora. Alzò lo sguardo da dove era accovacciata dietro a un'auto bruciata... e si rese conto che stava piovendo.

Nell'istante in cui ebbe quel pensiero, la pioggia leggera si trasformò in un diluvio.

Sorrise, inclinò la testa e aprì la bocca. Non riusciva a fare entrare molta acqua, ma era già qualcosa, e aveva un sapore divino.

Con sua grande sorpresa, non sentì più le grida degli uomini che la cercavano.

Sbirciando intorno alla macchina, vide tre di loro correre nella direzione opposta a dove si trovava lei. Come se avessero avuto paura di sciogliersi se si fossero bagnati. Avrebbe voluto ridere, crollare a terra per il sollievo, ma quella era la sua occasione per allontanarsi dai soldati. Per tornare indietro e proseguire verso ovest. Verso Shawn.

Non aveva idea se il piano di Artem avesse funzionato, ma pensava di sì perché i soldati si erano concentrati troppo su di lei. Se li avessero ricatturati o trovati mentre cercavano di fuggire, non avrebbero continuato a seguirla per tutta la città, semmai la loro attenzione sarebbe stata rivolta a loro, per assicurarsi che non scappassero di nuovo.

Fare da esca era stato molto più spaventoso di quanto avesse pensato, e le cose non erano filate lisce come lei e Artem avevano sperato, ma, grazie alla pioggia, forse si sarebbe risolto tutto bene.

Ripercorse lentamente le vie della città, facendo brevi pause quando poteva. Cercò di rimanere in periferia, lontano dalla chiesa dove i soldati avevano la base.

Era appena uscita da sotto un'altra auto bruciata quando si trovò faccia a faccia con un soldato russo.

Era bagnato fradicio, proprio come lei, e sembrò altrettanto sorpreso di vederla.

Maggie rimase paralizzata. Il fucile che l'uomo impugnava

aveva un aspetto più spaventoso da vicino. Trattenne il respiro, mentre si fissavano sotto la pioggia battente.

Poi la scioccò quando disse qualcosa a bassa voce e in fretta, indicando l'edificio dietro di lei.

Si voltò, cercando di capire cosa stesse cercando di dirle, senza fortuna. Si girò di nuovo e trovò il soldato che si guardava alle spalle quasi nervosamente. Le disse qualcos'altro e indicò l'edificio con maggiore urgenza.

Lei fece un passo indietro, verso un ingresso tra le macerie, e il soldato annuì rapidamente e agitò la mano come per dirle di sbrigarsi.

Maggie non aveva idea di cosa stesse succedendo, ma si infilò velocemente sotto la trave che pendeva in modo precario sulla porta, e una volta dentro si premette con la schiena contro il muro.

Non appena non fu più in vista, un altro soldato si unì all'altro. Sbirciando attraverso un piccolo buco nel muro, si rese conto di essersela cavata per un pelo quando il secondo soldato si chinò per guardare sotto la macchina da cui era strisciata fuori sessanta secondi prima. L'altro disse qualcosa al nuovo arrivato... poi indicò con un gesto proprio l'edificio in cui si era nascosta.

Le si bloccò il respiro in gola. La stava incastrando? Gli stava dicendo dov'era andata? Ma rimase di nuovo scioccata quando il secondo soldato si limitò ad annuire ed entrambi iniziarono a camminare lungo la strada, nella direzione da cui era appena arrivata, fermandosi di tanto in tanto per guardare l'interno di altri edifici e sotto e dentro ad altre auto.

Quel soldato... l'aveva nascosta! Poteva solo supporre che avesse detto al suo amico che aveva già perlustrato quel posto. Maggie non sapeva perché si fosse comportato così, ma gli era grata che l'avesse fatto. La guerra era un incubo per tutti. I soldati russi non erano persone cattive; stavano facendo ciò che avevano ordinato loro. Ok... alcuni probabilmente erano cattivi, proprio come lo erano alcuni soldati americani. Lo sapeva per esperienza. Roman Robertson era il peggior esempio di ciò che un presunto "onorevole e coraggioso" membro delle forze militari poteva essere.

La stanchezza la stava consumando. Voleva solo un letto caldo e asciutto, una mega pizza extra-large e un litro d'acqua. E Shawn.

Tre dei quattro non sarebbe stato possibile averli, ma poteva avere quello che desiderava di più. Doveva solo continuare a muoversi.

Usando più cautela e sperando che non ci fossero altri soldati in agguato, Maggie uscì di nuovo sotto la pioggia battente, e proseguì verso il luogo in cui sperava di trovare ad aspettarla Artem, Borysko, Yana, MacGyver e, soprattutto, Shawn.

CAPITOLO DICIOTTO

«Dov'è? C'è qualcosa che non va» disse Preacher per quella che sembrava la centesima volta. MacGyver aveva dovuto trattenerlo fisicamente quando aveva cercato di andarsene per trovare Maggie, dicendo che sarebbe stato stupido rischiare che si perdesse anche lui. Tutto dentro Preacher si era ribellato. Voleva, no, *doveva* trovarla e assicurarsi che fosse incolume.

Ma la parte più pratica di lui sapeva che il suo amico aveva ragione. Doveva confidare che lei non solo stesse bene, ma che si sarebbe diretta al punto d'incontro una volta che fosse stato sicuro farlo. La pioggia ormai stava scendendo quasi di traverso, ed era fastidiosa, ma sperava che ciò le avrebbe anche reso più facile attraversare la città senza essere vista.

Era inquietante che non ci fossero altre persone in giro. Quel posto era stato per lo più abbandonato dopo che i missili l'avevano distrutto... e nessuno aveva pensato ad assicurarsi che Artem, Borysko e Yana fossero protetti. Quella cosa lo indignava, ma poteva dire che faceva arrabbiare di più MacGyver. Avrebbe voluto metterlo in guardia sul fatto di non affezionarsi troppo ai bambini, ma sapeva che ormai era troppo tardi. Accidenti, il suo amico stava già pensando a un matrimonio di convenienza solo per poterli tenere. Era *decisamente* troppo tardi.

«Arriverà» disse MacGyver, rispondendo alla sua domanda riguardo a dove potesse essere Maggie.

I cinque erano rannicchiati sotto un riparo di fortuna fatto con un pezzo di lamiera ondulata e un mucchio di erba alta che cresceva nei terreni agricoli intorno alla città. Artem aveva creato un sistema per raccogliere l'acqua piovana, e ogni volta che la lattina vuota che aveva trovato si riempiva, si assicurava che il fratello e la sorella ne avessero a sufficienza, poi ne beveva un po' anche lui.

Ma Preacher non riusciva a concentrarsi su nient'altro che Maggie. Sentì vagamente MacGyver parlare con i bambini, conoscerli meglio, intrattenerli, ma mantenne l'attenzione sulla città, sperando e pregando che lei apparisse.

Conosceva delle donne forti; Remi, Josie e Wren erano tutte davvero toste. Per non parlare di Caroline, Fiona, Cheyenne e tutte le altre. Ma aver visto la forza di Maggie in prima persona era stato incredibile. Non ne aveva mai conosciuta nessuna in grado di perseverare nonostante tutte le probabilità fossero contro di lei. Due anni erano davvero tanti come punizione per qualcosa di cui non si aveva colpa. Sì, tecnicamente stava trasportando della droga, ma dato che lo aveva fatto inconsapevolmente e non aveva avuto intenzione di venderla, era stata punita ingiustamente. Era stata incastrata.

Inoltre, c'erano le molestie che aveva dovuto sopportare

dopo il suo rilascio. Era terrorizzata da Robertson, e a ragione. Sapeva per esperienza il potere che esercitava... e Preacher alla fine aveva imparato lui stesso quanto sembrasse essere assoluto quel potere.

E ora era stata rapita e abbandonata in un paese straniero nel bel mezzo di un violento conflitto, e nonostante fosse spaventata, esausta, affamata, senza alcuna esperienza e in una situazione che andava al di là delle sue capacità, aveva fatto da *esca* per dare ai ragazzini l'opportunità di salvare lui e MacGyver.

Preacher era sopraffatto. Sbalordito. Avrebbe solo voluto stringere Maggie a sé e non lasciarla più, dirle quanto fosse impressionato, che aveva fatto un ottimo lavoro. Che d'ora in avanti sarebbe stato più bravo a proteggerla. Perché la verità era che fino a quel momento aveva fatto un lavoro di merda.

Non aveva creduto che Roman Robertson fosse il suo ex, e a causa di ciò erano in quella situazione. Sì, era corso al suo fianco non appena l'aveva vista rotolare fuori da quella cassa che lui stesso aveva spinto fuori da un cazzo di elicottero... ma poi si era fatto catturare.

Era decisamente il momento di impegnarsi di più, di dimostrarle che avrebbe fatto qualsiasi cosa fosse stata necessaria per tenerla al sicuro. Ma prima doveva trovarla.

Non ne poteva più di stare seduto ad aspettare che lei si facesse viva. Fanculo ai soldati. Fanculo alla pioggia. Fanculo a tutto. Con la rinnovata promessa che gli risuonava in testa, Preacher disse a MacGyver: «Vado a cercarla.»

In risposta, l'amico indicò dietro le sue spalle.

Si girò e socchiuse gli occhi verso la pioggia battente, e vide una figura non molto lontano da dove erano nascosti loro, che si guardava intorno come se stesse cercando qualcosa.

Maggie.

Preacher fu in piedi e si mosse prima ancora di pensare a ciò che stava facendo. L'acqua gli inzuppò i vestiti in un attimo, ma se ne accorse appena. Tutta la sua attenzione era rivolta alla donna sotto la pioggia, che sembrava smarrita e spaventata a morte.

«Maggie!» urlò.

Lei si voltò, e il sollievo e la gioia che intravide apparire sul suo viso lo fecero quasi cadere in ginocchio.

«Shawn!» esclamò, correndogli incontro.

Quando si raggiunsero lei gli sbatté addosso, ma Preacher non cadde. La abbracciò, stringendola forte. I lividi causati dai soldati pulsavano e l'occhio era ancora per lo più gonfio, ma ora che Maggie era di nuovo tra le sue braccia, si dimenticò di tutti i dolori.

Affondò il naso nei suoi capelli e la sollevò. Lei gli cinse la vita con le gambe, agganciando le caviglie, e si tenne aggrappata a lui come avrebbe fatto un bambino.

«Maggie» sussurrò Preacher contro la sua pelle.

Rimasero così, incollati l'uno all'altra per due minuti interi, mentre la pioggia cadeva intorno a loro. Poi ripensò che si era ripromesso di proteggerla, così si voltò. Doveva portarla al riparo, e non solo dalla pioggia. L'ultima cosa che voleva era che uno dei soldati li avvistasse. Avevano avuto la fortuna di fuggire una volta, dubitava sarebbe successo di nuovo.

Maggie sollevò la testa mentre lui la portava verso il rifugio di fortuna in cui gli altri erano riuniti, e lo studiò. «Il tuo occhio» sussurrò.

«È tutto ok. Una volta che il gonfiore si sarà ridotto non sembrerà poi così male» le disse. «Il nastro adesivo sui capelli... te lo sei tolto» sbottò, notando che non era più avvolto alla sua testa.

«La pioggia l'ha bagnato molto e sono riuscita a rimuoverlo» gli spiegò con una scrollata di spalle.

«Stai bene?» le chiese accigliato. «Cos'è successo? Perché ci hai messo così tanto ad arrivare? Ti sei fatta male? Ti hanno vista?»

Con suo stupore, Maggie ridacchiò.

Non aveva idea di come diavolo potesse essere divertita. Dopo tutto quello che aveva passato, era lì tra le sue braccia a *ridere*. Era un miracolo. *Lei* era un miracolo.

«Non hai altre domande da aggiungere a quella sfilza?» chiese.

«Sì. Ne ho un altro milione, ma queste sono le più urgenti al momento» le disse, fermandosi davanti al piccolo rifugio. «Ho bisogno che ti stacchi così posso farti entrare.»

Lei portò giù le gambe e si mise in piedi. Preacher la aiutò a strisciare sotto il pezzo di lamiera così furono al riparo dalla pioggia, poi le posò con dolcezza le mani sulle guance e fissò il suo viso prezioso. Aveva i capelli incollati alla testa, un brutto graffio su una guancia e le occhiaie, ma era lì, tra le sue braccia. Viva. Non era mai stato così grato per qualcosa in tutta la sua vita.

«Ti amo.» Le sue parole uscirono più come un'esclamazione che come una tenera dichiarazione d'amore.

Lei spalancò gli occhi, stringendogli forte i polsi. «Cosa?»

«Ti amo» ripeté, con più controllo nella voce. «Mi sbalordisci. Sono impressionato. Amo tutto di te. La tua tenacia, la tua forza, la tua compassione, la tua capacità di fare ciò che è necessario a prescindere dalla situazione. Non sono stato molto bravo a proteggerti, ma da adesso cambierà tutto. Quando torneremo in California, lo *distruggeremo*. Starai da me così potrò tenerti al sicuro. Coinvolgerò chiunque mi servirà per assicurarmi che non ti faccia mai più del male.»

«Shawn» mormorò Maggie. Era difficile dire se il suo viso fosse bagnato dalla pioggia o dalle lacrime, ma non importava.

«Dico sul serio. Ho commesso un errore non credendoti subito. Non succederà più. Se mi dirai che il cielo è verde e l'erba è blu, combatterò contro chiunque affermerà il contrario.»

«Capisco perché avevi delle preoccupazioni al riguardo» disse, come per giustificarlo.

Ma Preacher non voleva essere assolto dai suoi peccati. «No» ribatté, scuotendo la testa con decisione. «Non avevi motivo di mentire su chi fosse il tuo ex, il fatto è che mi ha talmente sorpreso che non ho pensato lucidamente.» Le passò una mano sui capelli, strizzandoli per togliere un po' d'acqua. «Non riesco a credere che quello stronzo abbia avuto l'audacia di far consegnare quelle casse a me e alla mia squadra. Se pensa che lasceremo perdere, si sbaglia di grosso. Con la missione precedente, e con questa, si è appropriato indebitamente di beni governativi. Inviarci in operazioni inutili non è solo una mossa da stronzi, è estremamente illegale. E non dimentichiamoci del rapimento e del tentato omicidio.»

«Non sarà facile dargli la colpa. Non si è presentato lui alla mia porta, non mi ha messo in quella cassa e non ha pilotato l'aereo.»

«Ti sbagli. L'elenco delle persone che avrebbero potuto metterti dentro a una cassa e caricarti su quell'aereo per essere spedita in Ucraina per una missione SEAL è minuscolo. Si è fottuto da solo. È finito, Maggie.»

Lei sospirò e si sporse in avanti per appoggiare la fronte sulla sua spalla. Preacher provò un impeto di tenerezza. L'aveva vista forte come una roccia, stoica, ma in quel momento capì che ormai era allo stremo.

«Shawn?»

«Sì?»

«Anch'io ti amo» disse con un timido sorriso.

A quelle parole percepì un cambiamento totale dentro di lui. Non le aveva confessato i suoi sentimenti in modo che lei si sentisse obbligata a ricambiare. Ma nell'istante in cui l'aveva fatto... la sua vita era davvero cambiata.

Era strano come il solo fatto di avere un tetto sopra la testa e di essere insieme all'uomo che amava e al loro piccolo gruppo, facesse sembrare le ultime ore meno spaventose di com'erano state in realtà. Quando era arrivata al punto d'incontro, Artem le aveva dato una lattina piena d'acqua piovana, e niente aveva mai avuto un sapore migliore di quello. Incredibilmente, nonostante non avessero del cibo, quel liquido aveva contribuito molto a farle sentire la pancia piena.

Shawn la stava tenendo stretta a sé, per scaldarla, facendola sentire al sicuro. In realtà era ridicolo, perché nessuno di loro lo era davvero. Ma il cielo grigio del pomeriggio, la foschia nell'aria e il rumore della pioggia che colpiva la lamiera, davano l'illusione che fossero nascosti in un angolino accogliente. Ciò era stato sufficiente a farla rilassare un po', a farle dimenticare di essere in un paese straniero dall'altra parte del mondo rispetto alla California, e che l'uomo che l'aveva spedita lì avrebbe sicuramente fatto tutto il necessario per farla sparire per sempre una volta che fosse tornata a casa.

Per il momento, era contenta di stare appoggiata a Shawn, mentre si raccontavano a vicenda cos'era successo finché erano separati. Aveva ascoltato con il fiato sospeso MacGyver spiegare com'erano scappati dalla chiesa e di come Artem li aveva condotti attraverso la città fino a quel piccolo nascondiglio in campagna.

Ma ora era arrivato il *suo* turno di raccontare.

Sapendo che a Shawn non sarebbe piaciuto sentire ciò che aveva passato, fece del suo meglio per minimizzare la faccenda. «Mi sono alzata da dietro le macerie che stavo usando come copertura, e i soldati vicino alla chiesa mi hanno vista subito. Hanno urlato e io sono scappata. Penso che la maggior parte degli uomini che vi sorvegliavano mi abbiano inseguita, com'era nei nostri piani. Ci è voluto un po', ma li ho seminati. Però mi sono persa, quindi ho vagato per un po' prima di vedere finalmente un edificio che mi sembrava familiare. Ed eccomi qui.»

«No» disse Shawn in tono duro. «Voglio sentire tutto. I *veri* dettagli questa volta.»

Maggie sospirò. Aveva sperato che prendesse la sua storia per buona, ma avrebbe dovuto immaginarlo. Guardò Yana e vide che la bambina stava dormendo profondamente, mentre entrambi i ragazzini avevano gli occhi fissi su di lei. Non voleva spaventarli, ma d'altronde, niente di ciò che avrebbe detto sarebbe stata una grande sorpresa dopo tutto quello che loro avevano visto. Stavano vivendo in quell'inferno da un bel po'.

«Non riuscivo a seminarli» disse piano. «A prescindere da

dove andassi o cosa facessi, erano sempre lì. Una volta ho sentito uno sparo e mi sono spaventata a morte. Ho temuto che mi avrebbero colpito alla schiena. Sono riuscita a scivolare attraverso una fessura di un edificio che era troppo piccola per loro, ma il posto era in cattive condizioni. Ho pensato che mi sarebbe crollato addosso. Sono uscita velocemente dall'altra parte prima che i soldati potessero circondarmi e intrappolarmi lì dentro.

Mi hanno inseguita per ore. Proprio quando pensavo di non poter più correre, ha iniziato a piovere. E per qualche motivo, ciò ha fatto scappare i soldati nella direzione *opposta*. Come se avessero avuto paura di bagnarsi. È stato strano, ma ne sono stata davvero felice.

A quel punto, mi ero completamente persa e mi trovavo lontana dal percorso di cui avevamo parlato io e Artem, ma sapevo che dovevo andare a ovest per trovarvi. Ho imboccato una strada ed era senza uscita, e mi ha ricordato troppo come siete stati catturati. Sono riuscita a salire in cima alle macerie che bloccavano la via, ma poi sono crollate sotto di me.

Ho pensato che fosse finita, che sarei morta. Ma in qualche modo sono riuscita a scivolare insieme ai detriti di cemento invece di esserne sepolta. Ero sicura che il rumore avrebbe fatto arrivare di corsa i soldati, così sono rimasta nascosta lì vicino per un bel po'. Alla fine, quando ho pensato che la via fosse libera, ho ricominciato a camminare.»

Maggie sentì le braccia di Shawn stringersi intorno a lei.

«Non so come ce l'abbiate fatta» disse ad Artem e Borysko. Con sua sorpresa, il più piccolo le si avvicinò e le prese la mano. Non parlò, ma quel sostegno significò tutto per lei, e le diede la forza di continuare a raccontare.

«Sono entrata in un edificio che non sembrava troppo

danneggiato. Credo fosse stato una sorta di ufficio. Puzzava terribilmente, non avevo mai sentito un odore così ripugnante. Ho pensato che forse avrei potuto trovare del cibo, quindi ho iniziato a guardarmi intorno. Nella parte più in fondo della stanza era crollato l'angolo. C'erano mattoni e cemento ovunque, e in mezzo alle macerie c'era una scrivania. Quando mi sono avvicinata, ho visto...»

Maggie fece un profondo respiro prima di continuare.

«Un braccio. C'era una donna lì sotto. Morta. Proveniva da lì l'odore che avevo sentito. Non so perché mi abbia sorpresa così tanto. Voglio dire, devono esserci un sacco di cadaveri in giro con tutta questa distruzione, ma non mi aspettavo di vederne uno. Quella donna non stava facendo del male a nessuno, stava semplicemente facendo il suo lavoro, badando ai fatti suoi, e poi bum! La bomba è esplosa e l'edificio è crollato su di lei. Non è giusto.»

«Shhh» mormorò Shawn, strofinandogli il naso contro l'orecchio.

Maggie si rese conto che stava piangendo. Non sapeva bene perché. Era al sicuro, almeno per il momento, e Shawn e MacGyver stavano bene.

«Perché mi odia così tanto?» sussurrò, non sapendo come o perché fosse passata dal parlare della sua straziante fuga dai soldati, a Roman. «Non gli ho fatto *niente*. Sono stata una brava fidanzata!»

«Certo che lo sei stata» la calmò Shawn.

«Mi ha riso in faccia» disse, ammettendo qualcosa che non aveva mai detto a nessuno. «Una volta è venuto a trovarmi in prigione. Gli ho chiesto perché l'avesse fatto, perché mi avesse incastrata facendomi prendere la colpa delle sue azioni. Lui ha scrollato le spalle e ha risposto: «Perché posso.» Poi ha riso. Ha detto che gli dava una scarica di adrenalina avere il controllo completo sulla vita di qualcuno.» Sentì Shawn irrigidirsi contro di lei e vide MacGyver stringere le labbra.

Fece un respiro profondo, sforzandosi di trattenere le emozioni. «Comunque... ho lasciato quell'edificio e ho continuato a camminare in questa direzione. Mi sono rifugiata sotto a un'auto per prendermi una breve pausa. Quando sono uscita, mi sono imbattuta in un soldato. Era più giovane degli altri. Siamo rimasti entrambi sorpresi. Ma invece di spararmi o urlare, mi ha detto dove nascondermi. Poi, quando è arrivato uno dei suoi colleghi, lo ha allontanato da me. Quel piccolo atto di compassione mi ha dato speranza per l'umanità. Probabilmente è una cosa stupida.»

«Non lo è» la rassicurò Shawn.

Borysko le strinse la mano.

«Quando se ne sono andati, ho proseguito e sono uscita dalla città. Non molto tempo dopo... ti ho trovato. O tu hai trovato me» finì, con una piccola scrollata di spalle.

«Ci siamo trovati a vicenda.»

E per qualche ragione, quelle parole ebbero un forte impatto su di lei. In un certo senso, nello schifo che era la sua esistenza, lei e Shawn *si erano* trovati. Le loro vite erano agli antipodi, eppure... eccoli lì. Era pazzesco che il suo ex l'avesse rapita, chiusa in una cassa e spedita dall'altra parte del mondo. E il fatto che avesse pianificato che fosse Shawn a spingerla fuori da quell'elicottero, dimostrava quanto Roman fosse malvagio. Era stato un miracolo che la robusta cassa si fosse aperta una volta atterrata, che lui avesse notato che conteneva una persona e che fosse stato in grado di calarsi dal mezzo prima che volasse via, lasciandola lì.

Erano destinati a stare insieme. Sarebbero tornati a casa,

avrebbero capito come impedire a Roman di rovinare la vita di qualcun altro e sarebbero vissuti felici e contenti.

Doveva crederci, altrimenti tutto quello che aveva passato sarebbe stato inutile. E ciò era inaccettabile.

Borysko le accarezzò la mano e la lasciò andare, poi tornò da MacGyver, che teneva Yana sulle ginocchia, e si appoggiò al fianco dell'uomo come se lo avesse fatto ogni giorno della sua vita. Il SEAL sollevò il braccio e lo avvolse attorno alle spalle del ragazzo.

Guardarli la rendeva felice e allo stesso tempo triste. Quegli orfani erano alla disperata ricerca d'amore, e MacGyver ne aveva ovviamente un sacco da dare. Ma non appena fossero stati salvati, i bambini sarebbero rimasti di nuovo soli. Quel pensiero era devastante.

Le labbra di Shawn le toccarono la tempia, così alzò lo sguardo verso di lui.

«Sei incredibile» le disse con dolcezza.

Ma Maggie scosse la testa. «Ho solo fatto quello che dovevo.»

«Non è vero e lo sai. Alla fine avremmo trovato un modo per uscire da quella chiesa o sarebbe arrivata la nostra squadra e ci avrebbe tirati fuori. Avresti potuto rimanere nascosta e al sicuro con i bambini.»

«A quale prezzo?» chiese. «Che ti picchiassero ancora? No, grazie. Josie mi ha raccontato com'è stato torturato Blink quando erano in quelle celle. Non avevo intenzione di lasciare che ti accadesse la stessa cosa, se avessi potuto impedirlo in qualche modo. Inoltre, so cosa significa essere trattenuti contro la propria volontà, dato che sono stata in quella dannata cassa *e* in prigione. Non è una bella sensazione. Volevo fare tutto il possibile per aiutarti a scappare.»

La fissò a lungo, e Maggie non riuscì a capire a cosa stesse pensando. «Che c'è?» gli chiese infine.

«Ti amo» rispose. «Credo di amarti di più a ogni parola che esce dalla tua bocca. Eri destinata a essere mia, proprio come era destino che io fossi tuo. Quando torneremo a casa, mi impegnerò per essere un compagno migliore.»

«Non so cosa intendi» sussurrò lei, anche se le sue parole l'avevano fatta sentire tutta calda e languida.

«Intendo che non ti perderò di vista finché Robertson non sarà neutralizzato.»

Maggie ansimò. «Non puoi ucciderlo!»

Con sua sorpresa, Shawn ridacchiò. «Neutralizzare non significa necessariamente uccidere. Hai guardato troppi programmi di fantascienza.»

Lei arricciò il naso. Probabilmente aveva ragione, nei programmi che amava guardare, neutralizzare significava sempre porre fine alla vita di qualcuno.

«Userò tutti i miei contatti per scavare nella vita di Robertson, per esporre ogni suo più oscuro segreto. Farò esaminare attentamente ogni decisione che ha preso in Marina. Interrogherò coloro che hanno lavorato per lui. Gli uomini delle squadre SEAL che ha inviato in missione. Troverò le sue precedenti fidanzate. Ogni parte della sua vita sarà esaminata al microscopio. Soffrirà per quello che ti ha fatto, Maggie, ma dovrà preoccuparsi di più di tutte le *altre cose* che scopriremo. Ho la sensazione che ce ne siano di molto più incriminanti... non che quello che ti ha fatto non sia grave, solo che...»

«Lo so» lo interruppe. «Si sente intoccabile. Chissà quante altre vite ha rovinato semplicemente perché poteva farlo.»

«Esatto» replicò Shawn annuendo.

Ascoltarono il rumore rilassante della pioggia sulla lamiera. Trascorsa un'ora o poco più, dopo che Artem e Borysko si erano addormentati profondamente accanto a MacGyver, Maggie trovò il coraggio di fare una domanda che le ronzava in testa. «Si sa quando verranno a prenderci?»

In realtà la parola giusta sarebbe stata "prendervi", dato che lei non avrebbe nemmeno dovuto essere lì.

«Presto» rispose MacGyver.

«Come dobbiamo comportarci quando arriveranno? Come dovrei comportarmi *io*?» chiese nervosamente.

«Resta vicino a me» disse Shawn. «Ti riporterò a casa sana e salva.»

Aveva ancora un sacco di domande da fare, ma per una volta le trattenne. Si fidava di lui. Se le avesse detto di scappare, sarebbe scappata. Se le avesse detto di nascondersi, si sarebbe nascosta. Quella era l'area di competenza di Shawn, non la sua. L'aveva imparato a proprie spese. Non le sarebbe mai più piaciuto giocare a nascondino, non dopo che farlo, quel giorno, era stata una questione di vita o di morte.

«Ok» rispose dopo un attimo.

«Dormi, Maggie.»

«E tu?» gli chiese all'improvviso, trovando quasi impossibile tenere gli occhi aperti.

«Non preoccuparti.»

Avrebbe voluto protestare, dirgli che anche lui aveva bisogno di dormire, ma il battito regolare del suo cuore sotto la guancia era troppo ipnotizzante; un attimo prima era completamente sveglia, e quello successivo era profondamente addormentata tra le braccia dell'uomo che amava.

CAPITOLO DICIANNOVE

ERA IMPOSSIBILE PER PREACHER DORMIRE. Sì, era stanco, ma ora che aveva di nuovo Maggie tra le braccia non l'avrebbe messa in pericolo più di quanto non avesse già fatto... e addormentandosi l'avrebbe lasciata vulnerabile, il che non era accettabile.

La pioggia era finalmente cessata e il conseguente silenzio era quasi assordante. Ma permetteva anche a lui e a MacGyver di sentire ogni minimo rumore della campagna intorno a loro; la città in cui si erano aggirati era circondata da terreni agricoli, che ora erano incolti e pieni di verdure in decomposizione.

L'aspetto positivo della situazione era che sarebbero stati in grado di vedere da una certa distanza eventuali soldati in avvicinamento, ma dato che avevano solo il fucile preso al giovane nella chiesa, erano in netto svantaggio.

Inoltre, non avevano modo di procurarsi del cibo, e se non avesse ricominciato a piovere presto, sarebbero rimasti senz'acqua. Certo, le condizioni non erano delle migliori, ma Preacher aveva fiducia nel fatto che non appena Tex avrebbe controllato la loro posizione, grazie al dispositivo di localizzazione di MacGyver, si sarebbe reso conto che erano in un punto perfetto per essere prelevati.

Non sarebbe stato l'ideale inviare un team di SEAL in quella città, visto che non avrebbero dovuto essere lì, quindi sperava che l'estrazione sarebbe avvenuta senza troppi problemi... anche se aveva la sensazione che non sarebbe stato così.

Non appena ebbe quel pensiero, percepì il lieve rumore di un elicottero che si avvicinava velocemente. Era buio, ma ai Night Stalker non importava. Potevano volare su qualsiasi terreno, condizione atmosferica e ora del giorno e della notte.

«Maggie» la chiamò, scuotendola mentre era distesa contro di lui.

Aprì subito gli occhi... cosa che lo portò a sperare che un giorno non si sarebbe più svegliata già in allerta.

«È ora di andare.»

Lei si alzò a sedere e annuì.

MacGyver aveva svegliato i bambini e Preacher li sentì muoversi davanti a loro. Non avevano delle torce o altro, quindi il salvataggio sarebbe stato un po' più complicato, dato che non potevano vedere dove mettevano i piedi.

«Elicottero» disse Borysko.

«Sì. Sono i nostri amici» spiegò MacGyver.

Nessuno dei bambini disse altro e Preacher ebbe la sensazione che stessero cercando di elaborare il fatto che presto sarebbero stati di nuovo da soli.

Guidò il gruppo fuori dal rifugio e in mezzo all'erba alta

che li circondava. Non poteva vedere l'elicottero, perché stava volando senza luci, ma lo sentiva avvicinarsi sempre di più.

Come lo sentirono i soldati russi... le grida provenienti dalla città erano molto più vicine di quanto avesse sperato. Era una cosa logica che i soccorsi sarebbero arrivati dai terreni agricoli, lontani dagli edifici in rovina, e probabilmente anche quegli uomini erano stati lì ad aspettarli, proprio come il loro piccolo gruppo.

«Cazzo!» disse MacGyver. E subito dopo aggiunse: «Scusate. Ragazzi, non dite quella parola. Non è bella.»

Preacher avrebbe voluto ridere per quanto stesse prendendo sul serio il suo ruolo di tutore, ma la situazione in cui si trovavano non era affatto divertente.

«Voi tre dovete nascondervi. Ci saranno soldati dappertutto in questa zona. Tornate in città, in uno dei vostri rifugi.»

Gli sembrò che il suo amico non fosse spontaneo, come se stesse dicendo quello che pensava di dover dire, non quello che in realtà voleva che i ragazzi facessero.

«Noi aiutare» disse Artem, ostinato.

«No!» esclamò MacGyver. «Non potete aiutarci.»

«Noi aiutare» insistette Borysko, ripetendo le parole del fratello.

«Aiutare» aggiunse Yana.

Maggie gli strinse la mano, e Preacher si sentì combattuto. Non voleva che i ragazzi si avvicinassero al caos che stava per scoppiare, ma non voleva nemmeno rimandarli in città.

L'elicottero iniziò a creare folate di vento, e Preacher si abbassò, esortando Maggie a fare altrettanto. Poi il mezzo arrivò dal nulla nel buio e atterrò a circa duecento metri da dove erano accovacciati; più o meno la lunghezza di due campi da football americano. Per lui e MacGyver non era molto lontano, ma con Maggie e forse i bambini al seguito, dava l'impressione che fossero chilometri.

Le luci dell'elicottero si accesero e quasi lo accecarono. Sapeva che era una prassi azionarle per fottere la vista dei nemici nelle vicinanze, ma trovarsi dalla parte sbagliata di quei fari era *terribile*. Era abituato a stare dietro, all'interno del mezzo.

Ma tutta quell'illuminazione gli permise anche di vedere l'area circostante, e ciò che vide gli fece gelare il sangue.

I soldati russi si stavano avvicinando alla loro posizione. Velocemente. A un certo punto della notte erano arrivati anche i rinforzi. Non si trovavano più di fronte a un solo plotone, c'erano almeno quattro dozzine di uomini che si stavano precipitando verso di loro.

«Correte!» urlò Preacher con urgenza, alzandosi in piedi e trascinando Maggie tenendola per un braccio.

Sentì anche MacGyver dietro di lui. Lo intravide tenere stretta al corpo Yana con un braccio e fare il possibile per guidare i ragazzi davanti a sé.

Cinque uomini scesero dal portello dell'elicottero e si aprirono a ventaglio, e Preacher non era mai stato così sollevato di vedere il suo team SEAL come in quel momento.

Nell'istante in cui ebbe quel pensiero, alle loro spalle risuonarono degli spari.

I soldati avevano aperto il fuoco, e con una smorfia esortò Maggie a correre ancora più velocemente. Le probabilità che nessuno di loro venisse colpito erano minime, ma non era pronto ad arrendersi.

E nemmeno il suo team, che rispose al fuoco facendo il possibile per abbattere i soldati più vicini a loro.

Ce l'avrebbero fatta... riusciva a vedere l'apertura dell'elicottero. Erano ormai a una cinquantina di metri. Riconobbe Kevlar e Smiley, che avevano preso le posizioni più esterne e stavano facendo del loro meglio per tenere indietro i russi.

«Era ora che arrivaste!» urlò Smiley senza smettere di sparare.

«Era la mia battuta!» gridò Preacher oltrepassandolo.

«Cazzo!»

Sentendo l'imprecazione di MacGyver, si voltò giusto in tempo per vedere Borysko cadere pesantemente a terra di faccia... e non fare subito il minimo movimento per rialzarsi.

Da quel momento tutto sembrò accadere al rallentatore. MacGyver fece una mossa che solo una controfigura in un film d'azione avrebbe potuto fare. Si chinò e raccolse il bambino con un braccio, mentre nell'altro teneva Yana, e urlò ad Artem di continuare a correre.

Fu allora che capì che il suo amico non aveva mai pensato di lasciare lì i bambini, ma aveva deciso di portarli con sé quando fossero andati a salvarli, a qualunque costo. Ne fu felice, perché gli avrebbe roso l'anima abbandonarli in quell'inferno a cavarsela da soli.

Raggiunsero l'elicottero e, con l'aiuto di Safe, praticamente gettò Maggie nella zona di carico, poi si girò per afferrare Artem, e fu sollevato nel vederla allontanare il bambino dal portello una volta issato a bordo.

Come se avessero pianificato il tutto, Blink e Safe salirono, afferrarono MacGyver per le braccia e lo tirarono dentro, mentre lui teneva ancora i due bambini in braccio.

Preacher saltò su e si voltò per aiutare gli altri compagni di squadra; Smiley e Flash si issarono a bordo e rimase solo Kevlar da prelevare.

«Dobbiamo andarcene!» gridò uno dei piloti al di sopra del frastuono delle pale del rotore.

«Kevlar!» urlò Flash. «Ora!»

Ma il loro leader era piazzato a gambe aperte a sparare ai soldati russi che si avvicinavano sempre di più.

Senza pensarci, Preacher balzò fuori, ignorando Maggie che urlava il suo nome, e afferrò il colletto del giubbotto di Kevlar, che non smise di sparare mentre lo trascinava più vicino al portellone. E continuò a farlo anche mentre Blink e Smiley issavano entrambi sul mezzo.

Le luci del velivolo si spensero, facendo ripiombare tutto nel buio pesto.

I piloti decollarono e fecero subito una brusca virata a sinistra. Poi a destra. Poi di nuovo a sinistra. Sembrava che stessero schivando i proiettili, cosa che non lo avrebbe sorpreso affatto. I Night Stalker facevano quasi paura per quello che riuscivano a fare con un elicottero. Era sempre stato impressionato dalle loro capacità, e non avrebbe voluto che nessun altro trasportasse – o prelevasse – lui e la sua squadra nelle pericolose aree in cui spesso dovevano operare.

A un certo punto il mezzo si stabilizzò, e dopo una quindicina di secondi si accese una luce nella zona di carico. Preacher non pensò più ai piloti e si voltò verso il trambusto alle sue spalle. MacGyver aveva sdraiato Borysko a terra e stava cercando di togliergli la maglia, mentre Blink era in ginocchio a tagliargli i pantaloni.

Il sangue che si accumulava sotto di lui era inquietante, e quella vista gli fece rivoltare lo stomaco.

«Prepara una flebo!» ordinò MacGyver a Flash, che stava già rovistando nella borsa medica al suo fianco.

Preacher trattenne il respiro, mentre guardava i suoi amici

occuparsi di Borysko. Sembrava che gli avessero sparato al polpaccio e al fianco destro. Facendo attenzione a non urtare nessuno, si diresse verso Maggie, che era rannicchiata contro la parete dell'elicottero con Yana in grembo e Artem accoccolato al suo fianco, che per una volta non sembrava calmo e padrone della situazione, ma aveva lo sguardo di un bambino di otto anni terrorizzato.

Preacher gli si sedette accanto, e cinse con le braccia sia lui sia Maggie. Il ragazzino non staccò lo sguardo dal fratello; Borysko era privo di sensi e non si muoveva, mentre i SEAL cercavano freneticamente di salvargli la vita.

Nessuno chiese chi fossero quei bambini o perché fossero stati coinvolti nel salvataggio, fecero semplicemente ciò che andava fatto. Si sarebbero preoccupati più avanti del loro futuro.

Sembrò che ci volesse un'eternità per arrivare alla piccola base militare sul lato occidentale dell'Ucraina, dove i SEAL avevano stazionato durante la missione che avrebbe dovuto essere un'operazione veloce, dato che più tempo fossero rimasti lì, più sarebbe stato probabile che la loro presenza nel Paese venisse notata e pubblicizzata. Dovevano andarsene al più presto, soprattutto ora che c'erano stati degli scontri a fuoco. La Russia non si sarebbe lasciata sfuggire l'occasione di annunciare al mondo intero che gli Stati Uniti avevano violato l'accordo implicito di non farsi coinvolgere nel conflitto.

Ma nulla di tutto ciò aveva importanza in quel momento. Non quando c'era un bambino steso a terra, sanguinante, che lottava per sopravvivere.

Per quando atterrarono, l'agitazione intorno a Borysko si era calmata. L'emorragia era stata bloccata e le ferite erano state ben fasciate. MacGyver era ancora concentrato sul ragazzo, ma il terrore nei suoi occhi sembrava essersi dissipato. Artem si era avvicinato al fratello, e ora era seduto al suo fianco a tenergli la mano.

Ma non ci fu tempo per rilassarsi, c'era già un aereo ad attenderli sulla pista vicina.

«Saliamo a bordo. Dobbiamo lasciare il Paese» disse Kevlar.

Tutti iniziarono a muoversi velocemente, raccogliendo gli zaini e dirigendosi verso il velivolo. Ancora una volta, nessuno si chiese chi fossero i bambini o se sarebbero andati con loro. Lo diedero per scontato.

«La tieni tu?» chiese MacGyver a Maggie, che aveva in braccio Yana.

«Sì.»

«Ci occupiamo noi di loro due» disse Preacher al suo compagno di squadra, voltandosi verso Artem e porgendogli la mano. Con sua sorpresa e sollievo, il ragazzino la prese. Aveva un'espressione incerta e spaventata. Non poteva di certo biasimarlo. Stava accadendo tutto molto rapidamente e doveva sentirsi un pesce fuor d'acqua. Nella città distrutta dai bombardamenti sapeva come muoversi e cosa fare, era al comando e aveva il controllo su ciò che accadeva a sé stesso e ai suoi fratelli, ma lì non aveva idea di cosa stesse succedendo, e suo fratello era ferito. Doveva essere terrorizzato.

Prendendo una decisione improvvisa, Preacher si chinò e lo prese in braccio. Artem non protestò, si limitò a tenersi stretto a lui mentre veniva portato verso l'aereo.

Erano ancora in territorio ucraino. Avrebbero potuto lasciare i bambini nelle mani esperte di qualcuno. I combattimenti in quella parte del Paese non erano così intensi come quelli più vicini al confine con la Russia. Qualcuno si sarebbe preso cura di loro. Probabilmente sarebbero stati adottati da una famiglia amorevole e avrebbero avuto una bella vita.

Ma il pensiero di abbandonarli, soprattutto Borysko che era ancora incosciente, era ripugnante. E se Preacher si sentiva così, per MacGyver doveva essere dieci volte peggio. Aveva legato con quei ragazzi, in un modo che arrivava fino nel profondo della sua anima.

MacGyver portò Borysko su per la scaletta e dentro all'aereo, seguito da Safe che teneva la flebo e da Blink. Maggie fu la successiva, insieme a Yana, mentre Preacher era dietro di lei con Artem. Flash e Smiley gli coprivano le spalle e Kevlar chiudeva la fila. I Night Stalker erano già decollati, scomparendo nella notte per tornare nel posto da cui erano partiti.

Kevlar si fermò a parlare con un uomo alla base della scaletta, e dopo avergli stretto la mano corse su facendo due gradini alla volta.

«Sistematevi tutti. Stiamo per partire» disse una volta dentro.

Preacher condusse Maggie su dei sedili lungo una delle pareti. La configurazione dell'interno dell'aereo non era come quella di uno di linea. C'erano sedili lungo entrambe le pareti, con un grande spazio al centro. Era un aereo militare utilizzato per il trasporto di merci e materiali, lo stesso che era stato riempito con le casse che i SEAL avevano consegnato come ordinato, oltre che con scatole di aiuti umanitari per il Paese assediato.

MacGyver sistemò Borysko su tre sedili vicino alla parte posteriore dell'aereo, e non appena Preacher mise in piedi Artem, il ragazzino si diresse verso il fratello. Yana cominciò a dimenarsi tra le braccia di Maggie, che la posò a terra, e la gli piccola corse dietro e gli diede la mano.

MacGyver li fece sedere accanto a lui e allacciò loro le cinture di sicurezza, e tutti si tennero aggrappati quando l'aereo cominciò a muoversi.

«Porca miseria» sussurrò Maggie.

Preacher fece un respiro profondo, poi la attirò al suo fianco. Lei nascose il viso nel suo petto e si tenne a lui, mentre il velivolo accelerava e poi si sollevava in aria con un angolo molto più ripido di quello che qualsiasi aereo di linea avrebbe mai tentato di fare.

«È stato intenso» gli disse dopo qualche secondo.

«Ci raddrizzeremo in un attimo» ribatté Preacher con la massima calma possibile, anche se il cuore gli batteva ancora troppo forte.

«Non il volo. Be', anche quello, ma... tutto.»

«Già» concordò.

«Stai bene?» gli chiese, alzando lo sguardo su di lui.

Preacher non poté fare a meno di sbuffare e scuotere la testa.

«Che c'è?»

«Tu. Hai chiesto a me se sto bene?»

«Be', sì. Sei tu quello che è stato picchiato. Riesci a vedere con quell'occhio?»

«Un po'» rispose. «Ti avevano mai sparato addosso prima?»

«Ehm... sì. Quando stavo cercando di sgattaiolare attraverso la città per arrivare da te» disse un po' sfacciatamente.

«Prima di allora» insistette Preacher.

«No.»

«Appunto. A me sì. E probabilmente non vorrai sentirtelo dire, ma te lo dirò lo stesso: su una scala da uno a dieci per me l'intensità di questa estrazione è probabilmente intorno al cinque. Tu, invece, non hai mai affrontato nulla del genere prima d'ora. Dovrei essere *io* a chiederti se stai bene.»

«Sono viva» replicò semplicemente. «Dopo tutto quello che ho passato, la prendo come una vittoria.»

«Accidenti» mormorò con un sospiro. «Ti amo.»

Lei lo guardò raggiante. «Anch'io ti amo. E per la cronaca... non voglio farlo mai più. Una volta è stata sufficiente. Inoltre, hai ragione, non voglio sentire che quello che abbiamo appena fatto è normale per te. D'ora in poi sarò un fascio di nervi ogni volta che sarai in missione.»

Preacher non poté fare a meno di apprezzare la cosa. Non il fatto che fosse preoccupata, ma che pensasse al futuro.

«Lui si riprenderà?» gli chiese.

«Borysko?»

«Sì.»

«Sì, da quello che sembra.»

«Ora cosa succederà con i bambini?»

«Non ne ho idea. Ma so che MacGyver si batterà con tutte le sue forze per loro.»

«Cosa possiamo fare per aiutarlo? A tenerli, intendo.»

Quello era un altro motivo per cui Preacher amava quella donna: il suo cuore immenso. Non si chiedeva cosa sarebbe successo a lei con Robertson. Era preoccupata per i bambini. E per MacGyver. Avrebbe dovuto stare raggomitolata, paralizzata dall'ansia per tutto ciò che le era accaduto negli ultimi giorni, invece pensava a tutti tranne che a sé stessa.

«Non lo so. Staremo a vedere. Ma immagino che le autorità vorranno sapere cos'è successo e la situazione in cui li abbiamo trovati.»

Maggie annuì con decisione. «Giusto. Be', dirò ciò che

devo dire a qualunque persona a cui dovrò parlare. Meritano di avere una seconda possibilità.»

Preacher era d'accordo al cento per cento.

«Dove siamo diretti adesso?»

«Probabilmente in Germania. Borysko sarà visitato e poi torneremo a casa.»

«Non ho documenti» disse Maggie, guardandolo con la fronte aggrottata. «Come farò a rientrare negli Stati Uniti?»

«Andrà tutto bene» la tranquillizzò. «Fidati di me.»

Con suo grande stupore, lei si limitò ad annuire e ad abbandonarsi di nuovo contro il suo fianco. Era stupefacente che quella donna riuscisse a fidarsi così profondamente di lui, quando in passato la sua fiducia era stata distrutta. Ma non l'avrebbe mai data per scontata. Non le avrebbe dato alcun motivo per diffidare di lui. Mai. Sarebbe stato la sua roccia. La persona a cui si sarebbe affidata quando fosse stata felice, triste, spaventata... voleva essere l'uomo a cui si sarebbe rivolta per primo per qualsiasi cosa avesse provato.

«Shawn?»

«Sì?»

«So che dovrei essere spaventata di tornare a Riverton, per ciò che mi aspetta lì. Dovrò contattare la mia responsabile della libertà vigilata e raccontarle quello che è successo, parlare con i tuoi superiori della Marina, affrontare Roman... ma tutto quello che riesco a provare in questo momento è sollievo. Perché ce l'abbiamo fatta ad andarcene da lì. Tutti quanti.»

«Anch'io, tesoro. Anch'io. Affronteremo insieme tutto ciò che succederà.»

«Ok.»

«Ok» concordò, ancora una volta sorpreso dalla fiducia che riponeva in lui.

Mentre lei sonnecchiava, la sua mente lavorava a mille per pianificare.

Le minacce contro la sua Maggie dovevano essere fermate. Subito. Avrebbe fatto tutto il necessario perché ciò accadesse. Iniziando con il chiamare Tex non appena fossero atterrati in Germania. Per quando sarebbero arrivati a Riverton, aveva bisogno che il piano fosse già in movimento. Non voleva dare a Robertson la minima possibilità di agire contro ciò che gli stava per accadere. Si sarebbe pentito di non essersi allontanato da Maggie senza guardarsi più indietro. Preacher se ne sarebbe assicurato.

CAPITOLO VENTI

MAGGIE ERA PIETRIFICATA, ma stava facendo del suo meglio per nascondere all'uomo al suo fianco le emozioni che stava provando. Shawn le stava praticamente addosso da quando erano atterrati alla base navale. Il solo fatto di essere lì l'aveva resa nervosa. Quello era il territorio di Roman. Anche se Shawn e i suoi amici erano dei duri, cos'avrebbero potuto fare contro un ufficiale di così alto rango?

Per fortuna erano arrivati nel cuore della notte e la base era sembrata deserta.

Era stata un po' distratta dagli occhi spalancati e dallo stupore di Artem e Yana quando avevano messo piede per la prima volta sul suolo americano. Ora che avevano capito che Borysko sarebbe stato bene, che i proiettili non avevano colpito nulla di vitale, erano molto più curiosi riguardo a tutto ciò che accadeva intorno a loro.

Tex aveva fatto un enorme favore a MacGyver. In qualche modo era riuscito a far sì che i bambini fossero temporaneamente affidati a lui. La strada da percorrere per quella nuova famiglia sarebbe stata lunga, ma Maggie sperava che le cose si sarebbero risolte bene per loro.

Ora Shawn la stava portando nel suo appartamento, e con sua grande sorpresa anche Smiley stava andando con loro. Aveva detto che pensava non fosse una cosa intelligente che stessero da soli, almeno finché Robertson dava la caccia a entrambi. Nella casa in cui Shawn aveva preso in affitto una stanza, si era liberata quella accanto alla sua, dato che il precedente inquilino se n'era appena andato... un'altra cosa che sembrava essersi risolta con semplicità. Maggie non voleva soffermarsi troppo sui come e sui perché, cercava invece di esserne grata.

Shawn aveva detto che era probabile che Roman avesse già saputo che i suoi piani erano miseramente falliti e stesse già cercando di capire come rigirare l'accaduto a suo vantaggio. Ciò non le dava esattamente delle piacevoli sensazioni, ma non poteva pensarci, altrimenti sarebbe crollata.

Così, dopo il breve tragitto fino a casa, si lasciò condurre da lui su per le scale e fino alla sua stanza, con Smiley al seguito. La proprietaria del posto stava ovviamente dormendo e le camere in affitto si trovavano al terzo piano.

«Non dimenticate che domani alle dieci ci incontreremo con Kevlar e il resto della squadra» ricordò loro Smiley.

«Certo» ribatté Shawn.

Maggie si morse il labbro. Dovevano essere tutti esausti, e all'improvviso si sentì colpevole per esserne stata la causa.

«Non rispondere al telefono o alla porta, e non parlare con nessuno che non sia Preacher» le disse Smiley.

Lei annuì. «Non ho il telefono e so che mi addormenterò non appena la mia testa toccherà il cuscino. Smiley?»

«Sì?»

«Grazie per aver deciso di rimanere qui stanotte. Roman... è... ho paura di lui.» Fu un'ammissione importante, ma dopo tutto quello che era successo, pensò che il suo terrore non sarebbe stato una sorpresa per nessuno dei due uomini.

«Ha fatto una cazzata» replicò lui, con un'espressione feroce. «Ha scoperto tutte le sue carte e ora sappiamo chi è veramente.»

Maggie deglutì a fatica. Voleva crederci, ma aveva anche la sensazione che lui non si sarebbe arreso senza combattere.

«Cerca di dormire un po'. Ci penseremo domani» le disse. Poi fece un cenno con il mento al suo compagno di squadra e si voltò verso la porta aperta nel corridoio.

Shawn le premette la mano sulla schiena, spingendola verso l'altra porta. La aprì con la chiave e fece un passo indietro per lasciarla entrare per prima.

Rimase sorpresa da ciò che vide. Si era aspettata una normalissima camera da letto, ma quella era una suite, ed era enorme. Un letto matrimoniale era addossato alla parete sinistra, e su entrambi i lati, al posto dei comodini, c'erano dei tavolini antichi. C'era anche quella che sembrava una cabina armadio piuttosto grande, con una cassettiera all'interno e tutti i vestiti di Shawn appesi in modo ordinato. Di fronte al letto c'era l'area salotto, completa di un divano in pelle, un'enorme poltrona e un grande televisore a schermo piatto. C'erano anche degli scaffali pieni di libri e soprammobili.

La stanza aveva anche un piccolo angolo cottura con un lavandino, un fornello a due fuochi, un microonde e un frigorifero.

«Wow!» esclamò Maggie.

«Quando il marito di Jane è morto, si è resa conto di

sentirsi sola in questa grande casa. Così ha fatto ristrutturare questo piano, facendo sì che le stanze fossero abbastanza spaziose da essere praticamente dei mini appartamenti. Secondo me fa pagare troppo poco di affitto, ma sono grato di essere riuscito ad accaparrarmene una. Forza, devi darti una ripulita.»

Maggie si lasciò condurre verso un'altra porta e questa volta non fu sorpresa dalle dimensioni del bagno. La signora Jane aveva superato sé stessa nella progettazione degli spazi da affittare. Il bagno era grande. Non c'era la vasca, ma la doccia walk-in era enorme e aveva non solo un soffione a pioggia sul soffitto, ma anche un altro che usciva dalla parete.

«Ho solo i miei vestiti da farti indossare, ma domattina chiamerò Kevlar e vedrò se può passare dal tuo appartamento a prenderti qualcosa, prima che ci tocchi uscire per incontrare la squadra. Va bene?»

Maggie annuì. Negli ultimi giorni non aveva pensato molto all'igiene personale, avendo cose più importanti di cui preoccuparsi, tipo di non morire. Ma ora che si trovava davanti a quella fantastica doccia, all'improvviso fu ansiosa di lavarsi.

Sentì vagamente Shawn ridacchiare mentre le passava accanto e si allungava per aprire uno dei miscelatori, poi l'acqua sgorgò dal soffitto. «C'è un asciugamano pulito proprio fuori dalla doccia. Fai con calma.»

Si girò per andarsene, e Maggie si sentì travolgere dal panico. Allungò la mano e gli afferrò il braccio con una presa ferrea. Si sentiva la bocca secca, aveva lo stomaco in subbuglio e si rese conto di respirare con affanno.

«Maggie? Cosa c'è che non va? Merda! È tutto a posto. Sei al sicuro. Cerca di respirare piano.» Shawn si voltò verso di lei e la attirò a sé. La sensazione del suo corpo alto e duro contro il proprio fece sparire l'ansia, come se non l'avesse mai avuta.

«Ti va di fare la doccia con me?» borbottò lei. Era ridicolo che il pensiero di rimanere da sola in un bagno l'avesse fatta andare nel panico. Ma aveva la sensazione che se fosse rimasta per conto suo anche solo per un secondo, Roman l'avrebbe in qualche modo trovata. L'avrebbe catturata per finire quello che aveva iniziato. Chissà dove avrebbe potuto mandarla. In Siberia? In Corea del Nord? Di certo in un posto dove nessuno l'avrebbe mai trovata.

Oppure le avrebbe fatto saltare le cervella e seppellito il suo corpo a due metri di profondità sulle montagne intorno alla città.

Shawn non rispose, si limitò a fare un passo indietro e a iniziare a spogliarsi.

Seguendo il suo esempio, Maggie si tolse rapidamente tutti i vestiti. Sembrava che fossero passati anni da quando avevano fatto l'amore. Avrebbe dovuto vergognarsi di stare nuda davanti a lui, ma non fu così. Proprio per niente. Una volta spogliati entrambi, lui entrò nella doccia, testò l'acqua per assicurarsi che fosse perfetta e poi le tese la mano.

Maggie la prese e s'infilò all'interno dei vetri. Il vapore appannò le pareti dandole l'impressione che lei e Shawn fossero nel loro piccolo mondo. Fare la doccia con qualcun altro poteva essere imbarazzante, ma con lui era come se l'avesse già fatta mille volte. Le si avvicinò prendendola per i fianchi, e la spinse sotto il getto. Mentre Maggie inclinava la testa all'indietro per bagnarsi i capelli, percepì il suo sguardo percorrerle il corpo.

Quando aprì gli occhi, lo vide fissare accigliato il suo busto.

Abbassò lo sguardo e capì il suo turbamento. Era ricoperta di lividi, e aveva anche qualche graffio qua e là.

«Sto bene» gli disse.

«Non stai bene, ma farò in modo che la situazione cambi» le disse, poi prese un flacone di shampoo. «Girati» ordinò.

Avrebbe voluto assicurargli che stava davvero bene, che qualche livido e graffio erano un piccolo prezzo da pagare per essere viva, per essere sopravvissuta a qualcosa che avrebbe dovuto portarla alla morte. Invece obbedì e gli voltò le spalle.

I dieci minuti successivi furono surreali. Shawn fu delicato mentre le faceva lo shampoo, le risciacquava bene i capelli e le metteva il balsamo. Poi insaponò una spugna e la lavò dalla testa ai piedi. Si inginocchiò e la fece scorrere delicatamente su e giù sulle sue gambe. Non rinunciò a pulirla anche tra le cosce... Maggie arrossì, ma non protestò. Poi lei ricambiò il favore, anche se fu difficile raggiungergli i capelli.

Lavarsi a vicenda non aveva risvolti sessuali, si trattava di prendersi cura della persona che si amava. Ma quando Maggie avvolse una mano insaponata intorno al suo cazzo e gli lavò delicatamente le palle, la doccia calda divenne rovente.

Il suo uccello si indurì, e Shawn gemette mentre lei lo accarezzava. Il desiderio la travolse con violenza, aveva dimenticato che lui fino a poco tempo prima era vergine. Si chiese se una donna lo avesse mai fatto venire in quel modo sotto la doccia, e gli strinse il cazzo, accarezzandolo più velocemente.

«Maggie» le disse, con voce bassa e roca. «Non devi...»

«Lo so. Ma voglio farlo. Smetti di pensare e goditelo.»

Mentre l'acqua gli scendeva sulle spalle, Maggie si concentrò a farlo sentire meravigliosamente bene come si sentiva lei in quel momento. Non aveva visto Shawn perdere il controllo nemmeno una volta negli ultimi due giorni. Era stato la sua roccia. Aveva mantenuto la calma anche quando era stato picchiato dai soldati russi.

Ma ora? Era creta nelle sue mani e ciò le restituì un po' della fiducia che aveva perso. Era inebriante sapere che gli stava procurando un piacere tale da farlo tremare.

«Non durerò a lungo» la avvertì.

«Bene. Voglio vederlo. Voglio sentire il tuo seme sulla mia mano. Sulla pelle» replicò, sentendosi estremamente sexy. Gli era molto vicina, e il pensiero che il suo sperma schizzando fuori le colpisse il corpo, era più erotico di qualsiasi altra cosa avesse mai fatto.

Shawn non si era sbagliato, non ci volle molto perché il piacere lo travolgesse.

Le afferrò di scatto la nuca con una presa forte. Con l'altra le cinse la vita, facendo penetrare le dita nella sua pelle. Si sentiva circondata, completamente in sintonia con lui.

Shawn spinse in avanti in fianchi in preda all'orgasmo. Lo sperma uscì dalla punta del suo cazzo e le schizzò sulla pancia. Era caldo e liscio, e Maggie non riuscì a trattenere un sorriso. Era stata lei a farlo accadere. Gli aveva fatto perdere quel controllo ferreo che la eccitava tanto.

Continuò ad accarezzarlo, assicurandosi di far uscire ogni singola goccia. Con sua sorpresa, lui era ancora mezzo duro quando all'improvviso le afferrò il polso, interrompendo le sue carezze delicate.

Le girò la mano e gliela mise sulla pancia. Poi spalmarono insieme lo sperma sulla sua pelle; lo sguardo di Shawn era incollato alle loro mani e al suo corpo.

«Maledettamente sexy» mormorò, e si spostò di lato per lasciare che l'acqua le scendesse sul busto. Il suo seme fu rapidamente lavato via, e si girò per chiudere il miscelatore. Si sporse dalla doccia e prese l'asciugamano che aveva appoggiato fuori prima, poi iniziò ad asciugare Maggie in modo rapido ed efficiente.

«Posso farlo da sola» gli disse.

«Lo so, ma voglio farlo io.»

Si stava comportando in modo un po' strano, e Maggie non ne capiva il motivo. Così rimase ferma e si lasciò asciugare. Poi lui si passò velocemente l'asciugamano sul corpo, lo gettò a terra e uscì dalla doccia. Le prese la mano e la trascinò fuori dal bagno e fino al letto.

Tirò indietro il piumone e disse in tono roco: «Sali.»

Maggie deglutì a fatica, avendo difficoltà a interpretare il suo stato d'animo, e fece come ordinato. Non si era ancora distesa completamente che Shawn fu sopra di lei. Il suo cazzo le sfiorò il pube, facendola dimenare.

«È stato... non so cosa sia stato» le disse, fissandola negli occhi. «La perfezione. Un sogno diventato realtà. Un miracolo.»

Ogni muscolo del suo corpo si rilassò. Per un attimo aveva pensato che lui fosse sconvolto per ciò che era successo. Ma sembrava che non fosse così.

«Non sono l'uomo più esperto, ma voglio che sia bello per te. Di cos'hai bisogno? Della mia bocca? Delle mie dita? So che sei esausta, quindi probabilmente vorresti solo dormire, ma dimmi, Maggie. Di cos'hai bisogno da me? Dimmelo e sarà tuo.»

«Di te, Shawn. Ho solo bisogno di te.»

«Mi hai.»

Sorrise a quell'affermazione. «*Dentro*. Ho bisogno di te dentro di me.»

«Come? In modo tranquillo o duro?»

Era tutta indolenzita a causa degli ultimi giorni. Non era abituata a sforzi fisici come quelli fatti di recente. «In modo tranquillo» rispose.

«Ogni tuo desiderio è un ordine.»

Procedette a fare l'amore con lei con dolcezza e riverenza, e Maggie non si era mai sentita così amata.

La fece venire due volte, poi dovette esortarlo a prendersi il proprio piacere. Anche nel bel mezzo del *suo* orgasmo non la penetrò con forza. Si limitò a rimanere in profondità nel suo corpo e a venire a lungo e intensamente.

Poi rotolò e la strinse a sé, coprendoli entrambi con il piumone.

Maggie sospirò contro di lui. Essere circondata dalle sue braccia le dava una sensazione incredibile. Era stata così a lungo senza avere un contatto umano, che quello le sembrò un miracolo. Il *suo* miracolo.

L'indomani la situazione avrebbe potuto precipitare, ma per il momento si accontentava di crogiolarsi nell'amore di Shawn. Sentì le sue labbra sulla fronte e sospirò soddisfatta.

«Dormi, Maggie.»

«Dobbiamo puntare la sveglia?» chiese assonnata.

«Già fatto.»

«Hai chiamato Kevlar?»

«Lo farò. Non preoccuparti.»

Non preoccuparti. Quand'era stata l'ultima volta che era stata abbastanza spensierata da non preoccuparsi? Prima di incontrare Roman, di sicuro. Frequentarlo era stato... stressante. Maggie si era sempre sentita in dovere di essere all'altezza di ciò che lui pensava fosse la propria magnificenza. Ogni volta che era stata accanto a lui le era sembrato di essere inadeguata. Per quello che indossava, per come si comportava, per ciò che diceva. Ma con Shawn, poteva essere semplicemente sé stessa.

Maggie stava ancora cercando di capire chi fosse, perché il carcere l'aveva cambiata. Era più diffidente, meno fiduciosa, meno disposta a credere alle persone. Ma in qualche modo, con quell'uomo e i suoi amici, stava diventando più sicura di sé.

«Devo chiamare Julie» borbottò.

«Lo faremo domani. Dormi, Maggie. Sei esausta e, francamente, lo sono anch'io. Domani arriverà fin troppo presto e dovremo preoccuparci del mondo reale.»

«Ok» farfugliò.

«Ti amo» disse Shawn.

«Ti amo anch'io» replicò lei con un piccolo sorriso. Poi si addormentò profondamente, confidando che l'uomo che la stringeva tra le braccia l'avrebbe tenuta al sicuro.

CAPITOLO VENTUNO

PREACHER FECE un respiro profondo e cercò di rilassarsi. Erano le dieci e un quarto e la squadra si era riunita a casa di Safe per discutere la faccenda di Robertson. Josie era a casa di MacGyver con i bambini. Maggie era seduta nervosamente al tavolo vicino alla cucina. Kevlar aveva comprato alcune cose per lei prima della riunione, poi aveva chiamato Dude e Benny perché andassero con Wren e Remi all'appartamento di Adina per prendere altre cose.

Quella mattina aveva accettato di trasferirsi temporaneamente da lui, finché la situazione con Robertson non fosse stata risolta.

Avrebbe dovuto essere entusiasta del fatto che sarebbe stata nei suoi spazi per il prossimo futuro, ma lo preoccupava che lei pensasse di non avere scelta. Non gli era sfuggito che Maggie non aveva una casa vera e propria. Dopo essere uscita in libertà vigilata era rimasta da Adina perché non aveva avuto un altro posto dove andare. E ora si era trasferita di nuovo, a causa di circostanze non dipendenti dal suo controllo. L'ultima cosa che voleva era che lei avesse accettato perché si era sentita messa alle strette. Voleva che stesse lì perché *lei* lo desiderava. Quella mattina gli aveva detto che era felice di stare con lui, ma Preacher era comunque preoccupato.

Inoltre, c'era Robertson. Quell'uomo era una minaccia. Una bella grande. Non solo per Maggie, ma anche per il team SEAL, per le altre donne e persino per il personale della Marina. Era impossibile sapere cos'avrebbe fatto per sfuggire alla giustizia. Aveva già dimostrato di non avere problemi a far ricadere la colpa delle sue azioni sugli altri.

«Ho parlato con Tex stamattina, e quello che è riuscito a scoprire finora... non è bello» disse Kevlar.

«Stamattina?» chiese MacGyver. «Credevo che si sarebbe unito per telefono a questa riunione.» Il suo compagno di squadra aveva le occhiaie e Preacher si chiese se avesse dormito almeno un po'. Era ovviamente stressato per Artem, Borysko e Yana, ma era lì, e ciò significava tutto per lui.

«Sì, lo farà. Ma mi sono alzato presto e non volevo aspettare per aggiornarlo. Il pensiero che Robertson possa rovinare non solo le nostre carriere, ma anche quelle di altre squadre SEAL, è talmente inqualificabile da sembrare incredibile.»

Preacher annuì, come tutti gli altri uomini. A nessuno andava giù che il contrammiraglio usasse il suo potere in modo inappropriato.

«Non farà nulla di persona» disse Flash. «È un codardo. Se ha intenzione di fregare di nuovo Maggie, manderà uno dei suoi tirapiedi.»

«Sono d'accordo. Per questo Tex sta cercando di capire chi

fa il lavoro sporco per Robertson. Finora ha trovato alcuni marinai, oltre a un paio di spacciatori pregiudicati.»

«Davvero?» chiese Maggie.

«E pensa che sia solo la punta dell'iceberg» disse Kevlar con un cenno del capo. «Tex ha anche degli amici hacker che ci stanno lavorando. Una donna nel Texas e un'altra nel New Mexico. E anche Rex, che tutti conosciamo... il leader dei Mercenari di Montagna. È la loro priorità al momento. Stanno vagliando in modo approfondito soprattutto il caso irrisolto della moglie scomparsa. Compresi i rapporti sui resti non identificati che sono stati trovati nella zona in cui viveva, per vedere se qualcuno di essi può essere ricondotto a lei e quindi a Robertson.»

Maggie abbassò lo sguardo, e Preacher capì che stava cercando di non piangere. Le si avvicinò e tirò fuori la sedia accanto alla sua. Si sedette, le prese la mano e se la posò sulla coscia.

«Quindi... adesso che succede?» chiese. «Cosa facciamo mentre aspettiamo che Tex e i suoi amici facciano le loro cose? Non è proprio sicuro per noi tornare al lavoro.»

«Ho parlato anche con il comandante» disse Kevlar. «È incazzato. È d'accordo sul fatto che Robertson abbia contribuito a far finire Maggie in una cassa su quell'aereo. Ci ha messo nella lista "no missioni" per il momento. Naturalmente Robertson ha il potere di revocare l'ordine, ma se dovesse farlo, sarà ancora più evidente che è colpevole di tutto ciò di cui lo accusiamo.»

«E Maggie? Come facciamo a proteggerla?» domandò Preacher.

Nessuno parlò per quelli che sembrarono minuti, ma che

probabilmente furono solo pochi secondi. Sentì la mano di Maggie stringere la sua.

In quel momento squillò il telefono di Kevlar, e lui lo mise subito in vivavoce. «Tex» rispose, sapendo che era l'ex SEAL.

La conversazione continuò come se non fosse stata interrotta.

«Non deve rimanere mai da sola. Uno di noi deve essere sempre con lei» disse Safe.

«Anche andare a lavorare è probabilmente una brutta idea» concordò Smiley.

«Farà tutto ciò che è in suo potere per assicurarsi che non possa testimoniare contro di lui quando alla fine sarà processato. E *dovrà* ammettere ciò che ha fatto, Tex se ne assicurerà» aggiunse Kevlar.

«No.»

Se non fosse per il fatto che non c'era nulla di divertente in quella situazione, Preacher avrebbe considerato comico il modo in cui tutte le teste si girarono a fissare Maggie, e fece del suo meglio per mantenere la calma. «No cosa?» le chiese

«Mi ha mandata in prigione una volta, non gli permetterò di farlo di nuovo. Non mi va di nascondermi come una codarda, ma non mi dà fastidio avere qualcuno con me... non sono stupida e non voglio rischiare di essere rapita di nuovo e di essere mandata in qualche altra zona di guerra solo perché lui possa liberarsi di me. Inoltre, non mi va di lasciare il mio lavoro perché mi *piace*. Ma so che starmi vicino potrebbe mettere in pericolo altre persone, ed è l'ultima cosa che voglio. È già abbastanza grave che il fatto che *siate* in contatto con me vi abbia messi tutti nel suo mirino. Questa cosa deve finire. *Subito*.»

Preacher si sentì rivoltare lo stomaco. «Cosa intendi dire?»

«Non riuscirà a resistere alla possibilità di parlarmi se ne avrà l'occasione. Vorrà esercitare il suo potere su di me. Minacciarmi. Probabilmente si vanterà di tutte le cose che ha già fatto. Gongolerà per quello che *avrà intenzione* di fare. Se riusciamo a registrare tutto, sarà d'aiuto per sostenere le accuse. Oh! E mi ero completamente dimenticata che ho ancora la registrazione dell'ultima telefonata che mi ha fatto.»

«Esatto» disse Tex dal telefono. «Puoi mandarmela... il prima possibile?»

«Certo. Però è sul mio portatile nell'appartamento.»

«Posso andare io, così la scarico e te la mando, Tex» disse Kevlar.

«Ottimo.»

«Penso ancora che sarebbe una buona idea fargli ammettere quello che mi ha fatto. La faccenda dell'Ucraina» sostenne Maggie. «La registrazione sul telefono è piuttosto grave, incriminante, ma se un avvocato dicesse che non è lui? Non ci sono altre prove che sia effettivamente lui quello che mi minaccia. Se riuscissimo a ottenere delle registrazioni audio e video in cui si vanta di quello che ha fatto...»

«No» la interruppe Preacher con fermezza, prima che potesse finire di esprimere il suo pensiero.

«Direi che non è l'idea migliore» concordò Blink.

«Sono d'accordo con loro» aggiunse MacGyver.

«Potrebbe funzionare» disse Smiley.

Preacher lanciò all'amico un'occhiata letale.

«Non sto dicendo di lasciarla entrare nel suo ufficio per avere un faccia a faccia... anche se, ora che ci penso, non è nemmeno la peggiore delle idee. Non potrà fare nulla mentre lei è nel *suo* territorio. Sembra che lavori meglio al di fuori del posto di lavoro. Quindi, se lei si presenta alla base, dove c'è gente intorno, lui non sarà in grado di rapirla o di farle del male.»

«Mi stai prendendo per il culo? Non puoi essere così stupido» sbottò Preacher.

«Credo che non rischierebbe di dire qualcosa nel suo ufficio che qualcuno potrebbe sentire» commentò Safe.

«Ok, giusta osservazione. Ma se si incontrassero per caso in un parcheggio della base? Senza nessuno abbastanza vicino in ascolto, lui potrebbe sentirsi sicuro e dirle cos'ha pianificato di farle. E ovviamente, per sicurezza, noi saremmo tutti nascosti lì intorno a osservare e a registrare.»

Preacher fece un respiro profondo. Avrebbe voluto picchiare a sangue Smiley anche solo per aver suggerito a Maggie di affrontare Robertson faccia a faccia, ma doveva anche ammettere che l'idea aveva i suoi meriti. Da un lato, c'era una buona probabilità che se avesse saputo di essere indagato sarebbe diventato paranoico e ancora *più* attento a ciò che diceva e a chi. Dall'altro, era un bastardo presuntuoso. Uno che pensava di essere più intelligente di tutti quelli che lo circondavano. Avrebbe potuto commettere un errore. E finché avessero avuto il controllo su come e quando lui e Maggie si sarebbero incontrati, il contrammiraglio non avrebbe potuto fare nulla per ferirla.

«Sì. Facciamolo» disse Maggie.

Kevlar si accigliò. «Non sono molto sicuro della cosa. Non mi fido per niente di quell'uomo.»

«Neanche io» replicò lei. «Ma non voglio nemmeno passare la vita a guardarmi le spalle, chiedendomi quando colpirà. La prossima volta potrebbe mettere della droga in una qualsiasi delle *vostre* auto, o "dimenticarsi" di dare l'ordine di far caricare le munizioni per vostra la prossima missione. O, peggio, potrebbe svelare la vostra posizione ai nemici. Ammetto che fare da esca è stato piuttosto orribile in Ucraina, ma il fine giustificava i mezzi: io sono qui, MacGyver è qui, così come Shawn. Mi sono sentita impotente contro di lui per tanto tempo. Vi prego, lasciate che vi aiuti a sconfiggerlo.»

«Cazzo» mormorò Blink. «Come possiamo opporci a questa richiesta?»

«Se dovessimo farlo» disse Preacher con foga, «abbiamo bisogno dell'approvazione e dell'assistenza dell'NCIS. Non esiste che facciamo qualcosa che possa finire per non essere ammissibile in tribunale.»

«Sono d'accordo» confermò Kevlar. «Parlerò con il comandante. Aveva comunque intenzione di contattare l'NCIS, in modo da farli partecipare all'operazione.»

«Grazie» disse Maggie, rivolgendosi al gruppo. «Non posso sopportare il pensiero che qualcun altro venga coinvolto nelle sue bugie e accusato di qualcosa che non ha fatto.»

A Preacher tutto ciò non piaceva affatto, ma non riusciva a pensare a cos'altro avrebbero potuto fare per tenerla al sicuro, se non fuggire dal Paese, cosa che alla fine l'avrebbe messa ancora *di più* nei guai. Però, onestamente, non si trattava più solo di lei. Robertson stava abusando del suo potere ed era impossibile dire cos'avrebbe fatto ad altri membri della Marina in futuro. Doveva essere fermato per il bene dell'istituzione e del Paese, e per quello di tutti gli uomini e le donne che avrebbe potuto nuocere con i suoi ordini.

Non aveva mai sentito di qualcuno che avesse abusato del proprio potere come stava facendo Robertson. Era stato ben consapevole delle sue azioni quando aveva mandato la squadra SEAL a consegnare quelle casse. E loro avevano dubitato di quella missione ancor prima di scoprire che in una di esse c'era Maggie. Quell'uomo era fuori di testa, e chiaramente si sentiva invincibile se pensava di farla franca trasferendo di nascosto una persona fuori dal Paese per lasciarla morire in una zona di guerra.

Poco dopo la decisione di far incontrare Maggie con Roman il gruppo si separò. Preacher avrebbe voluto portarla a casa, nasconderla, ma lei insistette per fermarsi al My Sister's Closet per parlare con Julie. E ciò portò a sua volta ad andare all'Aces Bar and Grill per un pranzo tardivo. Per coincidenza c'erano anche Jessyka, Caroline e Alabama, che finirono per requisire Maggie e dire a Preacher di andarsene, perché avevano cose da donne di cui parlare.

Dato che lei sembrò felice di stare lì a chiacchierare con loro, lui si mise in disparte. Continuò a tenerla d'occhio, ma con il passare del pomeriggio si rilassò un po'. Nessuno le avrebbe torto un capello finché fosse stato lì. Lei era...

Preacher non riusciva a trovare il termine migliore per descrivere la donna di cui si era innamorato perdutamente. Era tutto ciò che aveva sempre desiderato in una compagna. E che fosse dannato se l'avrebbe persa per uno stronzo che si eccitava esercitando il suo potere sugli altri.

Erano circa le tre e mezza quando il telefono di Maggie squillò. Preacher la stava fissando, cercando di capire come fosse messa mentalmente, quando la vide tirare fuori il cellulare, quello che Kevlar le aveva portato quella mattina insieme a un cambio di vestiti.

Notò l'istante in cui tutto il sangue defluì dal suo viso, mentre ascoltava la persona che aveva chiamato.

Preacher sentì una scarica di adrenalina, e si alzò così velocemente da far traballare la sedia. Si precipitò da Maggie e vide che le altre donne avevano lo stesso sguardo preoccupato. Ma tutta la sua attenzione era rivolta a lei.

«Sì, signore. Capisco. Posso spiegare tutto. Mm-mm. Ok. Ora? Va bene.» Guardò l'orologio. «Posso essere lì tra venti minuti. Sì, signore. Arrivederci.»

«Chi era? Dove puoi essere tra venti minuti?» chiese Preacher.

Le tremavano le mani mentre riponeva il telefono nella borsa. «Era qualcuno dell'ufficio della mia responsabile. Hanno sentito che ho fatto un viaggio all'estero, che è contro i termini della libertà vigilata. Mi ha detto che avrei dovuto andare lì immediatamente così che lei potesse valutare cos'era successo... e se sarei dovuta tornare in prigione.»

«Sono stronzate!»

«No, non è giusto! Non *volevi* lasciare il Paese!»

«Chiamo Tex. Lui sistemerà tutto.»

Preacher ignorò le altre donne. Non che non condividesse la loro indignazione, ma era più preoccupato per l'espressione spaventata di Maggie. Afferrò una sedia da un tavolo vicino e si sedette, poi le prese il viso tra le mani. «Guardami» le ordinò.

Portò subito gli occhi sui suoi.

«Sistemeremo questa cosa.»

«Non posso tornare lì» sussurrò angosciata. «Non posso!»

«Non ci tornerai.»

«Certo che non ci tornerà» disse Caroline, armeggiando con il suo telefono. «Tex se ne assicurerà.» Premette un tasto, si portò il cellulare all'orecchio, poi spinse indietro la sedia e si alzò, dirigendosi verso un angolo più tranquillo del bar.

Dagli occhi di Maggie iniziarono a scendere delle lacrime, e ognuna gli squarciò il cuore. «Cosa vuoi fare?» le chiese.

«Fare?» domandò con la fronte aggrottata.

«Vuoi che andiamo in Messico? Aspettiamo domani per incontrare la tua responsabile, dopo che avremo preso accordi per portare con noi il comandante e un avvocato? O il pilota dell'elicottero che era lì quando quella dannata cassa in cui eri rinchiusa si è aperta dopo essere atterrata? Qualunque cosa tu voglia fare, la farò accadere.»

Lo fissò per un lungo momento. «Verresti in Messico con me?» chiese sommessamente.

«In un batter d'occhio.»

«Ma questo rovinerebbe la tua carriera. Probabilmente verresti accusato di aver aiutato una fuggitiva.» Preacher scrollò le spalle. «Non m'importa. In questo momento mi interessa solo far sparire quell'espressione inorridita dal tuo viso.» Maggie chiuse gli occhi e sospirò. «Non posso scappare. Fare una vita da braccata mi sembra un inferno ancora peggiore. Inoltre, faccio schifo con le lingue straniere. Ho rischiato di non laurearmi per colpa del francese.» Aprì gli occhi e lo fissò. «Devo andare subito all'ufficio, altrimenti emetteranno un mandato di arresto. È quello che ha detto il tizio al telefono. Andrò lì e parlerò con loro, spiegherò cos'è successo. Magari puoi darmi il numero del tuo comandante in modo che possa passarlo alla mia responsabile. Forse può garantire per me?»

«Certo. E Caroline ha ragione, Tex risolverà tutto. Dobbiamo solo mantenere la calma. Ok?»

Maggie si leccò le labbra. «Ok.» Ma Preacher notò che era tutt'altro che calma. Riusciva letteralmente a vedere la pulsazione sul suo collo e a percepire il lieve tremore del suo corpo sotto le mani.

Odiava ciò che stava subendo. Lo detestava. Non era mai

stato il tipo di SEAL che si divertiva a togliere la vita a un'altra persona, ma se il contrammiraglio Robertson fosse stato lì davanti a lui in quel momento, gli avrebbe spezzato il collo senza provare un briciolo di rimorso.

«Forza, andiamo. Cheyenne, chiameresti Kevlar per fargli sapere cosa sta succedendo?» le chiese Preacher.

«Certo.»

«E io chiamerò Abe. Così radunerà il resto della truppa. Non preoccuparti, Maggie. I nostri ragazzi troveranno una soluzione» le disse Alabama.

Lei annuì e cercò di sorridere, ma capirono tutti che era un'espressione forzata.

Preacher le prese la mano e la condusse fino alla porta del bar. La sua mente era un turbinio di pensieri. Doveva decidere cosa dire alla responsabile di Maggie per convincerla che non era andata in viaggio di piacere in Ucraina. Era un pensiero ridicolo, ma la verità era che lasciare il Paese andava contro i termini della libertà vigilata. Lo Stato aveva tutto il diritto di rimetterla dietro le sbarre finché quel casino non fosse stato risolto. Ma sperava che ciò non sarebbe accaduto prima di poter dimostrare che Maggie non aveva avuto scelta. Che era stata *rapita* e rinchiusa in una cassa.

Accidenti, se necessario avrebbe portato lì Artem, Borysko e Yana. Avrebbe fatto qualsiasi cosa perché quell'incubo finisse.

Lei gli strinse così forte le dita da fargli quasi male, ma Preacher non disse nulla. Sarebbe andato fino in capo al mondo per la donna al suo fianco, e lo uccideva il fatto di non avere delle parole magiche in quel momento per farla sentire meglio. Per sistemare la situazione. Non essere in grado di aiutare la donna che amava in uno dei periodi più stressanti della sua vita era doloroso come niente che avesse mai speri-mentato. Il suo cuore soffriva mentre la accompagnava verso l'edificio governativo di Riverton, ma Preacher giurò che, qualunque cosa fosse accaduta, sarebbe stato la sua roccia. Il suo protettore. L'unica persona al mondo su cui poter fare affi-damento.

CAPITOLO VENTIDUE

Maggie stava congelando. In realtà fuori non faceva freddo, ma si sentiva gelata dentro. Quello era letteralmente il suo peggior incubo che si avverava. Aveva fatto tutto il possibile per rigare dritto, per non fare nulla di sbagliato, così non ci sarebbe stato motivo di rimetterla dietro le sbarre. Ok, usare l'account Uber di Adina non era stato esattamente legale, ma non aveva fatto del male a nessuno. Soprattutto perché aveva avuto il permesso della sua amica.

Nemmeno in un milione di anni avrebbe pensato che sarebbe potuta tornare in prigione per essere stata *rapita*. Non aveva avuto voce in capitolo su quello che le era successo. Dio, era *svenuta*. Ma nessuno le aveva creduto quando aveva detto di non avere idea che quella droga fosse nella sua macchina, perché mai avrebbero dovuto farlo adesso?

L'unica ragione per cui non stava urlando contro l'ingiustizia di tutto ciò era l'uomo che le stringeva la mano. Shawn la stava letteralmente tenendo insieme. La verità era che era terrorizzata. Più spaventata di quando si era alzata da dietro le macerie per farsi vedere da quei soldati russi. In Ucraina aveva avuto il controllo delle proprie azioni e delle conseguenze. Era stata in grado di nascondersi, di correre, di usare il cervello per fuggire.

Ora? Non poteva fare un accidente. Non c'era alcuna possibilità di correre o di nascondersi, e le conseguenze dipendevano da qualcun altro. La sua responsabile della libertà vigilata era generalmente piuttosto tranquilla. Era stata gentile ogni volta che l'aveva incontrata. Doveva solo sperare che avrebbe provato ancora un po' di compassione nei suoi confronti quando si sarebbero viste entro pochi minuti.

Solo camminare fino all'edificio le faceva venire da vomitare. Una volta che la porta si chiuse dietro di loro, Maggie ne sentì il peso fin dentro l'anima; pregò di poter uscire dalla stessa porta molto presto.

«Tex ci sta lavorando» le disse sommessamente Shawn, mentre entravano nell'ascensore che li avrebbe condotti al terzo piano. «Caroline ha scritto un messaggio e ha detto che è incazzata nera. Che non è possibile che lo Stato possa rinchiuderti per aver lasciato il Paese contro la tua volontà.»

Maggie annuì, ancora un po' intontita. Era davvero bello avere dei sostenitori così leali, ma al momento non era convinta che avrebbe fatto la differenza. Le regole erano regole, ed era pietrificata all'idea di passare la notte, o le successive, dietro le sbarre.

All'improvviso avrebbe voluto allontanarsi da Shawn, dirgli di non essere la donna adatta a lui... ma non era così forte. Aveva bisogno di averlo vicino. Lui era l'unica cosa che le impediva di sprofondare in un baratro di disperazione.

L'ascensore suonò una volta raggiunto il terzo piano e Shawn la condusse verso la persona seduta alla reception.

«Maggie Lionetti, ha un appuntamento» disse lui con sicurezza, come se lo avesse fatto un milione di volte.

La donna guardò lo schermo del computer e annuì. «Oltrepassate le doppie porte e accomodatevi lì dentro. Qualcuno verrà a chiamarla tra un attimo.»

Il rumore di ogni porta che si chiudeva dietro di lei era come una campana a morto. Maggie riusciva ancora a ricordare il suono di quella della sua cella quando veniva bloccata di sera, e sebbene le porte a vetri non sembrassero nemmeno chiuse, nella sua immaginazione erano uguali.

Si sedettero e lei fece del suo meglio per non andare in iperventilazione.

«Va tutto bene. Stai tranquilla» le disse, stringendole la mano.

Non andava bene affatto e non poteva essere tranquilla. Ma Shawn pensava che lei fosse forte, glielo aveva detto più di una volta, e non voleva fare nulla che potesse fargli cambiare idea.

La verità era che era terrorizzata da Roman. Quell'uomo aveva dimostrato un sacco di volte di cosa era capace e che si sarebbe servito di chiunque per esercitare il suo dominio.

Avevano bisogno di qualcosa di più della registrazione delle sue minacce sul telefono per annientarlo. La prova che aveva ucciso sua moglie sarebbe stata un buon inizio, e se Roman fosse stato ritenuto responsabile per le cose che aveva fatto, doveva essere coraggiosa e affrontarlo.

Essere un'esca per i soldati russi era stato spaventoso, ma necessario. Aveva detto a Shawn che non voleva mai più fare niente del genere, ma, francamente, se avesse dovuto prendere quella decisione una seconda volta, avrebbe fatto di nuovo la stessa cosa pur di proteggere le persone a cui teneva.

E ora che ci pensava, era stato probabilmente Roman ad avvisare la sua responsabile della libertà vigilata per informarla che aveva lasciato il Paese. Era semplice chiamare e fare una soffiata anonima. Se voleva un faccia a faccia con il suo ex per ottenere le prove necessarie per assicurarsi che lui non sfruttasse e non facesse del male a nessun altro, doveva fare quell'incontro con la responsabile, spiegarle cosa stava succedendo e darle le informazioni di contatto del comandante di Shawn in modo che verificasse la sua storia. Per fortuna era una donna ragionevole e non era incline a denunciare le persone sotto la sua sorveglianza per ogni piccola infrazione. Credeva nelle seconde possibilità, cosa che in quel momento avrebbe potuto essere la sua salvezza.

Il suo piccolo discorso di incoraggiamento interiore la fece sentire un po' più sicura. Quel posto la spaventava a morte. L'edificio stesso sembrava un portale che riportava dritto in prigione. Ma aveva fatto tutto ciò che doveva per quanto riguardava la libertà vigilata. Ogni test antidroga era risultato negativo, si era presentata puntualmente dalla sua responsabile, non era mai arrivata in ritardo agli incontri. Anche quello di quel giorno sarebbe andato bene... *doveva*.

«Maggie Lionetti?» chiamò un uomo da un'altra porta. Shawn le mise una mano sulla guancia e le voltò la testa, così non ebbe altra scelta che guardarlo.

«Sarò qui. Appena arriveremo a casa chiameremo Tex e vedremo cosa pensa della registrazione che hai fatto. Finirà tutto presto, Maggie. Te lo prometto.»

Deglutì a fatica e annuì.

Lui si sporse in avanti e la baciò. «Ce la farai» la rassicurò.

Fece un respiro profondo, poi si alzò e si diresse verso l'uomo che l'aveva chiamata, il quale annuì ma non sorrise. La porta si chiuse dietro di loro e lei rabbrividì allo scatto della serratura, ma cercò di ignorarlo.

Stava pensando al modo più breve per spiegare alla sua responsabile cosa stava succedendo nella sua vita, quando l'uomo che stava seguendo si voltò all'improvviso e le afferrò il braccio... e lei sentì qualcosa di pungente contro il fianco.

«Non dire una parola» le sibilò. «Altrimenti ti sventro all'istante.» Maggie abbassò lo sguardo e vide che le aveva premuto addosso un coltello seghettato. Tentò di allontanarsi d'istinto, ma lui la strattonò verso di sé e la lama le penetrò nella maglietta. Sussultò all'improvviso dolore che si irradiò quando le lacerò la pelle. «Lo farò. Non ho niente da perdere. Non è una questione personale. Robertson ha in mano tutte le cazzo di carte: la mia carriera, il mio matrimonio, tutta la mia vita. Quindi fai la brava e andrà tutto bene.»

Non era vero, lo sapeva meglio di chiunque altro, ma era ovvio che anche quell'uomo le avrebbe fatto del male se non gli avesse obbedito. Era fottuta in ogni caso.

La trascinò lungo il corridoio e uscirono da una porta che conduceva a delle scale. Rischiò di inciampare più volte mentre lui praticamente scendeva di corsa i tre piani fino al piano terra. Un gradino sì e uno no il coltello le pungeva la carne, e sentiva il sangue inzupparle la maglietta nera, facendola attaccare alla pelle.

Lasciare una traccia sarebbe stato positivo, ma non pensava che la sua ferita fosse così grave... o almeno non stava *ancora* sanguinando così tanto.

Poi le venne in mente qualcos'altro: le telecamere. Alzò lo

sguardo e ne vide una nell'angolo del pianerottolo, puntata verso la porta che conduceva all'esterno.

«Non funzionano» disse l'uomo quasi con indifferenza. «Le telecamere, intendo. Ti ho visto guardare quella. Credevi davvero che non ci avrebbe pensato?»

Merda. Non ci sarebbe stata alcuna traccia di dove fosse andata. Shawn alla fine si sarebbe preoccupato del fatto che l'incontro si stava protraendo troppo, e una volta resosi conto che lei non era nell'edificio, avrebbe fatto tutto il possibile per trovarla. Ma come?

Maggie stava iniziando a pensare che sarebbe finita come la moglie di Roman, che tanti anni prima era sparita senza lasciare traccia. La polizia sarebbe rimasta sconcertata, i suoi nuovi amici sarebbero stati preoccupati e incazzati, ma non sarebbe servito a niente. Se Roman avesse avuto la meglio, non l'avrebbero mai trovata.

Si sentì prendere dalla disperazione. Supponeva che avrebbe dovuto essere spaventata, che avrebbe dovuto cercare di capire come uscire da quella brutta situazione, ma, al momento, tutto ciò a cui riusciva a pensare era che non avrebbe passato il resto della vita con Shawn. Non avrebbe mai potuto conoscere meglio Remi, Wren e Josie. Non sarebbe mai diventata madre. Non sarebbe invecchiata con Shawn al suo fianco. Tutti i sogni che aveva per il futuro stavano scomparendo in una nuvola di fumo.

L'uomo che la teneva le stava sicuramente lasciando dei lividi sulla parte superiore del braccio. La stringeva così forte che sembrava le stesse bloccando la circolazione in tutto l'arto. Uscì dall'edificio e si diresse verso un veicolo nero a quattro porte che era in attesa accanto al marciapiede. I finestrini erano oscurati e Maggie non riuscì a vedere chi ci fosse al volante.

Il tizio spalancò la portiera posteriore e praticamente la gettò dentro. Non disse una parola, si limitò a richiuderla, sbattendola, e si voltò per tornare di nuovo verso l'edificio. Mentre l'auto cominciava ad allontanarsi dal marciapiede, lo vide scomparire al di là della porta delle scale, probabilmente per tornare al terzo piano e fingere di non aver visto nulla di ciò che era successo dopo che l'aveva condotta in una stanza ad aspettare l'arrivo della sua responsabile della libertà vigilata.

«Ciao, Maggie.»

Si voltò di scatto, fissando incredula l'uomo al volante. Era stata così concentrata sullo stronzo che l'aveva costretta a uscire dall'edificio, che non aveva pensato di guardare l'autista.

«Roman» sussurrò.

«Sei una donna difficile da far sparire» disse quasi pigramente.

Non riusciva a credere che fosse lì. Che avesse avuto il coraggio di partecipare in prima persona al suo rapimento. Avrebbe voluto strappargli gli occhi. Saltare sul sedile davanti e attaccarlo, fargli fare un incidente così da poter uscire dall'auto e allontanarsi dalla sua malvagità. Ma c'era una barriera di metallo tra i sedili anteriori e quelli posteriori. Non avrebbe potuto fargli un accidente mentre guidava.

«Ti avevo detto di tenere la bocca chiusa. Ma non l'hai fatto. Ti avevo avvertita che se avessi sentito anche solo una parola sul fatto che il tuo ragazzo SEAL o i suoi amici chiedevano di me, non sarebbe finita bene per te. Ma non mi faranno fuori. Nessuno può farlo. Sono intoccabile.»

«Ti sbagli» riuscì a dire.

Lui rise, e quel suono le fece venire i brividi sulla nuca.

«E cos'avresti intenzione di fare? Sembra che in questo momento abbia io il coltello dalla parte del manico. Le portiere posteriori non possono essere aperte dall'interno e non puoi farmi fare un incidente. Non andrai da nessuna parte finché non saremo arrivati alla nostra destinazione.»

«E dove sarebbe?» non poté fare a meno di chiedere.

«C'è una bella spiaggetta che conosco. È deserta, fuori mano, non troppo lontana dal tuo appartamento, in realtà. Sarà un peccato quando la gente troverà il biglietto d'addio che hai lasciato prima di suicidarti nell'oceano.»

«Nessuno crederà che mi sono suicidata» disse Maggie con la voce un po' tremante, e non ferma come avrebbe voluto.

«Non importa. Tanto il tuo corpo non verrà mai trovato e non potranno verificare nulla. Inoltre, anche se lo trovassero, un'autopsia confermerebbe la presenza di acqua nei polmoni. Un classico annegamento.»

Roman era davvero pazzo. Stava parlando di ucciderla con la stessa calma con cui avrebbe parlato del tempo.

«Non la farai franca» disse quasi disperatamente.

«Certo che sì. Non hai idea di quanti contatti ho. Nel dipartimento di polizia, in Marina, nell'amministrazione comunale, gli spacciatori... tutti quelli con cui sono entrato in contatto mi devono qualcosa. O io ho in mano qualcosa che posso usare contro di loro. Tutti fanno *quello* che voglio, *quando* voglio che venga fatto. Non l'hai ancora capito?»

Maggie deglutì a fatica. Stava davvero realizzando che sarebbe morta. «Lascia in pace Shawn e i suoi amici» disse con voce sommessa. Non aveva problemi a implorare, avrebbe fatto qualsiasi cosa per assicurarsi che l'uomo che amava fosse al sicuro.

«Non succederà» replicò Roman quasi allegramente. «Ho dei piani per loro. Credono di essere i migliori. Notizia flash: non lo sono. Possono avere anche il contrassegno "no missioni" in questo momento, ma alla fine verrà rimosso... e so esattamente poi dove andranno.» Rise di nuovo. Fu un suono così malvagio che Maggie rabbrividì di terrore.

«Siediti e rilassati, amore. Arriveremo presto.»

Aveva difficoltà a respirare. Sembrava che non ci fosse modo di fermare quell'uomo. Era l'incarnazione del male e lei era intrappolata nella sua meschina ragnatela.

Sussultò quando si voltò leggermente per guardare fuori dal finestrino. Le faceva male il fianco. Andò a toccarsi la ferita con una mano, e il sangue le imbrattò le dita. D'istinto, se le pulì sul sedile di pelle. Guardava un sacco di programmi polizieschi alla TV, e pensò che se fosse riuscita a lasciare del DNA, qualcuno che non era sotto il controllo di Roman forse un giorno lo avrebbe trovato.

Cercando di essere il più furtiva possibile, infilò le dita sotto la maglietta, raccolse dell'altro sangue e poi se le pulì sotto il bordo del sedile, dietro la maniglia della portiera, persino sulla cintura di sicurezza che non si era preoccupata di allacciare, cercando di lasciare una traccia affinché qualcuno della scientifica potesse scoprire che era stata su quel sedile, anche se fosse successo da lì a un decennio.

Mentre viaggiavano per le strade di Riverton, la speranza che qualcuno sarebbe andato a salvarla svanì rapidamente. Sì, Shawn si sarebbe accorto che se n'era andata, ma ormai sarebbe stato troppo tardi. E non c'era alcuna possibilità di rintracciarla. Tex, il suo amico genio del computer, ci avrebbe provato, ma non avrebbe mai potuto trovarla in fretta. Avevano già percorso metà della strada verso l'appartamento che aveva condiviso con Adina, e se la spiaggia dove Roman la stava portando era davvero vicina a dove aveva vissuto, non le restava molto tempo.

Era in preda alle emozioni, oscillavano tra la rabbia e il dolore. Ma più restava seduta lì a fissare la parte posteriore del taglio di capelli militare di quel mostro, più si arrabbiava.

Come osava giocare a fare Dio in quel modo! Non era giusto! Forse non sarebbe sopravvissuta, ma avrebbe fatto tutto il necessario per lasciare il suo segno su di lui. L'NCIS non avrebbe potuto ignorare i graffi sul suo viso, i lividi sul suo corpo. Avrebbe combattuto. Forse non sarebbe servito a nulla per quanto riguardava la sua vita, ma magari avrebbe potuto ferirlo abbastanza per dimostrare che lui aveva avuto qualcosa a che fare con il suo presunto suicidio.

«Non manca molto ormai» la schernì Roman.

Maggie strinse le labbra e ripassò mentalmente le sue mosse successive. Non appena avesse aperto la portiera posteriore, avrebbe scoperto che non era più la donna docile e intimidita che aveva manipolato e mandato in prigione due anni prima. Era cambiata. E quello stronzo non le avrebbe portato via la sua nuova vita senza dover affrontare una lotta agguerrita.

———

Preacher guardò l'orologio. Erano passati dieci minuti da quando Maggie era andata a parlare con la sua responsabile. Praticamente un attimo... ma più stava seduto lì, più provava inquietudine. E aveva trascorso troppi anni come SEAL per ignorare il suo istinto.

Aveva sentito il clic della serratura che si bloccava dopo che lei era entrata, quindi aspettò che un uomo vicino a lui venisse chiamato e si alzasse per seguire l'agente, poi fece la sua mossa.

Afferrò la porta prima che si chiudesse ed entrò nell'area protetta.

«Ehi! Non può entrare qui» gli disse l'agente in tono severo.

Ma Preacher lo ignorò. «Maggie!» urlò, usando la sua voce da "SEAL", come la chiamavano lui e i suoi amici. Dominante, dura, alta.

Tante teste cominciarono a spuntare da dietro le varie porte dell'ufficio.

«Maggie!» ripeté.

«Deve andarsene, signore» provò di nuovo l'agente. L'uomo che era stato chiamato per il suo appuntamento era appoggiato al muro, con le braccia incrociate. Non si mostrò minimamente allarmato dalle azioni di Preacher. Anzi, sembrava divertito.

«Sono venuto qui con la mia ragazza. Si chiama Maggie Lionetti. Dov'è?» chiese.

L'ufficiale non era lo stesso che l'aveva convocata, e scrollò le spalle. «Non ne ho idea.»

«La trovi.»

«Signore, finirà nei guai per essere entrato qui» continuò l'uomo, invece di fare ciò che Preacher gli aveva chiesto.

«Maggie!» urlò ancora una volta.

Una donna di mezza età uscì da un ufficio e si diresse verso di lui. «Che sta succedendo qui?» chiese.

«Sto cercando Maggie Lionetti. È entrata qui dieci minuti fa per un appuntamento con la sua responsabile della libertà vigilata. Sto cercando di trovarla.»

La donna aggrottò la fronte. «Sono io la sua responsabile, e l'incontro con Maggie non è in programma per oggi.»

Ogni muscolo del corpo di Preacher si irrigidì. Non aveva idea di cosa stesse succedendo, ma aveva la sensazione che avesse tutto a che fare con Robertson. Non sarebbe stato difficile per lui chiamare Maggie, o farla chiamare da qualcun altro, e dirle che doveva andare lì per un incontro per poi intercettarla e portarla via da sotto il suo naso.

«Ci sono delle scale qui dentro?» sbraitò.

La donna sembrava ancora confusa, ma si voltò e indicò una porta in fondo al corridoio.

Preacher corse in quella direzione, ignorando l'agente che gli diceva di fermarsi. Il criminale che aveva guardato divertito la scena si unì alla confusione dicendo ad alta voce: «Vai, amico!»

Irrompendo dalla porta, Preacher imprecò. Era davvero stato facile far uscire Maggie dall'edificio senza che nessuno la vedesse. Tirò fuori il telefono precipitandosi giù per le scale. Avrebbe voluto chiamare la sua squadra, il loro aiuto sarebbe stato prezioso in quel momento, ma aveva solo una persona in mente: Tex.

«Ho appena ricevuto la registrazione» disse l'ex SEAL invece di salutare. «Non ho ancora avuto il tempo di analizzarla.»

«L'ha presa!» urlò, mentre scendeva di corsa le scale.

«Cazzo!» Tex non chiese chi, lo sapeva.

«Le ho infilato uno dei miei localizzatori nella borsa. Non

volevo spaventarla, quindi non gliel'ho detto. Ho bisogno che tu la trovi.»

«Me ne sto già occupando.»

Mentre usciva di corsa dall'edificio governativo, Preacher sentì le dita dell'uomo digitare su una tastiera. Si fermò sul marciapiede e guardò entrambi i lati della strada, ma non vide traccia di Maggie, di Robertson o di chiunque alto avrebbe potuto sembrare fuori posto. Corse a tutta velocità verso il parcheggio dove aveva lasciato la sua Malibu non molti minuti prima. Per fortuna non era troppo lontano.

Quando arrivò ad aprire la portiera e a mettersi al volante, Tex parlò.

«L'ho trovata.»

Provò un sollievo immediato. Quindi la sua borsa non era stata abbandonata durante il rapimento. Era comunque possibile che non ce l'avesse lei, ma Preacher non riusciva nemmeno a pensare a quell'eventualità.

«Si sta dirigendo verso sud-est. Sta per passare davanti al suo appartamento.» La sua voce era ferma. Per Preacher quella era la missione più importante della sua vita, ed era contento della calma e della professionalità di Tex.

Uscì dal parcheggio, ignorando i clacson delle auto a cui aveva tagliato la strada. Sfrecciò via, guidando in modo spericolato, ma con uno scopo. Poteva solo sperare di venire inseguito da un poliziotto, perché avrebbe avuto bisogno di tutta la potenza di fuoco e di tutti i testimoni possibili quando avesse raggiunto chiunque Roman aveva incaricato di rapire Maggie.

«Dov'è adesso?» chiese Preacher, ansimando. Stava respirando troppo velocemente, non riusciva a controllare le sue emozioni o la reazione del suo corpo allo stress e alla paura che stava provando. Roman non avrebbe dato a Maggie un'altra possibilità di scappare da lui. Era la fine. Se non l'avesse raggiunta, e in fretta, non aveva dubbi che non sarebbe sopravvissuta.

«Sta andando sempre nella stessa direzione» rispose Tex. «Ha appena superato il suo condominio.»

«Hai idea di dove la stia portando?»

«Non ancora. Potrebbe andare a sud, verso il Messico, ma è improbabile che provi a portarla oltre il confine. Ho appena diramato una segnalazione di persona rapita, quindi se lui pensa che quello sia il percorso migliore, la troveranno. Potrebbe anche prendere l'interstatale, poi andare a nord verso Los Angeles e provare a far perdere le sue tracce lì, magari darla a uno degli spacciatori a cui stava cercando di vendere la droga quando è stata fermata due anni fa. Mi sembra una cosa che potrebbe ritenere appropriata.»

«Stronzo» borbottò Preacher.

«Continuo a tenerla d'occhio, ma chiamo Kevlar. Dammi un minuto.»

Annuì, sollevato al pensiero che presto sarebbero arrivati i rinforzi, ma odiando perdere la connessione con Tex, e quindi allo stesso tempo con Maggie.

Mentre attendeva, trascorse il tempo dicendo ogni parolaccia che gli venne in mente, cercando di alleviare un po' la tensione che provava. Non servì. Quando Tex tornò in linea, Preacher era ancora più agitato di quando aveva scoperto che Maggie era sparita.

«Sta rallentando. Oh, merda.»

«Cosa? Tex? Dov'è?»

«A quanto dice la mappa stradale, sembra che si sia appena fermata sul ciglio della strada, ma guardando quella satellitare, vedo una piccola striscia di sabbia. C'è una fitta vegetazione che dalla strada blocca la vista sulla spiaggia.»

Premette più forte il piede sull'acceleratore. «In che punto?» sbraitò

«A tre chilometri dal parcheggio del suo appartamento, gira a sinistra» rispose Tex.

Preacher aveva il cuore in gola mentre seguiva le sue indicazioni. Aveva poco tempo, se lo sentiva. Ogni secondo che impiegava per arrivare a Maggie era uno di troppo.

«Sto arrivando» mormorò, mentre guidava come un pazzo per raggiungere la donna che amava. «Tieni duro, Maggie. Sto arrivando.»

CAPITOLO VENTITRÉ

MAGGIE AVEVA il cuore in gola quando Roman fece rallentare l'auto e accostò sul ciglio della strada, facendo strisciare sulla fiancata i rami dei folti cespugli e dei piccoli alberi. Pregò che lasciassero una traccia; sarebbe stata una prova in più contro di lui.

Roman spense il motore e si girò a guardarla. Il suo sorriso le fece gelare il sangue. «Pronta a divertirti un po'?» le chiese. «Be', magari sarà divertente per me, non molto per te.» Poi rise mentre scendeva dall'auto.

Maggie si tenne pronta, e nel momento in cui lui aprì la portiera posteriore, lei fece la sua mossa.

Balzò in avanti come meglio poté da seduta e gli graffiò il viso.

Lui barcollò all'indietro, ma riuscì ad afferrarla mentre cadeva. Atterrarono sull'asfalto e Maggie cercò subito di alzarsi e di scappare.

Ma Roman le afferrò la caviglia e lei finì a terra, sbattendo il mento così forte che sentì rimbombare in testa il rumore che fecero i denti. Poi le si gettò addosso, tenendola a faccia in giù e strattonandole le braccia all'indietro, dandole la sensazione di averle lussato entrambe le spalle.

La sua sfortuna era che non c'era traffico. In qualsiasi altro momento probabilmente ci sarebbero state milioni di auto, invece ora sembrava che lei e Roman fossero le uniche due persone sul pianeta.

La tirò in piedi, tenendole sempre le mani dietro la schiena, e la spinse verso i cespugli.

Maggie aprì la bocca e urlò più forte che poté, nella vana speranza che qualcuno, da qualche parte, la sentisse e chiamasse la polizia. Ma non appena il suono le uscì dalla gola, Roman le tappò la bocca e il naso con la mano, togliendole l'aria.

Era più alto di lei di almeno trenta centimetri, e anche più forte; Maggie non avrebbe mai potuto vincere in uno scontro fisico con lui, e in quel momento riusciva solo a pensare a far entrare l'aria nei polmoni.

Non notò nemmeno i cespugli che le graffiavano il corpo, mentre la spingeva fino alla piccola striscia di sabbia sull'altro lato. Il sole del tardo pomeriggio luccicava sull'acqua e notò vagamente quanto fosse bello il tramonto con le nuvole.

Pensò a una spiaggia diversa, a un momento diverso, quando lei e Shawn si erano sdraiati a guardare le stelle. Aveva amato quella spiaggia, e non voleva che la sensazione della sabbia sulla schiena le facesse ricordare per sempre la situazione che stava vivendo ora... se fosse sopravvissuta.

Proprio quando pensava di stare per svenire, Roman le tolse la mano dal viso.

Lei inspirò più volte, cercando di non andare in iperventilazione. Nel disperato tentativo di portare ossigeno ai polmoni, non si accorse di quanto si fossero avvicinati all'acqua finché non sì sentì bagnare i piedi.

Inciampò sulle pietre sulla riva, rendendo facile a Roman spingerla in ginocchio. Il mare le lambì le cosce, e lei ricominciò a lottare per allontanarsi dal suo potenziale assassino.

Ma lui si limitò a ridere dei suoi tentativi di fuga. «Mi hai creato più problemi che benefici» borbottò, mentre la piegava ancora di più, in modo che il suo viso toccasse quasi l'acqua.

«Eri un bersaglio facile» disse calmo. «Patetica. Alla ricerca disperata di attenzioni. Anche a letto sei stata la peggiore che abbia mai avuto. Fredda come un ghiacciolo. Ho avuto puttane mosce che erano meglio di te. Non avevo messo in conto che ti avrebbero fermata, ma è stato divertente guardarti mentre venivi incastrata per quella droga. Sono venuto solo al pensiero di te infelice e che piangevi in prigione. Per opera mia. *Mia*.

E non vedo l'ora di rivivere *questo* momento per molte notti a venire. Il modo in cui ti contorcerai e ti agiterai mentre ti tengo ferma. Il momento in cui i tuoi polmoni si riempiranno d'acqua e il tuo cuore smetterà di battere. Non vedo l'ora, cazzo. Il modo più rapido di morire sarà quello di inspirare non appena ti spingerò la faccia sott'acqua. Vorrei che tu combattessi, perché sarebbe più eccitante, ma se sei intelligente, e so che non lo sei, ti arrenderai semplicemente all'inevitabile.»

Maggie stava piangendo, le sue lacrime cadevano nell'oceano a pochi centimetri dal suo viso. Cercò ancora una volta di allentare la presa di Roman sui polsi che le teneva all'altezza della schiena, ma non servì a nulla.

«Vaffanculo, Maggie. Non sei *nessuno*. Sei una perdente. E

mi pento di averti incontrata e di aver sprecato anche un solo maledetto secondo del mio tempo con te. Ma di sicuro mi godrò le conseguenze della tua morte. Il fatto di aver tormentato il tuo SEAL e di averlo mandato a *morire*. Mi assicurerò di far arrivare al nemico tutti i piani della prossima missione in cui lo invierò. Lo aspetteranno. Il tuo rubacuori e la sua squadra saranno presto morti. Fatti a pezzi. E non verranno mai ritrovati, proprio come te.»

Poi, senza preavviso, la spinse in avanti.

La testa di Maggie finì sott'acqua e tutti i piani che aveva fatto per cercare di imprimere il proprio DNA su Roman, o per ferirlo ulteriormente, volarono dalla finestra. Non riusciva a respirare, il fondo sabbioso le raschiava le guance, mentre lei faceva esattamente ciò che lui voleva... si agitava e si dimenava, facendo il possibile per tirare fuori la testa dall'acqua, senza successo.

Il buio si insinuò ai margini della sua visione, e proprio quando stava per inspirare nel disperato tentativo di vivere ancora qualche secondo prezioso, dopo aver trattenuto il respiro il più a lungo possibile, il peso sulla sua schiena scomparve.

Maggie tirò fuori la testa dall'acqua e inspirò l'ossigeno salvavita.

Non si accorse di nulla se non della sensazione di essere in grado di respirare di nuovo e della pulsazione che rimbombava nelle sue orecchie... ma alla fine qualcosa alla sua destra attirò la sua attenzione.

Girò la testa e vide Roman che lottava con un uomo nell'acqua bassa.

L'istinto di sopravvivenza prese il sopravvento e si mise a indietreggiare freneticamente con il sedere, lontano dall'acqua, lontano dall'uomo che aveva appena tentato di ucciderla, e che ci sarebbe riuscito se non fosse stato per quella persona che, evidentemente, glielo aveva strappato di dosso.

Le bastarono pochi secondi per riconoscere l'altro uomo.

Shawn.

Cosa...? *Come?*

Le sembrava impossibile che fosse lì. Che fosse arrivato proprio quando lei ne aveva avuto più bisogno. Ma si chiese perché ne fosse così sorpresa. Shawn era il suo cavaliere dall'armatura scintillante, l'uomo che, nel breve periodo da quando lo conosceva, era sempre stato lì per lei, e aveva la sensazione che lo sarebbe *sempre* stato anche in futuro.

Non sapeva cosa fare, come aiutarlo. Si guardò intorno, ansimando pesantemente, si mise carponi e raccolse una delle pietre pesanti che c'erano vicino alla riva. Per fare cosa, non ne era sicura. Per spaccare la testa a Roman? Per lanciargliela addosso?

Ma, onestamente, non sembrava che Shawn avesse *bisogno* di aiuto. I due uomini erano più o meno della stessa altezza, ma si vedeva che lui aveva più esperienza nel combattimento corpo a corpo ed era chiaramente più motivato.

I due non parlavano, si limitavano a grugnire durante la lotta.

Era brutale, ma Maggie non staccò gli occhi da loro nemmeno per un attimo. Il suo petto si gonfiava per il bisogno di continuare a reintegrare l'ossigeno nel corpo, e si scostò con impazienza i capelli bagnati dal viso per poter vedere meglio ciò che stava accadendo.

Lo stridio di pneumatici sulla strada fu un enorme sollievo. Erano arrivate altre persone. Avrebbero aiutato Shawn. Si sarebbero assicurati che Roman non fuggisse e in qualche modo tornasse a cercarla. Che non desse seguito alle minacce di tradimento contro il suo Paese solo per far sparire Shawn e la sua squadra SEAL.

Mentre sentiva diverse persone muoversi tra i fitti cespugli e andare verso di loro, Roman raccolse una pietra da usare come arma, puntando dritto alla testa di Shawn.

Lei ritrasse il braccio, pronta a lanciare il proprio contro di lui, ma ebbe a malapena il tempo di fare un respiro che Shawn si abbassò e con la gamba destra gli assestò un calcio violento.

Lo scarpone colpì la gola di Roman.

Maggie sentì un gorgoglio provenire dal suo ex, che poi cadde all'indietro nell'acqua, facendola schizzare tutto intorno.

Con sua grande sorpresa, non balzò immediatamente in piedi per attaccare uno di loro. Rimase lì, immobile. Con il viso rivolto verso l'alto e gli occhi spalancati.

Poi Shawn fu di fronte a lei, bloccandole la vista dell'uomo che aveva letteralmente reso la sua vita un inferno. Le afferrò la testa con forza. «Maggie? Stai bene? Riesci a respirare? Metti giù la pietra, ci sono qui io. *Cazzo*, devo portarti in ospedale.»

Lei gli strinse i polsi. «Sto bene.» O almeno, era ciò che aveva inteso dire, ma non appena pronunciata la prima parola, iniziò a tossire violentemente.

«Preacher!»

Girarono entrambi la testa e videro Kevlar irrompere dalla vegetazione. Seguito a ruota dal resto della squadra SEAL.

«Sta bene?» chiese Safe, inginocchiandosi accanto a loro sulla sabbia bagnata.

MacGyver si unì ai suoi compagni dall'altro lato, e

Maggie sentì la mano di Blink sulla spalla, mentre si metteva dietro di lei. Era completamente circondata da quegli uomini. Avevano serrato i ranghi e lei non aveva dubbi che sarebbe stata protetta... e amata. Loro erano diventati la sua famiglia, e non poté fare a meno di ricominciare a piangere.

«È morto» disse Kevlar, trascinando il corpo di Roman fuori dall'acqua.

«Merda» imprecò Flash. Poi guardò Maggie. «Non che mi dispiaccia che sia morto, solo che sarà difficile spiegare tutta la situazione.»

Fu presa dall'agitazione; era una pregiudicata, stare vicino a un cadavere non sarebbe stato positivo per lei. Sapeva come funzionava il mondo. La prima cosa che la polizia avrebbe fatto sarebbe stato controllare i precedenti di tutti. E il fatto che lei avesse incolpato Roman di aver piazzato la droga durante l'investigazione le dava un'ottima ragione per volerlo morto.

Prima che qualcuno potesse dire altro, il telefono di Kevlar squillò. Fu un suono strano nel bel mezzo di quella scena caotica.

«Kevlar. Mm-mm. Sì. Giusto... dici sul serio? Accidenti, Tex, sei grande! Oh, non è merito tuo? Be', voglio conoscere questa ragazza e ringraziarla personalmente.» Ridacchiò. «New Mexico. Bene. Possiamo farlo. Sì, glielo farò sapere. Ci sentiamo presto.»

Non appena chiuse la chiamata, si rivolse al gruppo. «Era Tex. Ha detto che una hacker del New Mexico è entrata nei satelliti spia del governo e ha registrato tutto quello che è successo qui. Il video è sgranato, ma mostra abbastanza chiaramente Maggie e Robertson che lottano lungo la strada, poi lui che la porta fino all'acqua e che la tiene sotto fino al tuo arrivo, Preacher.»

Maggie aggrottò le sopracciglia confusa. Una registrazione dallo spazio? Sembrava troppo assurdo per essere vero.

«Sul serio? Bene. No, *grande*!» disse MacGyver.

«Chiamo l'NCIS» avvisò Smiley. Aveva tirato il corpo di Roman lontano dall'acqua, e a Maggie non era sfuggito che nel frattempo aveva dato "accidentalmente" un calcio al fianco dell'uomo.

L'NCIS. Si irrigidì. Sapeva che bisognava contattare le autorità, ma le conseguenze potevano essere negative per lei.

«Sono sicuro che Tex stia trasferendo loro il video in questo momento» le disse Shawn con dolcezza. «Andrà tutto bene. Sono più preoccupato per te. Ti sanguina il mento, e ti ha tenuto la testa sott'acqua. Quanta ne hai inalata? Devo portarti in ospedale.»

Ma Maggie scosse la testa. Il mento le pulsava nel punto in cui l'aveva sbattuto sull'asfalto e il fianco le faceva male per il coltello che l'altro stronzo le aveva premuto addosso... ma, incredibilmente, si sentiva bene, tutto sommato. «Sei arrivato in tempo. Non ho inalato acqua.»

«Grazie, cazzo.»

«Come hai fatto a trovarmi così in fretta?» non poté fare a meno di chiedere.

«Ti avevo messo un localizzatore nella borsetta» le spiegò un po' imbarazzato. «Sei arrabbiata?»

«Arrabbiata?» chiese. «No. Perché dovrei esserlo? Mi hai salvato la vita.» E a quello scoppiò a piangere ancora una volta. Tutte le emozioni provate negli ultimi dieci minuti l'avevano scossa e fatta diventare decisamente instabile. Era quasi *morta*. Il suo aguzzino era deceduto e Shawn era al sicuro da qualsiasi piano nefasto Roman avesse pianificato per il suo futuro.

Anche se fisicamente stava bene, Maggie non riusciva a smettere di piangere. Dopo l'arrivo della polizia, dell'NCIS e dei paramedici, era al limite dell'isteria. Alla fine i dottori le fecero un'iniezione per calmarla e Shawn insistette perché fosse trasportata in ospedale per un controllo.

Solo parecchie ore dopo che il medico le aveva dato due punti di sutura sul mento e pulito le ferite sul fianco, che non erano state abbastanza profonde da richiedere dei punti, dopo aver parlato con i detective dell'NCIS e con la sua responsabile della libertà vigilata, che si era agitata per aver scoperto che era stata attirata nel suo ufficio e rapita, e dopo aver rassicurato Wren, Josie, Remi, Caroline e tutte le altre donne che si erano presentate in ospedale una volta saputo dell'accaduto, Maggie era riuscita a rilassarsi completamente.

Shawn l'aveva riportata alla sua suite, e lei aveva avuto l'opportunità di conoscere Jane Hillman, la sua padrona di casa, che aveva insistito per portare nella loro stanza due enormi ciotole di Shepard's pie, un pasticcio di carne e patate che aveva preparato la sera stessa. Dato che stava morendo di fame, quel comfort food era stato davvero perfetto. Poi si erano fatti una doccia per lavare via la salsedine del mare che si era seccata sulla loro pelle e si erano infilati sotto le coperte.

Ora che finalmente erano sdraiati a letto, Shawn la strinse a sé quasi con disperazione.

Nessuno dei due parlò, ma in quel momento non era necessario. Sapevano entrambi quanto erano andati vicini a perdersi. Maggie era stata letteralmente a pochi secondi dalla morte. Roman era quasi riuscito nel suo piano malvagio di sbarazzarsi di lei una volta per tutte. Se non fosse stato per la prontezza di Shawn nell'ufficio della sua responsabile e per il fatto di averle messo il localizzatore nella borsa, non sarebbe mai arrivato in tempo da lei.

Con sua grande sorpresa, sentì un piccolo singhiozzo. Alzò lo sguardo su di lui e vide le lacrime bagnargli i capelli sulle tempie.

Senza dire una parola, sapendo esattamente come si sentiva, Maggie gli appoggiò la testa sul petto e strinse le braccia intorno al suo corpo. Il mattino sarebbe arrivato presto, e avrebbero dovuto parlare di tutto quello che era successo e cercare di superarlo.

Per il momento, tutto ciò che voleva era abbracciare l'uomo che amava, ed essere abbracciata a sua volta.

EPILOGO

Una settimana più tardi, Maggie si meravigliò per tutte le persone che erano presenti con lei all'Aces Bar and Grill. Ora aveva una nutrita cerchia di amici, e la cosa le sembrava ancora quasi surreale.

L'indagine su Roman era in corso, e lo sarebbe stata per anni, considerando in quante missioni delle forze speciali era stato coinvolto. Ogni pomeriggio, quando Shawn rientrava dal lavoro, aveva sempre un altro caso da raccontare di qualcuno che era stato tormentato o fregato dal suo ex. Squadre SEAL, personale della Marina, ex fidanzate... il suo regno del terrore non si era limitato solo a lei, e ciò la rendeva un po' triste.

L'amica hacker di Tex, che si chiamava Ryleigh e viveva in quello che doveva essere un magnifico resort nel New Mexico chiamato Il Rifugio, creato per persone che soffrivano di disturbo post-traumatico da stress, alla fine aveva trovato la moglie di Roman. Aveva setacciato il NamUs, il sistema nazionale delle persone scomparse e non identificate, e aveva usato le sue competenze per restringere le probabilità a cinque corpi. La moglie era stata individuata nella Virginia occidentale. Un cacciatore si era imbattuto nel suo cadavere anni prima, ma le erano state tagliate le mani, e non avendo tatuaggi o altri segni distintivi, non era stato possibile identificarla... fino a quel momento.

Era stata uccisa per strangolamento. Sebbene Maggie non fosse affatto contenta che quella povera donna fosse morta, era sollevata che finalmente potesse essere restituita alla sua famiglia.

Con l'emergere di tutte le cose orribili che Roman aveva fatto, lei e tutti gli altri si erano sentiti sollevati nello scoprire che non era stato il contrammiraglio a mandare la squadra di Blink in quella sfortunata missione. Quindi, sebbene ci fossero molte cose di cui avrebbe dovuto rispondere, la morte e il ferimento dei compagni di Blink non erano tra quelle.

Era sconvolgente che un solo uomo fosse stato in grado di ingannare così tante persone. Come aveva fatto a ottenere tanto potere nella Marina? Sembrava non avesse avuto un'anima, che avesse provato piacere nel tormentare gli altri e che la sua cosa preferita da fare fosse stata ricattare coloro che considerava inferiori a lui.

Ryleigh, l'amica di Tex, le aveva anche trovato un nuovo avvocato, che stava facendo del suo meglio per far revocare la condanna. La telefonata che aveva registrato in cui Roman aveva minacciato di nascondere "ancora" un po' di droga nella sua auto, era stata una chiara prova che il suo ex l'aveva incastrata, per quanto riguardava il suo avvocato.

Non sarebbe stato un processo facile o veloce far cadere le

accuse, ma mentre il suo caso andava per le lunghe in tribunale, e grazie alle circostanze attenuanti, la sua libertà vigilata era stata ridotta da un anno a sei mesi; quindi avrebbe dovuto incontrarsi con la sua responsabile ancora per un paio di mesi e poi sarebbe finito tutto.

Anche se la condanna *fosse* stata annullata, Maggie non pensava che sarebbe tornata a fare la farmacista, ma stranamente le andava bene così. Si sentiva una persona completamente diversa da quella che era stata qualche anno prima. Non voleva tornare alla sua vecchia vita. Voleva andare avanti. Lasciarsi il passato alle spalle.

«Sembra che tu sia profondamente persa nei tuoi pensieri» disse Shawn avvicinandosi a lei. Le porse un bicchiere d'acqua e le cinse la vita con un braccio. «Va tutto bene?»

Maggie annuì e ne bevve un sorso. Nell'ultima settimana le era stato praticamente sempre addosso. Le chiedeva in continuazione se stava bene, si offriva di accompagnarla dallo psicologo se lei ne sentiva il bisogno, la portava al lavoro e la andava a prendere... in generale era stato un compagno perfetto. Naturalmente, lei aveva ricambiato. Dopotutto, non era stata lei a uccidere Roman. Anche se Shawn aveva detto che la cosa non lo turbava affatto, era comunque preoccupata delle conseguenze a lungo termine sulla sua psiche.

Si era praticamente trasferita nella sua stanza nella casa di Jane Hillman, ma dato che la maggior parte della sua roba era ancora in un magazzino, non aveva avuto molte cose da traslocare. Adina sarebbe tornata dal dislocamento entro un paio di mesi, ed era contenta del fatto che la sua amica avrebbe avuto la casa tutta per sé al suo ritorno.

Tutto stava andando sorprendentemente bene nella vita di

Maggie... ma aveva bisogno di parlare di una cosa con Shawn. E non poteva farlo in un bar affollato, dove erano circondati dai loro amici e dove probabilmente sarebbero stati interrotti di continuo.

Come se i suoi pensieri l'avessero evocata, Caroline si diresse verso di loro.

«Hai un'aria felice» le disse avvicinandosi.

Shawn indietreggiò e le tolse il bicchiere di mano, ma non si allontanò del tutto. Le lasciava sempre spazio, ma rimaneva comunque nelle vicinanze in caso di bisogno. Maggie lo amava ancora di più per quello.

Lei abbracciò Caroline e disse: «Lo sono.»

«Bene. Sembra anche che non ti dispiacerebbe andartene.»

«Oh, ma...»

Caroline ridacchiò e sollevò una mano. «Ricordo com'era quando io e Matthew ci siamo messi insieme. Tutto quello che volevo era stare da sola con lui, eppure eravamo sempre qui all'Aces con la sua squadra. Non fraintendermi, adoro questo bar e i ragazzi, ma dopo tutto quello che avevo passato, stare da sola con il mio uomo nutriva la mia anima come nient'altro avrebbe potuto fare. Vai... sgattaiolate dal retro. Vi copro io.»

«Non dovrei andarmene senza dire qualcosa» obiettò Maggie, desiderosa più che mai di accettare l'offerta di Caroline. *Voleva* stare da sola con Shawn, e non solo perché lo amava; dovevano fare un discorso serio. «Non voglio che qualcuno pensi che sono scomparsa di nuovo.»

«Nessuno lo farà. Sanno che Preacher ti sta incollato. Vai. Parlerò io con Remi, Josie e Wren e mi assicurerò che nessun altro dia di matto e parta per una missione di salvataggio.»

Maggie ridacchiò. «Caroline?»

«Sì, tesoro?»

«Grazie.» Avrebbe voluto dirle altre cose, ma non sapeva da dove cominciare. Erano stati tutti davvero gentili in seguito alla sua esperienza di quasi-morte... be', alla sua seconda esperienza di quasi-morte. Ma Caroline era andata a prenderla al My Sister's Closet un paio di giorni prima e l'aveva portata in una spiaggia molto frequentata, non troppo lontana dalla base navale. Non quella in cui era stata con Shawn, né quella in cui Roman aveva cercato di ucciderla. Solo un tratto di sabbia affollato e apparentemente popolare, pieno di persone che si godevano il caldo e il mare calmo. L'aveva incoraggiata a fare una passeggiata sulla riva. In qualche modo aveva capito quanto si sentisse a disagio con le spiagge.

Avevano camminato insieme, in silenzio. E quando erano tornate al suo enorme SUV, Maggie si era sentita dieci volte meglio.

«Il mare e la sabbia non sono i tuoi nemici» le aveva detto Caroline una volta salite in macchina. «Ci sono passata anch'io. Sono quasi morta nell'oceano, e per molto tempo ho avuto difficoltà ad avvicinarmici. Ma dopo un po' ho capito che non era stata la spiaggia a cercare di uccidermi, ma un uomo. E che avrei dovuto proiettare la mia energia negativa verso di lui, non verso il bellissimo mare. Non che sia un bene avere un'energia negativa, ma... accidenti, sai cosa voglio dire.»

Caroline era stata allo stesso tempo saggia e divertente, e Maggie le era grata per la sua intuizione e il suo aiuto.

Si abbracciarono di nuovo, poi la sua amica la girò e la spinse delicatamente verso Shawn, che stava pazientemente aspettando non troppo lontano. «Vai» le disse. «È un ordine.»

Maggie alzò gli occhi al cielo, ma non esitò ad andare tra le braccia del suo uomo.

«Pronto?» gli chiese.

«Se lo sei tu» le rispose. Posò il bicchiere d'acqua su un tavolo vicino, poi la condusse verso la porta d'ingresso.

«Caroline ha detto che dovremmo uscire dal retro.»

«Non se ne parla proprio. L'ultima cosa che voglio è che un contingente di SEAL faccia irruzione a casa perché pensano che tu sia scomparsa di nuovo» disse con una risatina.

«Mi sa che non usciremo da qui tanto presto» gemette Maggie, mentre la gente cominciava a notare che stavano andando via.

«Certo che lo faremo.» Si portò due dita alla bocca e fischiò. Tutti smisero di parlare e si voltarono a guardarli.

Maggie si sentì infiammare le guance ora che l'attenzione di tutti era su di loro.

«Ce ne andiamo!» urlò. «Ci sentiamo!» Fece un cenno con il mento in direzione del locale, poi si girò e si avviarono di nuovo verso la porta.

«Non posso credere che abbia funzionato!» esclamò lei, mentre andavano a prendere l'auto nel parcheggio.

Shawn ridacchiò. «Avevi ragione, saremmo stati lì per sempre a salutare tutti, ho pensato che fare così fosse molto più conveniente.»

Maggie amava quell'uomo. Tantissimo. Con lui si sentiva una persona nuova. Non era più l'ombra della donna che era stata quando era uscita di prigione, e non era più spensierata e quasi ingenua come prima di incontrare Roman. Con Shawn si sentiva libera di essere chiunque volesse. E stare seduta accanto a lui la sera, a condividere le loro giornate, a cucinare insieme, a guardare la TV e sdraiarsi tra le sue braccia di notte, era esattamente quello che aveva cercato per tutta la vita.

Era trascorsa solo una settimana da quando era stata quasi affogata, ma le sembrava che fossero passati degli anni. Il senso di libertà che provava grazie alla morte di Roman la faceva sentire un po' in colpa... ma stava andando avanti con la sua vita.

La conversazione che dovevano fare avrebbe deciso se la felicità che provava in quel momento sarebbe continuata. Si sentì un po' nervosa durante il viaggio, ma non poteva e non voleva più rimandare. Shawn meritava di sapere ciò che aveva in testa.

Lui parcheggiò e si avviarono verso la casa mano nella mano, ma invece di passare dalla porta principale, la portò sul retro fino alle scale che Jane aveva fatto installare per permettere agli affittuari di andare e venire senza temere di disturbarla.

La condusse nella sua stanza e chiuse la porta.

Maggie si girò e sbottò: «Possiamo parlare?»

«Certo» rispose Shawn, senza dare l'impressione di essere preoccupato per quello che le passava per la testa. Andò nella piccola cucina, prese una bottiglia d'acqua dal frigorifero e gliela porse, poi le mise una mano sulla schiena e la condusse in salotto. Si sedette con lei sul divano e si tirò i suoi piedi in grembo, poi le tolse le scarpe e cominciò a massaggiarglieli.

Maggie fece un piccolo gemito. Adorava farsi massaggiare i piedi. Da quando Shawn aveva appreso quel piccolo particolare, aveva colto ogni occasione per farlo.

«Questa serata è stata troppo da gestire?» le chiese.

Scosse la testa. Non voleva giocare agli indovinelli, doveva solo dire chiaramente quello che aveva in testa. «Quanto sei legato a questo posto?» gli chiese.

Le mani di Shawn si bloccarono. «*Questo posto* sarebbe...?»

«Questa stanza.»

Riprese a massaggiare. «Neanche un po'. Voglio dire, Jane mi è simpatica, e questo posto è comodo e vicino alla base, ma onestamente potrei vivere ovunque.» Si chinò verso di lei. «Perché? Non ti piace qui? Non mi interessa dove vivrò, purché ci sia tu.»

Maggie deglutì. Era più difficile di quanto avesse pensato. «Adoro questa stanza. È accogliente e ti si addice molto. È solo che... quando sono stata rilasciata, l'unico pensiero che ho avuto è stato quello di andarmene dalla California. Odiavo tutto di questo Stato.»

«Non posso andarmene» disse lui con calma. «Vado dove mi manda la Marina. E in questo momento abbiamo un contratto a lungo termine qui a Riverton.»

«Lo so!» replicò rapidamente. «Non mi sto spiegando bene. Ma... non voglio più andarmene. Ecco dove volevo arrivare.»

«Grazie, cazzo.»

Maggie sorrise. Era adorabile, ma la parte difficile di quella conversazione non era ancora stata affrontata. «Te lo chiedevo perché, be'... questa suite non è la sistemazione ideale per un bambino.»

Ecco. L'aveva detto.

Shawn la fissò per un attimo senza mostrare alcuna espressione. «Vuoi avere dei figli con me?» le chiese infine con un piccolo sorriso. «Mi sta bene. Li voglio anch'io. Abbiamo tutto il tempo per trovare il posto perfetto. Magari una piccola casa. Sarà più lontana dalla base, ma non sarà un problema. Forse possiamo chiedere consiglio e aiuto a Caroline. È qui da un po' e...»

Maggie posò la mano sulla sua, e lui smise subito di parlare.

«Ti amo» sussurrò.

«Anch'io ti amo» ribatté lui.

«Ma non abbiamo molto tempo per trovare il posto perfetto.» Fece un respiro profondo e disse ciò a cui era girata intorno. «Perché... sono incinta.»

Shawn la fissò di nuovo.

«Cioè, è presto. Probabilmente troppo per eccitarsi davvero, ma mi sentivo strana e per qualche motivo ho pensato di poterlo essere, non so perché, e così ho fatto un test di gravidanza ed è risultato positivo. Non sono andata da un medico o altro, e *giuro* che ho pensato che non fosse il momento giusto del mese quando abbiamo fatto sesso, ma... credo di essermi sbagliata. Se non vuoi un bambino adesso, lo capisco. L'ultima cosa che voglio è che tu ti senta intrappolato. Non ho intenzione di farlo, di intrappolarti, intendo. È che... *voglio* questo bambino. Davvero tanto. Mi sembra un nuovo inizio per me e sono terrorizzata, perché cosa ne so io dell'essere madre? Ma lo amo già così tanto.»

Shawn la sorprese togliendosi improvvisamente i suoi piedi dalle cosce e, per un secondo, Maggie si irrigidì quasi in preda al panico. Era incazzato? Stava per dirle di andare al diavolo? Non ne aveva idea. Lui si avvicinò al tavolo, e prese il telefono che aveva appoggiato lì quando erano arrivati. Toccò lo schermo, poi se lo portò all'orecchio. Tenne lo sguardo fisso nel suo mentre parlava. «Ehi, Caroline, sono Preacher. Sì, sta bene. Mi serve il tuo aiuto, però. Maggie e io abbiamo bisogno di una casa. Preferibilmente con tre camere da letto.

Due bagni sarebbero l'ideale. Se possibile, mi piacerebbe che fosse vicino a voi... Maggie è incinta e avremo bisogno di più spazio di quello che c'è qui.»

Anche se lei si trovava dall'altra parte della stanza, doveva aver sentito comunque lo strillo eccitato di Caroline, perché le sue labbra ebbero un guizzo divertito.

«Ho pensato che dato che vivi qui da anni, potresti avere qualche contatto... ok. Grazie. Devo andare. Ci sentiamo presto.»

Shawn chiuse la chiamata, gettò il telefono sul tavolo, poi tornò al divano. Si inginocchiò davanti a lei, avanzò tra le sue gambe, poi le avvolse le braccia intorno alla vita e seppellì il viso nella sua pancia.

Maggie gli circondò la testa con le mani.

Dopo un lungo momento, sollevò lo sguardo. «Un bambino» sussurrò.

Lei annuì.

«Sei un dono. Un miracolo. Ero già felice, no, *entusiasta* di averti al mio fianco. Ma questo? Mi stai per dare un figlio. Non posso... non ho parole.»

«Ma... non sei arrabbiato?» gli chiese esitante.

«Sono tutt'altro che arrabbiato» le rispose, con un sorriso ancora più ampio. «Sono estasiato! Così fottutamente felice... ehm... incredibilmente felice.» Poi aggrottò la fronte. «Aspetta, è tutto a posto? Sei stata senza ossigeno per un po' la settimana scorsa! Merda, dobbiamo andare dal dottore!»

«Sono le otto e mezza di sera. Possiamo chiamare domani. Non so nemmeno a chi rivolgermi, però.»

«Chiederemo a Jessyka. O a una delle altre ragazze. Ci daranno il nome di una brava ostetrica. Ti amo, Maggie. Profondamente.»

Un senso di sollievo la travolse. Era stata davvero preoccupata di rivelare a Shawn del bambino. Come aveva detto, era ancora presto, ma non aveva voluto nascondergli nulla. E... una parte di lei aveva pensato che se lui non avesse voluto un figlio, sarebbe stato più facile lasciarlo adesso piuttosto che in seguito.

«Un bambino» sussurrò di nuovo, poi si chinò e le baciò la pancia piatta. «Ci sposeremo non appena riuscirò a organizzarlo. Che tipo di matrimonio vuoi?»

Maggie trattenne il respiro. «Cosa?»

«Il matrimonio. Vuoi qualcosa di grande ed elegante? O magari qualcosa di più sobrio, tipo all'Aces? Oppure potremmo semplicemente andare in comune... forse sarebbe meglio. Prima ti farò aggiungere ufficialmente come mia persona a carico, meglio...»

«Shawn» disse Maggie, interrompendo il suo fiume di parole. «Vuoi sposarmi?»

Lui sollevò lo sguardo sul suo, si raddrizzò e si spostò ancora un po' più in avanti. «Sì. Voglio sposarti. Non vuoi farlo?» le chiese, aggrottando la fronte.

«Lo voglio. Più di quanto tu possa immaginare. Ma le cose si sono mosse a una velocità folle per noi. Sei sicuro di non voler aspettare?»

«Ne ero sicuro già dopo averti conosciuta da una settimana. No, credo di esserne stato sicuro quella prima sera, quando io e i ragazzi ci siamo infilati nella tua macchina.»

Maggie non riuscì a fare altro che fissarlo.

«Sposami, Maggie. Fai di me un uomo onesto.»

Poté solo annuire.

«Sì?» le chiese

«Sì» confermò.

Shawn fece un sorriso enorme, poi si alzò. Si chinò e la sollevò dal divano, facendola strillare.

Non impiegò molto ad arrivare al letto, considerando che si trovava proprio dietro. Shawn la lasciò cadere sul materasso e iniziò subito a spogliarla.

«Cos'è questa fretta?» gli chiese ridendo, mentre lo aiutava a toglierle i vestiti.

Fu solo quando furono entrambi nudi e con Shawn sospeso su di lei, che le disse: «Non vedo l'ora di essere dentro di te. Ne voglio almeno tre.»

«Tre?»

«Bambini. Forse di più. Non vedo l'ora di vederti con il pancione. Di alzarmi nel cuore della notte per loro. Di guardarti allattare. Di sperimentare la magia di Babbo Natale e del coniglio pasquale. Di inciampare nei giocattoli e calpestare i Lego. Vorrei che potessimo avere questo bambino domani, ecco quanto sono eccitato.»

Si stava comportando in modo adorabile, e quella non era una parola che Maggie di solito associava al suo SEAL. «Be', a lui o a lei manca ancora un bel po' prima di uscire.» Shawn scese lentamente con la mano lungo il suo corpo, fermandosi tra le sue gambe. Cominciò a stuzzicarle il clitoride, continuando a parlare. «Allora... che tipo di cerimonia vuoi? Grande e sontuosa?»

Maggie sollevò i fianchi verso la sua mano. Era ridicolo quanto facilmente riuscisse a farla eccitare. Quanto velocemente si bagnava quando le accarezzava il clitoride, proprio come stava facendo in quel momento. «In comune. Poi una festa all'Aces.»

«D'accordo» replicò soddisfatto. «Ti amo, Maggie. Non sai quanto.»

«Lo so, perché ti amo allo stesso modo.»

Poi la penetrò. Non era bagnata come al solito, ma riuscì a scivolare fino in fondo.

«Un bambino» sussurrò. «Almeno non dobbiamo più preoccuparci del contraccettivo.»

Maggie ridacchiò. «Vero.»

«Grazie. Per essere stata abbastanza forte da resistere ai tentativi di quel coglione di farti tacere. Per non esserti arresa quando la situazione si è fatta seria. Perché mi ami. Perché mi stai per dare un bambino.»

«Penso che sia *tu* quello che lo ha dato a me» scherzò Maggie. Stava diventando sempre più difficile concentrarsi su ciò che stava dicendo, mentre Shawn faceva l'amore con lei.

«L'abbiamo fatto insieme. Come faremo tutto da adesso in poi.»

«Mm-mm. Shawn?»

«Sì, amore?»

«Meno chiacchiere e più azione» gli ordinò.

Lui scoppiò a ridere, ma annuì. «Sì, signora.»

Fecero l'amore in modo più profondo. Forse perché si erano appena assunti un impegno l'uno con l'altra, forse per la consapevolezza che dentro il suo corpo si stava formando una nuova vita. Qualunque fosse il motivo, Maggie sapeva che non avrebbe mai dimenticato quella notte. Essere arrestata e mandata in prigione era sembrata la fine della sua vita, ma, in realtà, era stato l'inizio di qualcosa di meraviglioso.

———

Bree Haynes si accovacciò dietro a un cassonetto e scrutò il parcheggio buio. L'aveva trovata di nuovo. Pensava di essere finalmente riuscita a sfuggire al suo ex, lo stronzo che l'aveva *venduta*. Se glielo avessero chiesto solo qualche mese prima, avrebbe riso all'idea stessa di qualcuno che vendeva una persona di quei tempi. Eppure, eccola lì.

Doveva andarsene da Las Vegas. Ma aveva la sensazione che ciò non avrebbe fermato Carl, il suo ex. Gli avevano dato un sacco di soldi per lei, e dato che lo stronzo a cui l'aveva venduta non aveva ricevuto ciò che aveva comprato, lo stava minacciando, dicendogli che doveva restituire i soldi oppure trovare ciò che era di sua proprietà.

Ne era a conoscenza perché Carl glielo aveva detto *l'ultima* volta che l'aveva scovata. Era riuscita a scappare, ma sapeva di essere stata solo fortunata. Non ce l'avrebbe fatta una seconda volta. Lui l'avrebbe legata, imbavagliata, bendata e trasportata al trafficante di sesso prima ancora che lei potesse avere il pensiero di scappare di nuovo.

Carl procedeva lentamente con l'auto nel parcheggio del casinò, mentre la cercava negli angoli bui e in qualsiasi pertugio.

Indietreggiando e ignorando la puzza che proveniva dal cassonetto, Bree strinse le labbra e cercò di pensare ai passi successivi da fare. Aveva dei soldi, ma ciò non l'avrebbe protetta dal suo ex. Nemmeno lasciare Las Vegas avrebbe necessariamente garantito la sua sicurezza. Lui non si sarebbe *mai* arreso. Era convinto di possederla... l'avrebbe rintracciata. Non poteva nemmeno andare a casa di sua sorella a Washington, perché quello sarebbe stato il primo posto in cui lui avrebbe guardato.

Aveva bisogno di un protettore. Qualcuno che non avesse paura di affrontare Carl e i suoi amici criminali.

Un volto le balenò nella mente.

Jude Stark. Non ricordava molto della notte in cui il suo ex l'aveva venduta, o dello scimmione spaventoso che l'aveva picchiata, legata e gettata in macchina. Le aveva detto che aveva un altro ritiro da fare mentre si allontanava dall'appartamento di Carl, e che poi avrebbe consegnato entrambe a un bordello clandestino.

Poi era apparso Jude Stark. L'aveva tirata fuori dalla macchina di quell'uomo e portata in salvo. Ma lei non era rimasta dove l'aveva messa; era stata troppo spaventata, troppo fuori di testa dalla paura, desiderosa solo di andarsene.

Eppure, il viso di Jude era impresso nella sua memoria. Come tutto quello che le aveva detto. Era un Navy SEAL di stanza a Riverton, in California.

Era lì che doveva andare, lui l'avrebbe aiutata. Forse. L'aveva già fatto una volta, magari l'avrebbe fatto di nuovo.

Bree non aveva idea di come avrebbe trovato quell'uomo. C'era la possibilità che fosse stato trasferito in un'altra base navale, o che fosse stato dislocato o, accidenti, che fosse persino sposato con una persona che non sarebbe stata per niente entusiasta di trovare una donna sulla propria porta di casa.... ma ignorò tutti quei pensieri che le balenavano in testa.

Nella sua mente Jude Stark era associato alla sicurezza, quindi doveva trovarlo.

Sbirciando da dietro il cassonetto, notò che Carl non si vedeva da nessuna parte. Ma sapeva che non se n'era andato. No, quello stronzo era sempre in agguato; lui o uno dei suoi compari. Bree non poteva utilizzare la carta d'identità per soggiornare in un hotel, ma poteva usare i soldi che aveva almeno per arrivare a Riverton. Una volta giunta lì avrebbe deciso il da farsi.

Spaventata, sporca e nel panico, si raddrizzò con cautela. Forse stava commettendo un altro errore, Dio sapeva che ne aveva fatti parecchi di recente, ma pensava di no. Jude Stark sarebbe stato la sua salvezza o un altro sbaglio colossale. In entrambi i casi, sarebbe stata meglio a Riverton che lì a Las Vegas, dove i tirapiedi di Carl erano ovunque.

«Solo per una volta, avrei bisogno di una pausa» sussurrò Bree, prima di confondersi nell'oscurità e scomparire nella notte.

———

Addison Wentz abbassò lo sguardo sulle sue mani, attualmente tenute da Ricardo "MacGyver" Douglas, e si chiese cosa diavolo stesse facendo.

«Con il potere conferitomi, vi dichiaro marito e moglie. Può baciare la sposa.»

Sollevò lo sguardo e vide gli occhi nocciola e l'espressione molto seria di Ricky, poi, all'improvviso, lui posò le labbra sulle sue.

Non si era pentita di aver preso la decisione di sposare quell'uomo fino a quel preciso momento.

Percepì una scossa elettrica scorrerle lungo braccia e le gambe, che le fece quasi girare la testa.

Ricky le era sempre piaciuto, lo trovava divertente e gentile, ma anche burbero e scontroso allo stesso tempo. Lo aveva incontrato dal meccanico. Aveva portato il suo Maggiolino Volkswagen perché le dava problemi e lui stava cambiando le gomme alla sua Ford Explorer.

Sorprendentemente, avevano continuato a incontrarsi per caso. In una stazione di servizio, in una caffetteria, in un ristorante, e una volta erano persino finiti uno accanto all'altro a un semaforo. Alla fine Ricky aveva insistito perché si scambiassero i numeri, e da allora si erano visti molto spesso. Lei aveva sorvegliato la sua casa quando lui era stato in missione per la Marina, e una volta lui aveva persino finto di essere il suo fidanzato quando i suoi genitori la stavano tormentando perché a trentasei anni era ancora single. Ricky era una delle poche persone che aveva incontrato nella vita che non faceva battute sulla sua altezza. Era alta un metro e ottantadue e non aveva assolutamente nessuna capacità atletica. Quindi aveva passato la vita a rispondere divertita a domande tipo se era una giocatrice di basket o com'era il tempo "lassù". Ricky era alto quanto lei e mai, nemmeno una volta, l'aveva fatta sentire poco carina per quel motivo. E sì, con molti altri uomini era successo. Chiaramente si erano sentiti minacciati nella loro virilità perché lei era più alta, e anche se sapeva che era un *loro* problema, non suo, faceva sempre male perché era stata presa in giro per tutta la vita a causa di quello.

Inoltre, c'era Ellory. Aveva dodici anni con la saggezza di una ventiseienne. Sua figlia era tutta la sua vita. Era molto più matura rispetto ai ragazzini della sua età, era introversa e timida. In qualche modo, Ricky era riuscito a penetrare nelle sue spesse barriere e l'aveva fatta sorridere la prima volta che si erano incontrati. Addison non parlava molto della figlia, della sua malattia cronica e di quante notti avevano trascorso in vari ospedali. Ma Ricky lo sapeva. Ellory stessa si era aperta con lui, gli aveva raccontato quanto odiasse essere malata. Ciò che lei non sapeva era che Addison aveva problemi economici. E se Ellory fosse peggiorata di nuovo e avesse dovuto tornare in ospedale, avrebbe innescato una cascata di problemi finanziari che molto probabilmente avrebbero portato alla perdita dell'appartamento. Addison non avrebbe avuto idea di cosa fare, ma non si sarebbe mai rifiutata di dare alla figlia le medicine di cui aveva bisogno o di portarla dal dottore. Quando Ricky aveva chiamato per dirle che aveva bisogno di chiederle qualcosa, Addison era andata subito a casa sua. Era uno dei suoi migliori amici e sarebbe stata felice di aiutarlo per qualsiasi cosa avesse voluto o gli fosse servita. Lui aveva comprato la casa in cui viveva d'impulso, e al momento si stava dando da fare per sistemarla. Era bravissimo con i lavori manuali e Addison era sempre stata impressionata da come riusciva a trasformare un oggetto vecchio e malandato in qualcosa di nuovo e bello. Però di solito era in disordine, piena di aggeggi, fili e altre cose che gli servivano per "armeggiare". Era un genio, e lei pensava che fosse adorabile.

Ma una volta arrivata lì non era stata preparata a ricevere la sua proposta. Mai, nemmeno in un milione di anni si sarebbe aspettata di entrare in casa sua e vedere tre bambini: un ragazzo seduto sul divano con una coperta addosso, una bambina più piccola seduta accanto a lui che giocava con una Barbie come se fosse la cosa più affascinante che avesse mai visto. E un secondo ragazzo, più grande, che stava guardando la TV come se avesse avuto tutte le risposte del mondo... non che lei non amasse Mythbusters, ma lui era stato così incantato che non aveva nemmeno alzato lo sguardo quando lei era entrata.

Ricky l'aveva portata in cucina, e senza tante fanfare o emozione, le aveva chiesto di sposarlo.

Ed eccola lì.

Aveva accettato per necessità. Di entrambi. Ricky aveva bisogno di lei per poter tenere i bambini, e lei aveva bisogno di lui per la sua assicurazione sanitaria. All'inizio aveva pensato che non sarebbe stato un grosso problema, che stava facendo un favore al suo amico, e che dopo un anno o giù di lì avrebbero divorziato tranquillamente e preso strade separate.

Ma nel momento in cui le aveva toccato le labbra con le sue in quella stanza del comune, aveva capito quanto fosse stata stupida.

Amava Ricky. Fin da quando si erano incrociati nella sala d'attesa di quell'officina.

Lui l'aveva sposata perché aveva bisogno di una tata per i bambini che sperava un giorno di adottare, e lei lo aveva sposato... be', le ragioni erano tante, ma, soprattutto, perché era perdutamente innamorata di quell'uomo.

E lui la vedeva solo come un'amica. Qualcuno che gli aveva fatto un enorme favore.

Ricky si tirò indietro e la fissò con uno sguardo che non riuscì a interpretare. Poi si leccò le labbra e si voltò verso Artem, Borysko e Yana, i tre bambini che aveva salvato in Ucraina, ed Ellory, e chiese loro: «Qualcuno vuole fermarsi a prendere un gelato mentre torniamo a casa?»

Quando i bambini dissero di sì con entusiasmo, Addison cercò di lasciargli la mano, ma lui non glielo permise. Infatti, strinse di più le dita intorno alle sue, la guardò di nuovo con quell'espressione strana, poi si voltò per rispondere a una domanda che Borysko gli aveva fatto.

Addison si leccò le labbra e sentì il sapore di Ricky. Fu pervasa dal desiderio e quasi gemette.

Non poteva farlo. Non sarebbe sopravvissuta vivendo con quell'uomo e comportandosi come una moglie per un anno intero.

Ma era troppo tardi. Aveva detto di sì, e da quel momento

fino a una data imprecisata nel futuro sarebbe stata la signora Addison Douglas.

Sarebbe stato un miracolo sopravvivere con il cuore intatto.

———

Un matrimonio di convenienza? Due estranei, quattro figli e un indescrivibile caos. Scoprite come andrà a finire nel prossimo libro della serie Armi & Amori: Alleanza... *Proteggere Addison*!

In cerca di Caryn
In cerca di Finley
In cerca di Heather
In cerca di Khloe

<u>Silverstone</u>

Fidarsi di Skylar
Fidarsi di Taylor
Fidarsi di Molly
Fidarsi di Cassidy

<u>Forze Speciali alle Hawaii</u>

Trovare Elodie
Trovare Lexie
Trovare Kenna
Trovare Monica
Trovare Carly
Trovare Ashlyn
Trovare Jodelle

<u>Delta Duo</u>

La forza di Gillian
La forza di Kinley
La forza di Aspen
La forza di Jayme
La forza di Riley
La forza di Devyn
La forza di Ember
La forza di Sierra

<u>Armi & Amori: verso il futuro</u>

Soccorrere Caite

Soccorrere Brenae

Soccorrere Sidney

Soccorrere Piper

Soccorrere Zoey

Soccorrere Avery

Soccorrere Kalee

Soccorrere Jane

Mercenari di Montagna

Difendere Allye

Difendere Chloe

Difendere Morgan

Difendere Harlow

Difendere Everly

Difendere Zara

Difendere Raven

Delta Force Heroes

Salvare Rayne

Salvare Emily

Salvare Harley

Il Matrimonio di Emily

Salvare Kassie

Salvare Bryn

Salvare Casey

Salvare Sadie

Salvare Wendy

Salvare Mary

Salvare Macie

Salvare Annie

<u>Armi e Amori</u>

Proteggere Caroline
Proteggere Alabama
Proteggere Fiona
Il Matrimonio di Caroline
Proteggere Summer
Proteggere Cheyenne
Proteggere Jessyka
Proteggere Julie
Proteggere Melody
Proteggere il Futuro
Proteggere Kiera
Proteggere i figli di Alabama
Proteggere Dakota

<u>Ace Security</u>

Il riscatto di Grace
Il riscatto di Alexis
Il riscatto di Bailey
Il riscatto di Felicity
Il riscatto di Sarah

<u>Una raccolta di storie brevi</u>

Un momento nel tempo